爱人，有多久没见你

Love, you have not seen how long

吴诗娴

“当什么都找不回来的时候，我至少要找回我自己。”

中国出版集团
现代出版社

图书在版编目（CIP）数据

爱人，有多久没见你 / 吴诗娴著. -- 北京 : 现代出版社，2016.6
ISBN 978-7-5143-4982-5

Ⅰ. ①爱… Ⅱ. ①吴… Ⅲ. ①长篇小说—中国—当代
Ⅳ. ①I247.5

中国版本图书馆CIP数据核字（2016）第121513号

爱人，有多久没见你

作　者	吴诗娴
责任编辑	杨学庆
出版发行	现代出版社
地　址	北京市安定门外安华里504号
邮政编码	100011
电　话	010-64267325　010-64245264（兼传真）
网　址	www.1980xd.com
电子信箱	xiandai@vip.sina.com
印　刷	三河市金泰源印务有限公司
开　本	710×1000　1/16
印　张	15.25
版　次	2016年7月第1版　2016年7月第1次印刷
书　号	ISBN 978-7-5143-4982-5
定　价	32.00元

这是一个充满泪水和欢笑的故事，这一刻跃过了海浪翻天的血雨腥风，随手拈来了一丝亲情，才可以坐个窗边的位置，面朝大海、打个盹，看清明的云层里，有星光在游。秦宇翔想，这就足够了，现在，只有现在，让那些想忘掉、忘不掉，想记起、记不起，却终将逝去的……一切往事，像一层扬起的白沙一样，从渐渐合起的眼皮上，滑过去。

目　　录

CONTENTS

第一章

——他们之间的感情不是一般的恋情，是像战友一样，历经血与火考验的、至高无上的、纯洁的爱情，是随时可以为对方付出生命的爱情。她相信，在宇飞的生命中，没人可以替代她，在她的生命中，也 无人可以替代他，以前是如此，现在依然是如此，生活没有改变，爱情也不会改变。

（一）

欧阳若萱刚进新明快报社就被安排去跑公安线，虽然对她这样眉清目秀的女孩子来说有些意外，但这跟她自己在应聘时的表现很有关系。那时，人力资源部负责招聘的人员问她会什么才艺，她回："格斗、擒拿和跆拳道。"让众人大跌眼镜。负责招聘的人问："你对生活这么缺乏安全感？"她笑着回答："不，我只是出于对爸妈赋予我生命的尊重。"结果，她被安排去了公安线。

记者跑公安线是最辛苦的，用报社的行话说，那是肥的拖瘦、瘦的拖死，女人当男人使，男人当骡子使。成天跟着一群警察风里来雨里去，一蹲守就到半夜，根本不是女同志能干的活。她成了报社跑公安线唯一的女记者。不过，部主任对她还是挺关照的，最突出的表现就是从不让她参加任何有可能发生伤亡和危险的缉捕行动。

可是最近欧阳若萱孤独的情绪实在是太浓了。自从她从丛岭实习回来之后，就像换了一个人似的。

没人了解她的孤独。社会无非如此，都是围绕个人利益来转，身边的人都忙着做社会人的自我修炼，只有她是孤单的、张望的、茫然的，有时候会突然想抱着个人——男人或者女人，大人或者小孩子，只要是人都行，来一阵痛哭。城市明明就是寸草不生的感情荒原，从这点上，她还没有练就成年人饱经世事之后的自应力。也许是负面经验积累过度，销蚀了热望，那些年轻人的生活热度，对新鲜事物的孜孜以求，充满弹性的好情绪，她都没有。

她愈发感觉她离南宁这个生她养她的地方其实很遥远，而离她心里很近的那个地方却还不属于她。她喜欢丛岭，它就像磁石一样吸引着她，一想到丛岭，她莫名地就感到兴奋、激动，感受到生命的脉搏因为重燃的梦想而发生的剧烈跳动。

接到朱阳的电话，她还是那种情绪。她心里还是想着丛岭。她喜欢丛岭，不是因为那里有男朋友韩岩，不是因为那里有美景，只是因为那里存在一种时时刻刻都指引着她心灵的东西。

朱阳问："你真的跑丛岭去了？那鬼地方，就是一乡下，你着什么魔了你？"

"不可以吗？"

"你妈是怎么教育你的，老大不小了，还这么不开窍？"

"路漫漫其修远兮……"

"咔！"朱阳赶紧打断，"那韩岩呢？你们到底起床了没？该不是昨晚又……"

"啊……你刚才说什么？"欧阳若萱心不在焉。昨天晚上，韩岩在临走之前嘱咐她，要把简历重新润色一下，还要请实习单位加几条好一点的意见，这段话明显包含一层不放心的意思，欧阳若萱当然听得明白。她其实不喜欢一个男人婆婆妈妈地念叨一件事没完，她是个办事干脆利落的人。他俩简短地约定了在丛岭碰面的时间和地点，就像平平常常的假期出行前的约定一样——虽然，为了这个约定，他们之间吵过无数次，冷战过无数次。

欧阳若萱的声音带着明显的疲倦，对着话筒长长地叹了口气："万里长程走出了第一步，再难也难不过红军长征二万五，我看差不多了。"

"你也不怕韩岩跟人跑了，他这种大帅哥，又是凤凰男，在哪都是宝贝。"

"我从来不用青春赌明天。是我的跑不了，不是我的，我不要。"

"我说你是真不懂还是假不懂。一天到晚地假成熟，像个早熟的酸枣子。过了啊！过了！再这样，我不打你电话了啊！……喂！喂！怎么又半天不吭气，喂！我生了，喂？什么？听不见，不是小子，生了个女孩，跟我一样漂亮。"

"嗯，去看你。"

"你说什么？听不见！信号这么死差，我反正要买苹果6，都出苹果7了，我还没有苹果6呢……你说看我吗？好，到时你跟韩岩一起来，收你俩做干爹干妈，要带见面礼啊！就你，非去那个鸟不拉屎的地方，真让人操心。"朱阳在电话那头吼了几嗓子。

欧阳若萱把电话放在枕头上，看着歪斜的空窗子，也不搭话。

"怎么又不吱声，喂！欧阳老太太，你要记住，全面检查一下他的身体，明白我的意思吗？全面检查！就是全面的、具体的。好了，小宝贝哭了，听见了吧，这是我那小宝宝的哭声。哎呀，尿了，挂了！"朱阳那头"啪！"很干脆。

那年在学校看着朱阳跟博文的腻味样，欧阳若萱就觉得朱阳的处女生涯熬到头了，果然，一毕业就结婚，还不到半年就生了，典型的奉子成婚。

从学校毕业后，她跟韩岩反反复复都在讨论一个问题：两个人怎么能逃开异地恋的苦恼，在一个城市工作。韩岩考上丛岭市文化局公务员做了一名文化缉查队队员、国家干部，而单亲家庭出身的欧阳若萱还在省报做实习记者，妈妈在南宁，怎么说也不会跑去边远的丛岭，对于南宁人来说，丛岭就是乡下。

为了去丛岭，能好好地跟韩岩在一起，欧阳若萱也不是没有努力过，找实习单位时，她特别关注过在丛岭有分部的公司。她在南宁找到一家外资企业叫美新实业公司，做女性护肤产品的，走阿里巴巴销售，也算电商，在丛岭设有分部，听说在申请上市，绝对的实力派，里面一个小小企划员，工资都至少“8”字开头。她应聘上了品牌管理，试用期工资就拿到了五千多，但她偏偏对这个职业没有任何感觉，虽然都是玩文字，比起报纸上的豆腐块来说就太没劲了，不是那个味。最讨厌的是她顶头上司乔安东乔总监，一双眼睛长得跟鲶鱼眼似的，最爱偷看女人的胸部。没干上几天，她就说拜拜了。

辞职的那天，乔安东打量了她老半天，一句话没说，辞职报告放在桌面上，他连瞅也不瞅。闷着一肚子气的欧阳若萱扭头就想走。

“我们还没熟悉，你就要走了，遗憾啊。”

欧阳若萱嘴角硬憋出一丝笑：“人生无处不相逢嘛。”

乔安东非常认同这句话，连声说：“好好，好一个人生无处不相逢，我喜欢。”

趁两人的眼睛还没对上，欧阳若萱把乔老爷桌上的辞职报告一抽，头也不回地走了，比干巴豆还干脆。走出电梯，欧阳若萱笑了。抬头一看，天气还不错。

出了公司大门的她，一下子就被城市人流淹没了。

欧阳若萱跟很多女孩子不一样，她特别了解自己，了解自己要什么，不要什么，喜欢什么，不喜欢什么，她没法像朱阳那样依附上一个男人就可以忘记自己的理想和事业，把婚姻当成自己的终生饭票。可能是因为单亲家庭的原因，她习惯了自己处理一切事务，为人生做好规划，而男朋友、老公在她的规划中只是代表一种存在，而不代表终结。她一直把自己归为“有理想、有信仰”的女性。

恰好，韩岩也是同类人，作为农村出身的凤凰男，他更在乎自己的事业，自己的前途。所以，他和她的相爱更像是一个战壕里跳出来的朝着人生光明大道前进的一对战友。他们没有像一般的恋人那样卿卿我我，他们的恋爱时光更多的是在讨论学习和健康、展望发展方向、议论时事、评点热点，甚至偶尔还炒炒股票、玩玩理财。图书馆、食堂、证券交易所和体育馆是他俩出现的场所。他们在恋爱时表现出来的淡定、理性连身边的老师和同学们也叹为观止。

欧阳若萱跟韩岩是校友，韩岩比欧阳若萱高一届。他俩的偶遇是在校外的甜品店。刚练完跆拳道的欧阳若萱一身是汗走进甜品店，要了一杯甜品。灯光从欧阳若萱的侧面打过来，将她姣好的容貌映衬得分外迷人，半干散开的头发，有的一缕缕贴在脖子上，脖子长而细腻，还不时地用手撩动着。来了两个男人有事没事地跟她套磁，索性还在她身边坐了下来。她一脸厌恶地正要起身离开，被其中一个男人一把按住了。店里的伙计喊了声：干吗？那男人回了句：滚你的。伙计就不吱声了。更多的顾客选择的是远离，除了一个在看书的男学生外。

这看书的男学生抬起头说：你的口水喷到我了。

两个男人都愣了，操起一果盘就往男学生头上砸，男学生头一低一躲，没躲过，砸到了左耳，盘子在地上砰的一声，碎了。这个人便是韩岩。

人家都挺身而出了，欧阳若萱也没法像个没事人似的，接着就来了个跆拳道里的“后摆腿”一说实话，她这招练的时间不久，其实也算不上厉害的，是这两个男人压根儿就没想到看上去娇滴滴的妞会突然使出这招，当时就愣住了，加上本来就醉了，自然不堪一击，没一会儿工夫，就被打翻在地，临出门还被欧阳若萱踹了一脚。

甜品店的老板和帮工们，还有韩岩都看呆了。两人一对视，相视一笑，说不上是谁看上了谁，有时候爱情的火花凭的就是一种瞬间的感觉，之后，他们像英雄救美的男女主人公一样，很自然的在一起了。

韩岩考上丛岭公务员比欧阳若萱提早一年离开了学校，他们真正在一起相处的时光只有半年，之后都是聚少离多。

（二）

韩岩毕业之后，她就落单了。那日黄昏，欧阳若萱和朱阳站在学校女生宿舍的凉台。有几个女生的内裤又被人偷了，都是新买的，大家议论纷纷。楼顶凉台和旁边进修班男生住的楼有一扇破门相连，门上了几把锁，没用，门下方破了个大洞，安了几层铁丝网，也没用，早已歪七扭八，估计是夜晚男女私会造成的后果，可见爱情的力量。最近这里，却老发生女生丢内裤的事。

朱阳先喊起来："龟孙子，给老子我站出来，偷条裤子算什么本事，有种……"

"这种事还瞎哄，不丢人呢。"欧阳若萱捂住她的嘴。

围上来不少女生，七嘴八舌。有人提出要立即到男生进修楼去查。老范是校保卫科的，他一出现，几层楼的女生一下子炸开了锅，如潮水般向他涌来。

老范扯着脖子喊："别急！别急！学校一定会争取早日破案，也希望你们以后多留心多观察，不要轻易放过任何蛛丝马迹，为学校提供有用的线索，积极配合学校把小偷从人群中揪出来，欢迎举报，举报分机是：1314。"

"一生一世！一生一世。"众人起哄。

第二天，在进修楼的楼道上张贴了举报盗窃女生内衣裤惯犯的公告。秦宇翔是海关派来进修半年的警员。这会儿正趿着拖鞋，歪着头看着，勺子敲着碗，自言自语："看来，男神要出手了。"后脑壳被人敲了一下，他正要发火，看见是老范："轮得到你吗？你老老实实好好学习，天天向上，你妈可是说了，不许你在学校犯一丁点错，不许搅事，不许惹事，不许生事。"

"主任，你看我哪里像是会犯事的人。"

"我看就像，刚才你还说要出手，没你天下太平着呢，这次你可是海关单位特意派来进修的，好好地在这学习完一年毕业走人。"老范低下声音问道，

“你打的那个人出院了吗？”

“都把我赶出来进修了我能知道吗？早知道一拳把他打死。”秦宇翔瞪眼了。

“在任何事情上都要学会使用法律武器，你读了四年刑法，这还不明白。”

“猫还有打盹的时候呢！你活大把年纪你就不明白，这天底下还就是有法律管不着的地方。”

“没人管，也用不着你管！抓不着别人的把柄在法律上就是无罪。”

“在我秦宇翔心里他就是有罪！有法律管不了地方，但是没有让我秦宇翔当睁眼瞎的地方。”

“好，你就争去吧，斗去吧，你最好把你爸气病了，就安心了。”老范生气要走人，秦宇翔拍拍他的肩安慰他：“主任，我回头把那个小偷给你送过去。”

老范急了，下了一层楼梯还指着秦宇翔说：“翔子，这事你别管，小心我向你妈告状。”

下班了，老范提了包正要出校门，就看见秦宇翔逮了个男生笑盈盈地朝他走来。老范问：“招了？”

“招了。”

老范只好把包收了回去，一边嘀咕：“好，你看看，我这回又没法准点回家了。”一边称赞道：“翔子，你还真行。”

黄昏，同宿舍的虾条跟秦宇翔商议去看电影的事，说着说着，秦宇翔不出声了，被楼下一女生吸引住了。原来，楼下电话亭，欧阳若萱在等韩岩的电话，蚊子很多，满手满脚地乱抓。电话响了，欧阳若萱急不可待地拿起电话，韩岩告诉欧阳若萱关于她落实实习单位的事还没办好，让她不要急，快了。欧阳若萱说：“要不，我让朱阳想想办法吧，她爸是搞边贸的，听说跟丛岭的一个市领导还是老战友，也常来往。”两人聊得正起兴，欧阳若萱不时笑逐颜开。

欧阳若萱穿着三四十块钱买的地摊牛仔裤，一件宽松简单的长袖T恤，臀部浑圆，一副休闲散漫的样子，闪烁着不算大的一双杏眼。喜欢上一个人有时候就这么容易，遇上了就忘不掉。秦宇翔想，哪来这么一个这么标致干净的女孩。

欧阳若萱也看到了楼上的秦宇翔。秦宇翔不好意思地朝她挥挥手，秦宇翔坐的位置很危险，朝外看，有一条很长的裂缝，随时可能倒下来，而另一面却看不见——那有块砖几乎要坠地，欧阳若萱忍不住冲着秦宇翔喊：“下来，快下来，危险！”几个同学也朝上看，也扯着脖子喊，秦宇翔赶紧跳下来，好一阵后怕。

于是，秦宇翔借着这事非要请欧阳若萱看电影。欧阳若萱只好应约，带上了朱阳。朱阳见到秦宇翔激动地大喊：男神，你是我的男神。欧阳若萱这才知道，眼前这男生就是被女生楼传得神乎其神的抓小偷男神。

一来二去，就算认识了。只是好景不长，欧阳若萱这种女孩本来就不是很好约，哄不了、骗不得，花钱花心思都没用，再加上欧阳若萱本来已经有了男朋友，很快秦宇翔就在欧阳若萱的交友圈中边缘化了。半年后，秦宇翔进修结束，离开了学校，两人就再无联系。

（三）

一年后，欧阳若萱也毕业了。她进入了省新明快报实习。

刚开始，她在报社实习阶段的生活和工作都是挺顺利的，也很愉快，只是少了韩岩，有点寂寞而已。韩岩在丛岭要大半个月才从丛岭坐火车来看她一次，每次待个周末就走，有时候还会遇上欧阳若萱临时采访，两人吃一顿饭就匆匆别过了。

直到有一天，部主任在跟她邻桌的一位同事文帅说，文帅，你来了快有三四个月了，马上要面临转正，你在我们这里表现不错，能写能干，留下来的可能性很大，我们专题组有个策划，打算让你参加。

部主任还从没有这么郑重其事地跟她布置过任务呢！哼，欧阳若萱一下警觉起来，竖着耳朵听。说实话，部主任河南口音重，具体的什么内容基本上没怎么听清，她就听见了两个字——丛岭。听到“丛岭”两个字，她什么也不管了，兴奋得跟一只飞上枝头的鸟似的扑到部主任跟前：“主任，我去，我去！”

部主任两眼瞪得老大：“你知道是什么任务吗？这是男人干的事，你一个女生干不了。小鸟就是小鸟，飞不过高山。”

欧阳若萱很认真地纠正：“主任，在工作上不能搞性别歧视，你不怕有人说你偏袒男同事吗？不要小看小鸟，燕雀也有鸿鹄之志嘛。”

“确定要去？”

“去！你要觉得我骗人，我立马死给你看。”

文帅：“哇塞，这话毒，管用。”

部主任很奇怪这女孩怎么会对这项任务感兴趣：“若萱，别人说你是报社的一朵奇葩我还不信，这回，真信了。”

“信了？”

“信。”

“那就把这任务给我。”

“你确定你可以吃得比猪少，起得比鸡早，干得比牛多，累得比马惨？”

欧阳若萱想了想，眨了眨大眼睛，确定地说：“主任，我发誓我一定活着回来！”

部主任拿出一张照片，照片以足球场为背景，拍了一组队员，个个露着灿烂无比的笑容。欧阳若萱一看：运动员？主任，我不跟体育线。

文帅凑近她耳朵，悄悄说：“这些都是丛岭缉毒大队的队员。缉毒！怕了吧？”

丛岭缉毒大队被评为公安战线上的全国模范大队，多人荣获一等功、特等功，是全国打击边境走私犯罪的一把利剑！其中尤其有一位叫秦宇飞的干警，九年如一日奋战在刑侦工作第一线，参与破获的重特大刑事案件达三百多宗。无论现场多么复杂，多么恐怖，他总是能克服重重困难，耐心从现场的蛛丝马迹中梳理出重要线索，精准确定嫌疑人。2014 年 4 月，他利用技术手段，锁定三个活跃在丛岭郊区的一个集走私、贩毒、制毒于一体的团伙，将团伙成员一网打尽，有力地打击了犯罪分子的嚣张气焰。除了刑侦工作外，这位叫秦宇飞的干警还加入了丛岭志愿者服务队。例如，到图书馆整理图书、给小朋友讲故事、资助贫困地区失学儿童，等等。早在2012年，他参与组建了一个名为“心灵公社”的心理学公益组织，为那些吸毒者提供免费的心理咨询服务。报社任务就是跟这些缉毒大队的同事们同吃同住，写出最生动、精彩的公安战线最美人物专题报道，这是省部委的要求，也是学习“最美”、争当“最美”，向英模学习的时代要求。

总的来讲，部主任对欧阳若萱拿下这个任务还是持信任的态度，欧阳若萱算得上一个理智、成熟型的女孩，有强烈的责任感，比同龄女孩更显得果断、干练。于是，欧阳若萱怀揣着一颗思念恋人的心出发了。丛岭成了她第一个公安战线跟班跑线实习基地。

丛岭，地方很小，方圆不过十几公里，但这里发生的犯罪百分之八十和毒品有关，是一个斗争异常激烈的地方。想到这个，欧阳若萱也有说不出的激动。谁让她从小就是个不爱红装爱武装的女孩呢！说实话，她没把这个任务当回事，她觉得自己没有扛不下的工作，接下任务的她更多的是开心和兴奋——这回实习结束肯定可以拿出响当当的专题报道来，而且至少半年不用害相思之苦了吧。开心的欧阳若萱做梦都在喊：韩岩，我来啦！

可是，恰恰相反，来到丛岭，韩岩跟她说的第一句话就是：不要这么幼稚好不好?

的确，这里没有她想象的那些类似好莱坞式的英雄警匪大片，连缉毒大队所在地也不是想象中的旋转高楼。丛岭缉毒大队是坐落在丛岭市城中村的一片平房，这里异常地安静，完全超乎她的想象，好像与世隔绝，与仅一街之隔的闹市区根本不在同一个时空。来来去去忙碌的干警，没有一个身穿警服，如果办公室里没有摆放公安标识的警徽，乍一看，还以为是待拆迁的平民区。

就是这种地方，这里的人每天居然都在跟最令人生畏的毒品打交道。不知道为什么，除了这地方让人感到怪怪的以外，欧阳若萱觉得他们这些人看上去也不怎么健康，尤其是大队长，在欧阳若萱眼里怎么看也像一个久病未愈的老病号，老是一副提不起精神的样儿。队里也有几个女干警，对她客客气气的。在这里的生活平静而简单，她看不到一丝英雄团队的气象，待了几天，也没认识几个熟悉的人，毫无存在感，那个需要重点采访的最美人物秦宇飞干脆来了个死不露面，连个影儿也看不到。部主任打电话过来安慰，叫她好好待着，没有人会把英雄挂在脸上，真正的英雄就是在平常的生活中，在工作的点滴中……啰啰唆唆，听得她头皮发麻——得了，又来老一套，什么平静中见真情，平凡中见伟大。

反而是韩岩更了解他们，一有时间就跟她讲述：那个缉毒队长姓丁，丁队长看上去五十多，其实他实际年龄只有四十二，父亲病逝已久，姐姐有吸毒史，长期待在戒毒所，母亲瘫痪在床，是弟弟一家和他老婆在长年照顾着。丁队长不是丛岭人，省里不时会把几个反毒斗争比较残酷的地区的缉毒干部来回地洗牌，有些还会在洗牌过程中直接把关键干部远调他省，丁队长就是从北方调过来的干部，被调者往往举家迁移，有时还拉上跟缉私有关的亲属，所调地区一律保密。而为了保护家人和这些干部，他们的家人往往不会和他们常年生活在一起，所以，缉私干警的家庭通常是聚少离多，像丁队长，即使同在一个地区，估计一年也只能跟老婆孩子聚个三五次而已。

对于这群人，韩岩跟她是这么评价的——那不是一个常人可以理解的世界。

不知道是出于好奇还是新鲜还是神秘还是向往，她对队里出现的每个人都渐渐充满了要一窥究竟的想法，她就想搞清楚一点，这些看上去平凡还有点土气，简单还有点粗糙的人身上到底有什么值得挖掘的闪光点。

（四）

平房的后面有条已经干涸的护城河，许多垃圾会堆放在这里，年复一年，这里居然形成了一个巨大的山坡。就在欧阳若萱在队里待到第六个早晨——那天，她透过窗口，看到几个孩子那个填平的护城河上玩要，这群孩子在那里挖土堆已经很长时间了，挖出的玩意儿也越来越新鲜，比如套子，就有针织手套、塑胶手套、皮手套、毛手套、避孕套，只有针织手套可以拿回家，用沸水消毒、晾干，就可以织冬天穿的袜子。

从岭这地方并不富裕，因为毒品，吸毒、贩毒、戒毒，让许多家庭家破人亡，失学儿童很多，有些孩子就这样流落街头，到处捡拾垃圾。她曾经还看到过他们在土堆上抢避孕套玩，因为它吹起来最轻松，而且可以吹很大、轻、形状好、透明，牵根线，可以随风吹得很高，能像有钱人家买得起的氢气球一样腾空。土堆里，只要细心点，总能翻得到，跑回家冲洗干净，就可以拿出来显摆。他们抛着、丢着，放在嘴里吮着，用嘴巴吮出一大堆的小泡泡，在手心里刮出尖厉的声音，吓唬偶尔从旁边走过的大人；有时还拿着一堆的针头，玩打针游戏。只有一个孩子从来不拿土堆的东西，只是像看傻瓜一样看着他们笑。

欧阳若萱走近那个老是一旁观看的孩子，问孩子："你干吗不跟大家一块玩？"然后孩子说："不，这里的东西不干净的，我爸爸告诉我，不能玩。"

她又问："怎么不干净了？"

孩子说："爸爸说，这里有些人得了一种怪病，会传染的，他们会把那些会传染的东西全倒到这里来，就会传染更多的人。"

"那你怎么不告诉他们，叫他们也不要去拿。"

"他们不相信我，他们还老是会打我。"

突然一种心酸涌了出来。欧阳若萱说："告诉我，你爸爸是谁？"

孩子低着头不说话。

"你爸爸不在家？"

孩子摇摇头。

"发生什么事了，告诉姐姐。"

等孩子抬起头来时，眼睛里充满着泪水："我爸爸死了。"说完，他又大声地冲欧阳若萱喊道："我爸爸是英雄，我爸爸就是为了让大家再不要看见这些有毒的东西，不让孩子们玩这些染病的坏东西才死的！我爸爸是英雄！哼！”

她心疼地捧起孩子的脸：“对，你爸爸是天底下最伟大的爸爸。”

孩子憋着嘴一边抽泣一边委屈地跟她讲述：“可是，我跟他们讲，他们都不理我，还打我，骂我是特务是奸细是坏蛋。”

欧阳若萱拍下了孩子们玩那些针头和避孕套的镜头，也拍下了离群孤独的那个孩子眼泪汪汪的样子。回到队里，正好遇到队长，她拿出手机，指着那个孩子问：“这是你们队里哪个同志的孩子？”

丁队长看到照片，愣愣地望着她，慢慢地回过神来告诉她：“是。他叫申奇斌，是我们的一位金牌卧底……他在一次战斗中不幸牺牲了。”

这是欧阳若萱第一次听到死亡。

“那天我们根据线报，到西北边一个巷子里的制毒窝点，这个制毒窝点，我们已经找了很长时间，那是一次成功的围击，警员从四面鱼贯而入，直扑三个房间，整个突击行动只用了十五秒钟，抓捕用了五分钟，我们抓了三个毒贩，缴获海洛因十公斤，海洛因就这么一整块一整块地放在桌子上、地上，算得上是全国大案了。”说到全国大案时，丁队长特意看了她一眼，着重强调了一下，接着换了一种语气说：“我们接到的就是申奇斌的线报。担心会暴露他，队里打算让他归队，但就在归队前的那天晚上，他刚要踏进家门，就被人枪杀了。”这时，他眼里流露出一种莫名的伤感：“那是他盼望已久的家……到死，他都没有踏进家门半步。那些毒贩，简直可恶至极！”

“你们是不是培养了很多的申奇斌？”

“我们也想，可是好兵难得。**他要**有坚定的信念、**坚强**的意志、快速的反应、灵敏的身手，还有不怕死的决心，**一个好的卧底相当于一支部队**。”

“可是他有家庭。”欧阳若萱有一点觉得很气愤，在决定谁来做卧底这事上为什么不经组织商议？作为一个有家庭的男人，他不仅仅是代表一个个体，不仅仅有工作的责任，他还有做父亲、做丈夫的责任。

“家庭？哪个人没有？为了大家，就必须舍小家，这就是我们这条战线上至死不渝的信念！”丁队长字字掷地有声，对这一点毫不含糊，“像你，如果哪一天对这里有不满，对组织安排有丝毫犹豫，那就走人，我们不需要软骨头，更不喜欢婆婆妈妈。”扭头就走了。看起来病恹恹的丁队长，说起这几句话来倒是铿锵有力。

再后来，欧阳若萱发现队里的活是找来干的，而不是靠分工的，在队里根本没有闲人，有什么任务都是抢着干，如果一段日子总是安排不到任务，反而觉得自己没任何用处，没有存在感，被隔离了。慢慢地，她意识到如果不深入他们的工作学习和生活，就无法打开这个神秘的世界，慢慢地，她开始接受这种氛围，这种渴望被认可、被接受、被安排的氛围。她开始帮着队里做很多杂事，负责一些具体的工作，比如做会议记录、打印文案、上传下达等，从早忙到晚。有时候，回顾自己所做的这些事，她强烈地感觉到这里真的需要人手，需要很多的人，这里有太多的事需要整理、需要牵挂、需要安排、需要记录、需要协调、需要组织……为什么不多安排一些人呢？

“因为没有那么多的经费。”韩岩告诉她，“专案需要专项经费，这些从省里面拨付的经费数量有限，都要省着花。那些公安线各个支队，别说交通费，好多人连药费都报不了，干警们经常在外熬夜蹲守巡查突击，没几个没病的，这里的公安可不像内地的，那是两个世界，他们绝对的一线作战部队。现在这年头，他们还这么玩命地干，傻不傻。”

“别这么说！”欧阳若萱不喜欢韩岩对他们的态度，每次她问起队里的一些事，韩岩总是抱着一种冷眼旁观的样子，让她有点反感，“我觉得他们个个都挺好的。”

“好什么好，就是一群寻求刺激的人聚在一起干一些自己觉得特冒险、特牛比的事，然后自以为成了一名伟大的无名英雄，其实，什么也不是。”

“我挺喜欢他们的。”

“天真！幼稚！为什么？能告诉我为什么吗？”

是啊，为什么？欧阳若萱也在想这个问题。直到韩岩睡着了，欧阳若萱也没有想出答案。怎么说呢，就像一个磁场，一个拥有巨大吸引力的磁场，身在其中无形中就会被他们所左右，无形中改变了自己对人生的看法、对生命的理解、对价值的探究。

报社的人都抱着欧阳若萱去半个月就会拖着拽着主任非要回来的想法，谁知道，欧阳若萱居然坚定地留了下来，而且，还每隔一段时间都发回精彩的人物报道——这朵报社奇葩果然又开始绽放异样的光芒，让众记者刮目相看。

韩岩对她的变化有些微词，说实话，韩岩在文化单位工作，工作起来也还算顺心，但整体上还是客居他乡的感觉。对丛岭没有什么感情，更绝对没到要以此为家的地步，之前因为异地恋，他总希望欧阳若萱能到丛岭工作，但工作了一年多，他这种想法越来越淡。知道欧阳若萱被报社抽来跑公安的缉毒线，他也兴奋了一阵子，可是，等欧阳若萱到了之后，看到她被缉毒大队的事整得整天忙里忙外，比在南宁还忙。他的宿舍本来就小，为了跟欧阳若萱在一起，他还特意到外面花钱租了一个一房一厅，结果现在基本上用不上，他在单位做文书，经常加班写材料，欧阳若萱更是围着大队的事转，常常夜不归宿，除了刚到的那一个星期到处玩了玩，两人基本上又回归到两地分居的状态。

每天看到欧阳若萱回到房间，总是疲惫不堪的样子，他现在更是想极力说服她回到南宁去，不管怎么说，南宁才是最好的落脚点，那里有欧阳若萱最亲最爱的的爸爸、妈妈，也有韩岩的同学朋友，时机成熟，还可以把自己调去南宁，买房结婚，再把自己在乡下的老爸老妈接来，这才是幸福人生应该走的方向。而现在，欧阳若萱有点转偏了，在决定他们未来共同生活的方向上绝不能松口，在他眼里生活就是活生生的，是现实的，容不得半点务虚，他甚至打算好，适时向报社建议把欧阳若萱招回去。好在欧阳若萱还没有表现出明显不想回南宁的念头，双方也还没有因此发生太大的争执，基本上还是处于对一些事物心平气和的探讨，没有到决定爱情是向左走还是向右走的地步。他只是隐隐有点担心，至于担心的是什么，他还不是太清楚。

总之，他觉得欧阳若萱是变了，像他说的——变得有点幼稚、有点不切实际、有点偏执。她只看到一群为缉毒事业疯狂的干警，没有看到这大街上走着的人差不多有一半是在做跟毒品有关的事，丛岭就是一个战场，待在丛岭就是待在一个战场中，这种危险性是一触即发的。他去过缉毒大队，那里的会议室挂的不是锦旗奖状，而是一个个荣获特等功、一等功的英模照片，而且最主要是他们大部分已经殉职——这太可怕了，他无法理解，如果人都死了，还有什么可值得追求的，现在国外早就不提倡自我牺牲和个人英雄主义，在任何时候，生命都是排在第一位的——为什么这么简单的道理欧阳若萱就不明白。

有些话还不能对欧阳若萱说得太直接，不然，她直接就把他归为渺小的鼠辈一类，那更麻烦，爱情都没了，还谈什么调回南宁组建婚姻家庭生孩子买房子？他不想让欧阳若萱发现他意识形态中她不喜欢的那一面，只有慢慢同化她。

（五）

时光荏苒，实习的那阵子，欧阳若萱跟队里的干警日渐熟悉，她跟队里女秘书邓玉勤聊得最多，聊曾经经历的案子，也聊人，玉勤最爱讲那些功臣，充满了仰慕之情，谈到秦宇飞，更是赞不绝口，佩服至极，跟个神似的。玉勤家就在当地，一看就知道是个干刑警多年的老干警，一脸的沉稳和干练，就因为工作的原因，玉勤直到三十多岁才怀上孩子，队里都觉得亏欠了她似的，自从她怀上宝宝后怎么也不让她参加任何有危险性的任务，这种事在这里已经达成共识了，所以，只帮着做点后勤工作。因为玉勤怀着孕，欧阳若萱发现后，向丁队长要求，把会后整理的工作交给她，让她不要太累，可以早点回家休息，丁队长同意了。虽然仅仅干了一个多月，写了几篇小报道，一直在帮忙做一些抄抄写写做记录打报告偶尔留守值班的事，但欧阳若萱在其中似乎找到了如鱼得水的感觉，他们跟她很像，都是那种在工作上有节奏、有目标、有纪律的人，而且还有一个说小了叫信念说大了叫信仰的东西正是欧阳若萱一直追求却一直没找到的东西。在这里，她所追求的信仰越来越清晰，也就干得越来越起劲。

韩岩担心她的身体，会给她煲好汤带去单位喝，那天，他也煲了个汤，装好，盖好盖，嘱咐她晚上九点左右可以插电加热喝，补气血的，韩岩在照顾人方面挺有一套，欧阳若萱很满意地走了。

丁队长把她主要的采访对象秦宇飞带到她面前，已经是一个月之后的事了。这天，看那架势，晚上注定又是个不眠夜，欧阳若萱平时不常见到或者从来没见过的几个干警都露面了，这些神龙见首不见尾的人当中就有秦宇飞。

一个晚上搞得紧紧张张，本来没有欧阳若萱什么事，她只是想来体验一下缉私大队做大案的感觉，也帮玉勤打打下手。好不容易到中场休息，欧阳若萱转身进屋，准备把热好的汤给玉勤送去，结果进到屋里一看，好端端的一盅汤全被人喝光了，忍不住发火："这是谁呀，谁把我的汤喝光了。"

丁队长闻声进来，见她这副不高兴的模样，帮着喊："谁呀，你们谁啊，谁把欧阳的汤喝光了？欢迎举报，欢迎自首啊。"

欧阳若萱着急地直跺脚："我这是要给玉勤喝的，损不损啊？"

她这边正生气呢，那边恰好两个干警嘻嘻哈哈没个正形地进了屋，其中一个嘴里还啃着鸡翅，没看见欧阳若萱恨恨地盯着他，一嘴的鸡骨头吐出来没地儿放，指着桌上的纸巾示意欧阳若萱帮他递过去："喂，麻烦，递张纸巾……瞪着我干吗？没见过男神？哟，这女同志还真不认识，这么快就给我们基层单位充实力量啦？长得真不错。"手便向欧阳若萱前面的纸巾盒伸了过去，把欧阳若萱恨得来了一个反扣手，把他手臂死死扣住，两人就这么亮了几下身手，毕竟不专业，很快欧阳若萱落在了下风，丁队长忙把他俩分开。

气得脸红耳赤的欧阳若萱冲着秦宇飞还嚷着："跟我道歉！那是我的汤。"

丁队长在一旁赶紧跟她解释："秦宇飞刚从外面回来，还饿着肚子，所以，你就原谅他这一回吧。"

原来他就是如雷贯耳的秦宇飞。欧阳若萱脸色慢慢变好，渐渐从愤怒转而露出一丝惊喜："秦宇飞？你就是秦宇飞？"

秦宇飞挠着后脑勺不知道该说些什么，丁队长跟他介绍："这是省里新明快报的记者，叫欧阳若萱，来我们大队做专线采访的，人家指名要采访你，可是因为特殊任务，没有招你回来，现在正好，趁你回来队里的这几天，你们多聊聊。”

也算不打不相识，因为一碗汤，俩人总算认识了。

当晚的任务是凌晨一点由秦宇飞和一位女干警假扮成毒贩，然后乘他们正在交易毒品时，实施现场抓捕。欧阳若萱早早装好了隐形摄像头，跟在队伍后头，又紧张又兴奋，伸着脑袋想看看那位英勇的女干警是谁，是不是长着三头六臂，结果，一干人等了半天，也不见女干警出现，时间已迫在眉睫，有人要打电话，被丁队长制止了，因为谁都不知道那位女干警身上发什么了什么意外，如果这时候打电话，只怕抓捕行动会因此而暴露。

丛岭的凌晨分外宁静，清澈的北仑河水在月光朗照下泛着层层波光，可以看到水上偶尔跳出的鱼，夜游的欢畅跟寂静的夜对比十分强烈，对岸原本像晚霞一样燃烧的木棉树，此时只留下肃穆的剪影，远处，渐或会传来一些音乐声，有些像聚会后的余欢，又有些像思念亲人的独奏。还有一种虫鸣，欧阳若萱一直分不清那到底是绿毛虫还是秋蝉呢。

在平静的月光下，欧阳若萱的目光显得既迷茫又空灵。周围的影像怎么也不像一场战斗要打响的前奏，反而更像一次难得的夜景共赏。秦宇飞悠闲地抓了一把草，在结草绳玩。

欧阳若萱忍不住心中的好奇，凑到他跟前问：“你结的这是什么？”

“是方向，是目标。”

“那有什么用？”

秦宇飞用结好的草在她头上轻轻地拍了一下：“傻瓜。”然后把它们一个个依次摆在地上，眼前的草结成了一个个指示方向图标，他说：“猎人们进入丛林为了不让自己失动方向，他们会结上这种草，每走一段路就放一个地方，这同样也是一种求救信号。记住，如果有一天你在某个地方看到这个东西，说明有人遇到了危险，要用它带你去找他。还有，每一次行动，不可避免会有许多不可预见的事发生，别小看这个小东西，它也许能在你危难之时救你一命。”

离最后的时刻越来越近了，再不行动都晚了。大家都以为今天的行动会由此而挫败，突然有个声音说：让我去。丁队长转身一看，是玉勤，马上不同意："你不行，还怀着孕。""我可以，丁队，你知道的，这里只有我有经验，你没有选择，让我来吧。"她声音不大，却极有力量。

丁队长知道，这场来之不易的战斗只有继续下去，打下漂亮的突击战才对得起为这次抓捕付出长时间努力的干警们，不可能战斗还没打响就匆匆收兵。可玉勤还怀着孕，不怕一万，就怕万一。时间一分一秒地在溜走，玉勤很冷静地提醒丁队长："没时间犹豫了，决定吧，我做好了一切准备。"丁队长两额冒出了豆大的汗珠，可是时间不等人，安排好的那位女干警依然没有任何消息，谁也不知道问题出在了哪里。不知道哪来的勇气，就在这千钧一发之际，欧阳若萱挺身挤在玉勤的前面："队长，让我试试，我是跆拳道高手，有身手，就算要逃跑，我也进过全省短跑冠军，我们学校跟体育班的一起比赛，我三千米还排前三呢，死不掉。"

丁队长仅仅凭欧阳若萱的一个坚定的眼神就决定了让她代替失踪的女干警与秦宇飞一起参与交易，秦宇飞向丁队长点了点头："可以。她不用说话，只要安心地假扮我的老婆就行啦。"扭头看看欧阳若萱，一副怪笑："我还挺有福气的嘛。"众人一阵逗笑。

一声令下："开始行动。"

地形不算复杂。房子外已有蹲守了几天的警员，见到抓捕队过来，不时从歪斜着的掩体探出脑袋，这里平时很少人来，但凡来的人，不是贩毒的就是吸毒的，而一个叫"哈喇"的大毒贩将在今晚出现。大家开始默默地检查各自携带的武器，压压子弹。欧阳若萱什么武器也没带，不由得看了看秦宇飞，秦宇飞用余光感觉到了欧阳若萱的目光，嘴角又挂着一丝坏笑："别怕，老婆，有我呢。"

欧阳若萱压低声音生气道："都什么时候了，还扯。"

秦宇飞指着前面，一脸轻松地说："如果没有退路，我们就当它是一次散步。"

一间很平常的平房，坐落在河边，周围除了木棉树没有其他遮盖，这是个极易封锁的地方，这也是秦宇飞的功劳。丁队长对这次抓捕胜券在握，没想到临时女干警会出问题，一下扭转了对形势的判断，他不知道下一步还会发生什么意想不到的状况。其实，当秦宇飞拉着欧阳若萱的手往前走的时候，所有在场的人都揪紧了一颗心。

已经可以看到屋子里的灯光了，还有一个更微弱的光在一闪一闪，那是毒贩在抽烟，窗户印出了一个消瘦的身影，那肯定就是“哈喇”。欧阳若萱的手心冒出了汗，一种突如其来的恐惧。秦宇飞说：“你在这里，我去。”往前跨了一步，被欧阳若萱一把拉住。秦宇飞安慰地拍拍她的肩：“没事，有办法。”“我跟你一起。”此话一出，欧阳若萱仿佛全身充满了勇气和力量。

“哈喇”见到他们俩进来，没有生疑。交易的场景跟欧阳若萱想象中的不一样，这里没有电影里的黑色箱子，没有美艳女子，没有枪，也没有跟着彪形大汉的保镖。“哈喇”像个打完麻将刚回到的样子，哈欠连天，一只装垃圾的袋子就这么随意地放在凳子上。

就在秦宇飞跟他交易的同时，从厕所跑出来一个妇女，跟他大喊：“这人是警察！”看似双方都不动声色，实则全都暗藏杀机。恰好，先冲进来三个警察，两个汉子制服“哈喇”，一个控制住了妇女。行动十来秒钟就结束了。“哈喇”被反铐着，一路走，一路死盯着秦宇飞，不说话，只是恶狠狠地往地上啐了一口痰。

丁队长翻开黑色的垃圾袋掂了掂，估摸有四千克海洛因，这让大伙大为兴奋，因为高纯度海洛因超过一千克就算是大案了。

可是，拿回警局一检查，却发现貌似四千克海洛因的这块东西，其实只有表面的一层是高纯度海洛因，下面厚厚的一层全是化学合成后的面粉。突审之下，“哈喇”终于开口说这是他的老板指使他来试探秦宇飞。他的后台老板英文名叫“ANDE”，连“哈喇”也从来没跟他的老板正面联系过，他也不知道长什么样。

更意想不到的是，第二天一早在从岭国道边，发现被人打晕的失踪女干警，送往医院，一直没苏醒过来。

这事之后，韩岩很担心欧阳若萱的安危，向报社反映了欧阳若萱在缉毒大队的情况，报社得知此事，也从报社记者的人身安全出发，从速招回了欧阳若萱。欧阳若萱因为这事还跟韩岩大吵了一场，极不情愿地离开了丛岭。

走的那天，欧阳若萱到队里找秦宇飞，可惜，没有碰到。

玉勤从办公室出来："你来晚了，秦宇飞一早跟丁队长去市里汇报工作了。"

丛岭到市里，九曲十八弯，起码要五六个小时。欧阳若萱不无遗憾地说："早知道，跟他们的车一起走。"她发了一会儿呆，一时不知何去何从。

"知道你要走，这是秦宇飞让我送给你的。"玉勤拿出一枚铜币。欧阳若萱审视着这枚铜币，这是一枚早期的青铜币，已经被磨得光滑锃亮，一面有明显的凹陷。玉勤告诉她："这是秦宇飞的宝贝，他刚来我们大队的第一年，还年轻，哪都觉得新鲜，喜欢收藏这些玩意儿，结果，它派上了大用场，一次抓捕行动中，毒贩的子弹打在它上面了，救了他一命。"

如果说对韩岩的感情是缘于一见钟情，对秦宇飞的爱慕便是发自内心的崇敬。秦宇飞，虽然相处的时光颇为短暂，对她却有种无形的吸引力，怎么也忘不掉。即使回到南宁，与秦宇飞当晚的相识和相处的情景，她怎么也忘不掉，它像照片墙一样深深地刻在了脑海里。她迫不及待地想了解他，了解他的一切，她不断地向秦宇飞在QQ里发出好友申请，终于有一天，秦宇飞的QQ加她为好友了，她的内心简直可以用狂喜来形容，可是，虽然加了她的好友，她给秦宇飞的留言却从没接到过任何回复，哪怕是一句简短的问候。

回到南宁的欧阳若萱在变化，她的变化韩岩看在眼里。以往总是韩岩去南宁看她，现在她却不时会主动要求来丛岭看韩岩，感觉到异样的他总是以一个女人奔波太劳累为由拒绝她。时间是良药，韩岩也知道这一点。果然，回到南宁的欧阳若萱，结束了实习生涯，开始了省报做正式记者。在忙碌的日子里，她很快恢复了以往的生活，那个对欧阳若萱来说惊心动魄的夜晚，就像一场梦一样，说消散就消散了。

——只是细心一点的人可以留意到，从丛岭实习回来的欧阳若萱胸前多了一枚凹陷的旧青铜币。

（六）

1月1日是丛岭少数民族黎川族的唱哈节，因为华鑫合资公司的董事长应如海将在丛岭的茶谷海滩建设一个农、林、渔、疗养度假、旅游观光、海滨浴场一体化的现代化渔村，是丛岭引进的第一个外资项目，所以今年的唱哈节分外热闹。

各家各户拿出了一瓶瓶的鲶汁和大袋的风吹饼、煎堆，摆放在十里长滩上与游人们共享欢乐。

仑河南临北部湾，是黎川族人的精神母主，上午潮涨，途经伤逝之后，此刻收起了情绪，显露着由人抒怀的样子，秦宇翔便追随着涛涛河水声，回忆起往事。

改革的春风吹到边境地区总是比内陆要晚很多年。小时候，秦宇飞和秦宇翔能看到周围到处是干得热火朝天的学生和老师，飘扬的横幅，写着“植树造林，功在千秋”“为改革、为四化加油干！”“爱劳动爱树林爱国家”，他们相差一岁却在上同一个年级，两个人不干活，尽逗一位低年级的小女生，白白净净的脸，怯怯的，最后把她逗哭了，跑去他们班主任那里告状，非他们罚去挑大粪，结果，两个人挑一个筐，路过斜坡，秦宇翔个儿矮一点，脚一滑，臭了半边山和一群人，两人索性找了个碴儿，干不了，坐在山坡边瞅着大家忙，没事干还嘲笑同学，最后被义愤填膺的校长拉到了山顶做“偷懒”的典型，两人寻思着，干脆脱下校服，在上面一人写了两个字——“我、是、害、虫”，站在山坡顶上，任人看，假装一脸严肃。

大家都把他俩当招牌瞅，都不干活了，笑得前仰后合，后来，好像是下了一场大雨，顷刻间，山下的学生和老师们都跑得无影无踪，单留下了他们哥俩，雨水冲刷下来，好不狼狈，一声雷响，把秦宇翔吓得滚下了山，秦宇飞大笑，那年的春天就这么过了——似乎就在那笑声之后，他们哥俩都长大了。

秦宇飞就是1月1日的那天，被人枪杀的。

时光过去整整一年了。今天是秦宇飞的祭日。秦宇飞跟嫂子喻楚芯打了声招呼，先走，什么也没带。想着以后的每一年，他都要在这种热闹欢乐的节日里去祭奠他的哥哥，他就有一种莫名的心痛。秦宇飞和秦宇翔乍一看，真的很像。一样俊秀的脸庞，一样俏皮的笑容，一样说起话来爱扬扬眉毛，连一些神情举止都非常像。怪不得，他来到缉毒大队时，仅一个背影，都吓呆了很多人，都以为秦宇飞回来了。

唯一不一样的是，秦宇翔不抽烟。

那年，秦宇翔执意要从海关调往他哥哥的同一个单位时，母亲桑青气得一个星期不跟她说话："你们都要走是吧？那就全走吧，不要管我了，我这一辈子就为你们几个活着的，哪天死了，也是为你们痛苦而死。"气质颇佳的桑青是高校老师，当初嫁给公安已招来全家反对，她执意要嫁，生孩子本来就晚，结果，不到二十年，丈夫英年早逝，自己只能一个人撑起这个家，带大两个孩子，孩子就是她的希望。气质高雅、很有学究味的桑青本来是有机会再找一个，但是她都放弃了，她知道自己的爱除了给两个孩子以外，没法再分一点点给别人。

但是，她运气不好，她这两个孩子生就跟他们的父亲一样，对自己决定的事情坚定而执着。

秦宇翔固执地要去丛岭，不惜跟现任女朋友杨文文分手。杨文文家跟秦宇翔家住对门，杨文文个人条件很好，名牌大学毕业，跟秦宇翔青梅竹马，杨文文的妈妈王美华跟桑青在同一所高校任职，不过，她做的是行政工作，不搞教学。俩孩子天真烂漫时，两个妈妈就说好以后做亲家。杨文文很爱秦宇翔，只是秦宇翔有点不上心，都二十七了，还没谈到结婚的地步，王美华急了，说："文文，你再不结婚，就成老姑娘了，那宇翔有什么好，也就帅点，嘴巴甜点，在海关多好，现在非要进什么公安，还去那个鬼丛岭，今天不知明天事，单凭这职业就不合适。"

杨文文爱定秦宇翔了，还替他说话："宇翔是先立业后成家，宇翔跟一般人可不一样，他是有信仰的人。"

“对，我知道，我知道，他们家的人跟别人就是不一样，可就是没有好下场！”

“呸呸呸！乌鸦嘴，我的宇翔才是有福气的人呢，我都跟他算过命了，大富大贵，尤其是跟水瓶座的女人在一起。我，就是水瓶座。”杨文文气得直跺脚，脚踝上的小铃铛发出了叮当的声响，这对小铃铛是她十八岁时秦宇翔送给她的生日礼物。

当杨文文知道秦宇翔要去缉毒一线时，也着实急了，找来秦宇翔问个究竟：“你干吗呢？你们家是不是都是一群吃饱了撑着没事干非要找点刺激来体验生活的人啊！”

秦宇翔也生气了：“你说什么呢！我想干的事，谁也别拦着。”

“别老摆着一副比任何人都更活得有价值的样子好不好，只有心灵空虚的人才会天天叫嚷着给自己扣一顶红帽子取暖。”

“杨文文，你是我什么人？！为什么别的女孩子越长越漂亮，就你越长越缺脑，少对我指手画脚，我！不！喜！欢！”

听了这话，杨文文两眼泛泪光：“好，我不是你什么人，我只告诉你一句，你若是要去丛岭，我们就一刀两断，从此老死不相往来，你走你的独木桥，我走我的阳关道。”

秦宇翔改不了贫嘴的毛病：“凭什么我的就成了独木桥，你的就是阳关道；好好听着，我走我的阳关道，你走你的独木桥，别跟着我哈！”

秦宇翔头也不回地走了，留下杨文文拿着家里的东西东摔西摔，大喊大叫。秦宇翔边走还边自语：“女人，老像只割不掉的阑尾。”走了几分钟，再回头看，杨文文果然是生气了。见不着踪影，心里又有些内疚，想了想，算了，她也长大了，有些事该明白了，友情和爱情不一样，其实，杨文文口口声声说是他女朋友，他却从没承认过，说得太直接又怕伤了她，这样最好，走了，离开南宁，她就没什么好想了。二十七岁的秦宇翔这些年一直没有正式的女朋友，不过，他这人从来不缺女性朋友，大学毕业经历过一些来去匆匆的情感之后，让他更清楚地知道他要寻找的心里的那个她肯定不会是杨文文。

秦宇飞和喻楚芯的婚照还挂在墙上。照片镶在银制的镜框里，看上去是精致而昂贵的。喻楚芯是秦宇飞的大学同学，说起她的样子，并不算是娇美的、艳丽的，只能说得上五官端正。他们在学校同学四年，在队里共事过一年，队里是不允许队员之间恋爱的，如果恋爱了，一方就必须离开大队。所以，楚芯调去了离丛岭最近的岩城县，在公安局户籍科里天天跟户籍打交道。秦宇飞常年在外，结婚多年没怀上孩子，要不是两人共事多年有种天然的默契，哪个女人也受不了这种孤单和寂寞。后来，终于有了笑笑，都是楚芯一个人带着孩子在岩城生活，怪不得旁人会议论，楚芯是单亲妈妈，甚至有不怀好意的，说这孩子是她年轻时乱搞男女关系怀上的，压根儿就不知道孩子的父亲是谁的。

因为今天是秦宇飞的祭日，他的单人照片被摆在客厅的正上方，下面摆了几盆盛开的白菊花。秦宇飞对楚芯来说，就是她的一座山，是她情感的一切，以前如此，现在还是如此，反正秦宇飞以前也常常不在家，所以，一年过去了，对她来讲，没什么区别，似乎某一个早晨、某一天下班回来的路上，秦宇飞就躲在某处突然跳出来，吓她一跳，然后扛起笑笑，一路狂笑。

对于秦宇飞的死，喻楚芯是平静的，一种不可思议的平静。

她知道今天秦宇飞的队里会来人送慰问金，所以特意布置了一下客厅。她下意识地让自己调整一下情绪，让自己认真地意识到秦宇飞是不在人间了，甚至努力让自己悲伤起来。她想到当年结婚那天，当手续和仪式都办完的时候，晚上，秦宇飞告诉她：你的处女时代要结束了。她就像旧时代的女子期待着自己的守宫纱消失的那一刻，结果，一个电话，秦宇飞就走了。洞房花烛夜，那个标志着她离开单身生活、离开处女时代的日子，其实是她独自一人过的，这样特殊的夜晚，换作任何人也不免生出几分失落和伤感。不过，她是这么安慰自己的：喻楚芯，你和秦宇飞终于有属于你们自己的家了。从今天起，不管秦宇飞像风筝一样地飞到哪里，他总要回到这个家来，她是这个家的原点。

正因为如此，那时他俩结婚第二天，她就准点去上班了。看到她的出现，众人面面相觑，她很坦然地一笑："老公走路，只好继续忙碌。"

即使生了笑笑，她的日子，今天和明天也没什么两样，有妈妈帮她带笑笑，她坐完月子调整了一下，第三个月就去上班了，难怪有人说她在争年度先进，其实不是，她只是不想让自己闲下来。关于带孩子，说实话，她到现在还是不太会带，没有妈妈，她连给笑笑洗澡这项小工程都完成不了。这种状态直到几个月前她的妈妈因病去世。一年走了两个亲人，打击够大了。单位关照她，让她休半年的假，她没有同意，每次都是请丧亲假三天，加上办丧事，前后加起来也不过十五天。

她忘不掉去年那个特殊的日子……

那天她正上着班。

“楚芯，你老公单位的电话。”

秦宇飞都是以丛岭某某公司的名义打电话过来，她接了。电话那头却出现了丁队长的声音，他说：“有件事，需要你来一趟，我们待会儿派车来接你。”

她的脸顿时煞白。回到家，都不知道自己要准备些什么东西，左拿右拿，孩子在一旁大哭，她妈妈抱着笑笑怎么哄也哄不过来，楚芯大吼一声：让他哭！笑笑不知道是吓着了，还是怎么的，顿时不哭了，委屈地抽泣着，笑笑天生弱听，他只能从妈妈的表情上感觉出妈妈真的生气了。

车很快就到了。从身体表面上看，秦宇飞还没到不治的地步，她甚至没有看到血迹和伤痕，就如同睡着了一般。秦宇飞的妈妈桑青来了，秦宇飞和喻楚芯结婚后，她们并没有在一起生活，主要是因为秦宇飞的爸爸——一个干了多年刑侦工作的优秀干警，积劳成疾，英年早逝，家中还留有老母亲，由桑青在家照顾着。

桑青止不住唏嘘，楚芯也说不出什么话来安慰，望着病床上的被众多针管包裹的秦宇飞低头不语。“您是我们公安战线上的老同志了，我们要相信奇迹，宇飞有不同常人的意志力，他一定能挺过来。”丁队长说着一些安慰人的套话。

主治医生把丁队长和楚芯叫去办公室的时间是凌晨三点半，陪护的同志都睡着了，桑青也安排住在了隔壁病房。医生说：做好两手准备，一是脑死亡，成植物人；二是死亡。丁队长明显站立不稳，一阵踉跄，是喻楚芯扶住了他。丁队长是宇飞父亲生前的老战友，对于丁队长来说，宇飞就像自己的亲儿子一样，看着他成长，成熟。医生又说了一句："病人身体一向很健康，除了脑部受创，其他器官还很好。"

楚芯很快意识到医生要说什么，突然激动起来："不行！什么都不捐，他现在是什么样，就是什么样！"

队里的所有成员，在正式成为缉毒队员时都在党旗下宣过誓，当时还签署过一份自愿书，就是如出意外，自愿捐献遗体的表格，按里面的意思人死了，就把有用的、能捐的都捐掉。秦宇飞没有跟喻楚芯讲过这事。所以当表格交到楚芯面前时，她无端发起火来："我不知道，我不清楚，我不同意！宇飞是我的，他什么时候，什么样子，都是我的，他不属于任何人！"

最后，是桑青做通了喻楚芯的思想工作，她说："宇飞是跟他父亲一样的人，他们是一群不平凡的人，我们要相信他们，相信他们不会错的……他们的愿望就是我们的。你想想看，他的遗体捐献了出去，那就意味着他用另一种方式存在这个世界上，我们还能感受到他们。"

秦宇飞没有对抗得住死亡，医院于次日凌晨一点正式宣告他死亡。接下来的几天，秦宇飞的五脏六腑，包括眼角膜，只要能用得上的，全都捐了出去，送去火化的，不过是一个躯壳——她望着宇飞的遗体推进熊熊燃起的火，忍不住痛哭。难道这就是我爱的人，想要看到的吗？奉献自己，把最痛的留给最亲的人？

后来，有人向她报告，秦宇飞的器官拯救了五个人，其中有三个孩子，两个年轻人。她松了口气，还好，不是八旬的老头子老太太，不然，她会觉得看不到希望。

没几个月楚芯的妈妈也病重，从入院到去世才三天。为了让自己的家看上有点生气，她重新装修了房子，还特意请了一个北方开朗的保姆小婷，一个十八岁的小姑娘，她故意不让小婷知道家中发生的一切，把家布置成了随时欢迎男主人归来的样子。

桑青和秦宇翔走的时候，楚芯在屋子里听到了关门的声音。

前一个晚上她告诉桑青，笑笑感冒发烧了，而且，可能宇飞单位的领导也会来，所以她就不去扫墓了。桑青走的时候，本来也打算跟楚芯说一声，正准备敲门，听到了笑笑的咳嗽声，估计楚芯一个晚上也没睡好觉，就打住了。楚芯本来就不善言谈，生活平静简单惯了，两人又不住在一起，平时跟婆婆也少电话，偶尔见见面，双方都秉持着客气，似乎都不想打扰对方的生活。桑青就这么走了。

其实，这次桑青来丛岭，喻楚芯很想跟她商量点事，主要是因为笑笑，她现在在忙活笑笑上幼儿园的事。九月份新生报名，还有大半年时间，不过，为了笑笑，她还是提前咨询了县立幼儿园，结果，果不其然，因为笑笑的听力问题，县立幼儿园不愿意接收，怕担责任，让她去找特殊的学校接收。现在还不知道怎么办，本来只要拿出秦宇飞获特等功的事去找岩城的政府领导，这事肯定能成，但为了这事去麻烦单位还要拿秦宇飞来做文章，这不是她喻楚芯的作风；而且即使成功入读了，笑笑的接送时间跟她上下班时间也不对点，笑笑没人接送，虽然有小婷在，但保姆毕竟是保姆，以前有自己妈妈在，现在妈妈也去世了，她终归还是不放心。

可是，桑青来了几天，她也没把话说出口。

“妈妈，你看，奶奶走了。”趴在窗户边的笑笑噘起嘴跟楚芯说。

“奶奶是去买笑笑爱吃的果果了。”

“那她什么时候回来？”

“很快。”

（七）

秦宇翔调到丛岭来工作已经有一段日子了，平时住在队里给他安排的宿舍，周末有时会带些礼物来看看笑笑，带他到处玩，笑笑可喜欢这个叔叔了。

可是，跟笑笑的感觉不一样，楚芯看到秦宇翔的第一感觉是害怕——因为秦宇翔跟秦宇飞实在是太像了。她害怕看到宇翔，同样的背影、同样的笑容、同样的举止，连吃起饭来有吧唧嘴、睡觉打的呼噜声都一样，有几次半夜醒来，她都以为是秦宇飞回来了，她真担心自己有一天会忍不住把秦宇翔当成日夜思念的宇飞，抑制不住要打开房门向他扑过去，然后痛哭一番，尽诉衷肠。自从秦宇翔主动要求调到秦宇飞的单位工作以来，只要有机会来到她的家，她都紧张、激动得不行，弄一桌子的菜，在吃饭的时候，却不知道说什么好，只能靠话痨的小婷和牙牙学语的笑笑打个圆场。

由于秦宇飞当时的身份是卧底，而且又是被暗杀的，没有目击者，只有靠分析来分析去的重大毒贩嫌疑人，所以几张通缉令发出去，抓了几个人回来，却始终找不到那个真正的凶手。他破获的大案小案太多了，不知道有多少人恨他入骨，不仅毒贩恨，连毒贩的家属也一样恨他，因为是他让他们家破人亡，这些毒贩家庭不会管自己做了多少坏事，危害了多少家庭，他们只管自己的幸福，而秦宇飞是破坏他们走向幸福的人。

丛岭有许许多多这样的家庭，虽然因为禁毒工作常抓不懈，数量已大幅度减少，但依然暗流汹涌。

上午十点半，楚芯和笑笑同时醒了，她摸摸笑笑的脑袋，不错，退烧了。笑笑冲着她笑，她笑着跟儿子说："讨不讨厌嘛，又折腾了妈妈一晚上。"她知道儿子是听不见她说什么的，笑笑一岁多的时候，发现有先天性的听力障碍，要达到 120 分贝的声音，他才能隐约听见。她把助听器给笑笑戴上。这时，她北方的老父亲给她来了个电话，问她动身了没有。她回答说，不去，单位领导要来。接下来，老父亲又是老一套，还是劝她回家乡来生活，他已经动用了老关系，可以把她调回去，因为秦宇飞是全国英模，组织上一定会照顾的。到时候，回来了，就不说这时的事了，让它们随风去吧，谁也不提，然后再找个好男人，成个家，就当在丛岭做了个噩梦，一切从头开始。自从秦宇飞牺牲后，老父亲就一直这么劝，劝得她完全没脾气了。老父亲惹急了，话更糙："那里就是个穷山恶水的地方，好人到那里也会变废，你妈死在那里，你难道还想死在那里？我可不想！好，你要不就给我回来；要不，我去你那里找死。"

一顿脾气发过之后，楚芯没回去，老父亲也没过来。

楚芯听到一阵密集的敲门声，地方和单位的领导来了，每逢过节，他们都来慰问，她不在意多少慰问金，她只想是看到丁队长。这一年，有很多人安慰她、关心她，可她只有看到丁队长时，才觉得心里踏实，哪怕他一句话也不说。

单位领导都说些老套话，等他们插香拜祭时，丁队长把她叫到一边，递给她一个邮包，说："都怪我们工作疏忽了，这是去年单位收到秦宇飞的快递，好几件呀，应该早点给你带过来，都怪我！玉勤生了，我换了个内务，一丫头片子，啥也不懂，把这些个东西整到档案室里了，还是我们一个同志找资料时发现的。你快收好。"

邮件包被封装了，外面盖着公安缉私大队的红印，钢笔字写着：秦宇飞遗物五件。

等大家走后，楚芯打开了邮件包，一看，寄出的地址全是同一个地方，新明快报社；寄件人的姓名也是同一个：欧阳若萱。

不由生疑。

当晚，秦宇翔和母亲扫墓回来时，发现了家里的异样，虽然又是一桌子的菜，但嫂子的房间却紧闭着，怎么敲门也没人应，看不到嫂子踪影的秦宇翔着急了，今天是哥哥的祭日，若是因为伤心过度出了什么事就麻烦了。见到小婷端着热汤出来，赶紧问："我嫂子呢？"

小婷在忙活晚餐，一脸茫然："啊？不在啊？去哪了？"

"我去找找。"

桑青说："去吧，记得回来的时候带点葱回来，这汤里要撒点。"

秦宇翔从院里找到单位，又去超市和广场，手机关机，人消失了。回到家，饭菜全凉了，桑青还埋怨他不该这么晚回。秦宇翔看到妈妈对嫂子这么漠不关心，有点生气："楚芯一个人带着孩子多不容易，妈，你就不能多关心一下吗？这么晚了，她去哪了，你多问一声，就不会搞成这样。"

桑青用她惯用的语气慢条斯理地，一个字一个字地说："她一定是去你哥的墓地上了。”

听到此话，秦宇翔倏地离桌而去。桑青从眼镜缝里盯着他离开的背影，无奈地说：“跟他爸一样，老是火急火燎的，有其父必有其子啊。我们自己吃哈，吃饱饱的，我们去玩哈。”

果然，就在秦宇翔要招手拦个的士车的时候，就看到喻楚芯一个人从一辆破旧的公车上走下来，楚芯身材高挑，走起路来有一种受过军队长期训练的军人特有的挺直，在街灯的映衬下很是好看。等走近了一看，似乎还挂着泪痕。

楚芯也看到秦宇翔了，好熟悉的身影，心跳顿时加速，但很快整理了情绪，刚刚有些生气的脸上又恢复了往日的平静，走近之后，只是淡淡地点了点头，秦宇翔依然用调侃来缓和气氛：“笑笑说妈妈不见了，我说她去吃独食了，在外面吃大餐呢，笑笑非要吵着跟来。”

“我去买了点东西。”她拿出了一双布鞋，“给妈的，这里湿气重，晚上穿这个她的脚会更舒服。”

岩城没下雨，她鞋子底一层的泥土，明明是去过墓地。秦宇翔想。

路上，楚芯像是突然想起什么事来的样子，问：“对了，你哥在南宁有一个姓欧阳的朋友吗？”

秦宇翔的父亲原来在丛岭市公安局工作，后来因为身体原因被组织安排调离工作岗位，在秦宇翔很小的时候，就举家迁往南宁，两个孩子所有的人际关系几乎都是在南宁，秦宇翔跟哥相差一岁，天天跟在哥哥的屁股后头，玩的圈子都差不多，倒真没听说有个姓欧阳的朋友。他笑着说：“他啊，跟欧阳锋倒是玩得不错。”

欧阳锋是金庸小说《天龙八部》里的重要人物，哥俩从小就看看武侠，特崇拜那些行侠仗义的英雄人物。这是秦宇翔第一次听到欧阳若萱这个名字，开玩笑地回答：“欧阳锋的女儿就叫欧阳若萱。”

他发现楚芯的脸色顿变，没想到喻楚芯居然当真了，还真把小说里的人物当那么回事了。他赶紧解释：“我说着玩呢。哪有，没有，肯定没有。”

“那你怎么知道他有一个朋友叫欧阳锋？”

秦宇翔想，我靠，你是八零后没看过武侠小说也就算了，居然还不看电视剧，不看电视剧也就算了，居然连现在天天热播的《射雕英雄传》也不看。“我的妈，三十九频道，《射雕英雄传》天天在播，欧阳锋是里面的主人公。”

“我才不看那泡沫剧。”知道原委，两人相视一笑。

（八）

喻楚芯看过那五封快递，除一张贺卡以外，其他四封都是工作往来信件。她想，秦宇飞自从得了全国“最美人物”以来，各地都有不少记者来采访他，信件来往也是必然的。关于贺卡，只言片语，都是祝福，看不出暧昧，只是贺卡的背景图是两个牵手恋人漫步海边，让她浮想联翩。

想一想，为了工作在两个月之内发四封快递，有这必要吗？有手机、有办公电话，再不行，还有 QQ 和微信，虽然她也常常联系不上秦宇飞，但可见，这女记者有多么想跟秦宇飞联系上，那种迫切简直比得上当年她和秦宇飞新婚燕尔的时期了，想想她那时候不也是在联系不上秦宇飞时，又发快递，又寄东西，还拍电报，总之什么通信工具都用上了，还嫌不够。

这种感觉，就是找不到爱人的感觉——在现实世界里，感受不到他的存在，是痛苦，是折磨，是煎熬。这个女记者是不是也跟她一样？

那么，秦宇飞没有回应她吗？那是一段时间没回应，还是一直没回应？

这些问题一直缠绕着楚芯，像团乱麻，怎么也理不清，但她又不能说，也不知道跟谁说。一连好几天睡不着觉。

等她把这件事轻描淡写说出来时，已经是半个月之后的事了。三岁的笑笑，因为天生弱听，被许多幼儿园拒收，丁队长帮她联系了西平区的实验幼儿园，离家近，好接送，但幼儿园要求提供秦宇飞这些年所获得的荣誉证书，若不是因为她去抽屉里拿秦宇飞的特等功证，偶尔看到他的抽屉也放着一张寄往南宁的贺卡，贺卡的背景跟那个叫欧阳若萱的女人发过来的一模一样，她都差点忘记这事了。

也就是说，秦宇飞还有要寄给欧阳若萱的贺卡，贺卡不是单方面的，是属于两个人的！两张一模一样的贺卡摆在面前——在她的心头不亚于一场地震，震到自己近乎疯狂。那名女子跟他在一起多长时间了？他们之间发展到了什么程度？为什么自己像个傻瓜一样一点都没觉察？她无休止地无法抑制地延伸各种联想，她甚至打电话到找到了丁队长。丁队长说："那个欧阳啊，她是省《新明快报》派来跟线采访的，走了，早走了。"丁队长给她的回复太简单了，简单到她不能搜索到一丝关于他们俩在一起的影像。但是她还是发挥着各种想象。因为最主要的一点是：她从来不认为自己和秦宇飞之间感情上会出现什么问题。这几年，他们是平静的，是和谐的，是美满的。他们之间的感情不是一般的恋情，是像战友一样，历经血与火考验的、至高无上的、纯洁的爱情，是随时可以为对方付出生命的爱情，只是到了后来，他们因为工作原因，分开了，一个在一线，一个在后方，但这丝毫不改变两个人在一起无人可比的默契和相知。她相信，在宇飞的生命中，没人可以替代她，在她的生命中，也无人可以替代他，以前是如此，现在依然是如此，生活没有改变，爱情也不会改变。

"飞飞生前有个东西要给一个什么报的记者，叫欧阳若萱，应该是个女的吧。"楚芯语气十分平静地跟秦宇翔说，"你看，我也不方便去，正好你去南宁，帮我带给她，顺便跟她说一声，就说……就说……飞飞走了。"

楚芯递过来一张贺卡，她说话的口吻有点异样，但又说不出是什么异样。

"嗯。"秦宇翔答应着，心里一阵疑问。

第二章

——欧阳若萱站在广龙大道的人行天桥上，深夜的天桥不再人影攒动，四周的空旷反衬夜行车流的繁忙，把成串的路灯带向未知的远方。

（一）

欧阳若萱从金边链条的眼镜透出两只黑枣般的眼睛，半睨着朱阳的下半身，又在她乱蓬蓬的半拉短发上停留了片刻，然后很肯定地说："月经不调。别再跟博古吵了，一丁点儿芝麻大的事，你非要弄个鸡飞狗跳，小心哪天鸡飞蛋打。"

"喊，我愿意。没听说对待恋爱中的男人就要像养猴一样，早期不管理，后期就在你头上上蹿下跳。"

那她跟韩岩呢？他们的爱情不好不坏，从来就没有怎么去管理，在经历了这一次丛岭的实习生活之后，欧阳若萱觉得这份爱情少了点什么，但又说不清是什么。欧阳若萱一路上想着朱阳的话。走着走着就到了市里最大的江滨花园，那有片很大的青色湖，浑厚的水草，一种温热的感觉，压在心头滞重的阴郁少了许多。遛鸟遛狗的人开始出来，三五成群，欧阳若萱很羡慕他们，他们可以把自己的时光安排得很到位，一天中的起点和终点秩序井然、周而复始，而她呢——从丛岭回到南宁后的生活，总她让提不起劲。

秦宇宇正好也在江滨花园。

天色已经黑了，青色的湖面变得暗淡无光，像一潭死水。秦宇翔看不清杨文文的脸色，他知道她很失望。杨文文原以为秦宇翔是出于对他挂念才来看她的，结果她自作多情。他是为了一桩实际上和她毫无关系的事情回南宁的。这一刻杨文文心情败坏，恨不能立刻跑回家去，蒙头哭上一场。其实，秦宇翔完全可以自己去找欧阳若萱，他约杨文文出来，也是为了看看她，这之前，朱学斌多次给他打过电话讲述杨文文与他分手之后的痛苦。

杨文文面无表情地说："行，给我。"

秦宇翔拿出贺卡正想递过去，又收了回来。"算了，看你这样儿，整个一怨妇！你不是挺有觉悟的吗？小心保护好自己，这时候的女人，最容易让人吃豆腐了。"

听到这句话，杨文文更是一阵伤心，眼泪忍不住流了下来，一甩头狠下一股劲冲着秦宇翔说："我不要跟你分手，我也要去丛岭，你去哪我就去哪。"

秦宇翔急了："咱能不能别傻了，再这么傻下去，我们连朋友也做不成。"

"为什么？！为什么？！我哪不好？！我恨你！恨你！"杨文文对着秦宇翔一阵拳打脚踢，脚上的小铃铛叮当作响，引来几个围观的人。打完之后，看到秦宇翔没什么反应，顿觉无趣，哭得稀里哗啦地走了。

望着杨文文的背影，秦宇翔有些无奈有些担心又有些怅惘，五味杂陈。路边传来一阵喧闹，出于职业习惯，他凑了过去。一辆车停在路边，一个粗壮的汉子挡住了女车主的去路，指着女车主大叫大嚷，女车主身材娇小，吓得直流眼泪。

他问："出什么事了。"

旁边有人指着壮汉偷偷告诉他："这人肯定是碰瓷的。"

有人帮女车主打电话报警，被女车主挡住："求你了，先别打先别打。"原来，碰瓷的汉子叫嚣着谁报警就打谁，很快他又叫来了两个同伙，气焰很嚣张，有些怕事胆小的围观群众赶紧走了。见此情景，女车主也打算干脆按碰瓷男人的要求出五千块私了。秦宇翔急了，正想阻止，不料一只手比他更快地压在了女车主的钱包上："别给他！我们就报警！我来帮你报警！"

这名女子的声音短脆、响亮。秦宇翔禁不住注意起她，透过人群，他只能看到她的侧面，白皙秀气的鼻子，渗着汗。

碰瓷的汉子在群众中大声叫嚣着："你们谁看见了？谁说我是碰瓷！你们哪只眼睛看见了？！谁敢做证！有种站出来！"

几乎是同时，秦宇翔和那女子在人群中高喊："我做证！"就在这一刻，秦宇翔看到了女子猛然回头的脸，那该有多美？眼睛不算大，似一汪清泉，尤其是冲他回头一笑，翘起的嘴角边露两小梨涡，真是好看。有些女人很美，但不可爱，有些女人可爱，却不美。她属于可爱又美的，还透着一种难得的果敢和坚毅。秦宇翔承认自己是外貌协会的，平时出现个什么漂亮女人他巴不得凑上去套近乎，如今有这么好看的女人在场，他浑身来了劲，跟一匹好斗的种马一样，冲了上去。"我就他妈的看见了，怎么了！我上上下下的眼睛全看见了，我连屁股上的眼睛都看见了，怎么了！"

他大声喊道，一双眼睛直往"小酒窝"瞅，没留神碰瓷汉子的铁拳头就挥了过来，这拳头挥下去，肯定眼爆鼻子出血，眼看正要砸到他，被"小酒窝"来了个四两拨千斤，那壮汉居然倒地了，其他两个同伙赶紧帮忙，秦宇翔这才反应过来，心想，这女人还有点身手。毕竟他也是受过正规训练的，一出手，几个把式把三个人都给打趴下了，群众一片叫好声。这时，110 警车终于开了过来。

警车一到，围观群众中指认碰瓷人的人越来越多。"小酒窝"独自走开了。"喂！"秦宇翔追了上去，追起漂亮女孩来他这人从来都是厚脸皮，说不定哪天他真遇到他的真命公主呢，不过，他这一刻追上去只是出于一种好奇，好身手的女孩不多，好身手的漂亮女孩更少见。他想：这女的肯定是个女公安，或者女保安什么的。这些年泡过不少妞，但还真没泡过女公安。

“小酒窝”正是欧阳若萱，回过身来，看到了秦宇翔，慢慢回想起一个人来：“哟，是你啊！”

“怎么，我们认识？”

“你在我们学校进修过，抓了个小偷，你还请我看过一场电影，你怎么忘了？”

“啊？是啊，是啊。”秦宇翔一时还真没想起来，管他呢，只要是漂亮女人，能混熟就好。

秦宇翔这次回南宁来除了要找到这个“欧阳若萱”，还要办一些工作上的手续，手续耗时长，要两三天时间，正无聊呢，这回遇上了旧相识，总算能打发了，两人互留了微信，有事没事就给欧阳若萱发微信，可她也爱回不回，约了几次，她都借口推掉了。

直到那天秦宇翔跟朱学斌刚吃完饭在街上走着，遇到一妇女追一小偷，他把饮料递给朱学斌：“看好了，哥们跟你玩一招，学着点。”

“喊，都出来社会这么久了，还这么意气风发。”朱学斌不太在乎地说。

他做好准备等小偷擦身而过之时一把逮住，可惜，半路杀出个人来，赶在他之前让那个飞奔的小偷摔了个狗啃泥。一阵惊喜：“又是她。”

朱学斌一脸迷惑：“谁啊？”

秦宇翔嘴角一丝笑意：“以前学校的，跟你说你也不知道。缘分哪。”

“公安的吧，女子便衣。长得够正点的。”

看着朱学斌一脸色眯眯的样子，秦宇翔一拳头打在他肩上：“这么淫荡……先来后到啊！不能没有秩序，这社会没秩序就乱了，泡妞也一样。”

“算了吧，我对女汉子没兴趣。”

“你怎么知道她是女汉子？”

“有哪个女神这么会拳脚功夫的，让她在床上把你摔个狗啃泥，什么情调也没了。也就是你了，不爱红装爱武装，整个儿一奇葩。”

欧阳若萱也看见了秦宇翔，秦宇翔赶忙要了杯街头冷饮给她递了过去，笑眯眯地说："一周遇上两次，你要说我们没缘分打死我也不信。"秦宇翔至今还不知道她的真名，突然想起什么似的说："小酒窝，让我猜猜你的名字吧，朝霞？红英？丹青？桂芝？秀莲？哎呀，肯定叫什么秋燕，总之，那些会些拳脚的女人差不多都叫这些土了吧唧的名字。"他用了好几种方言，把欧阳若萱笑得不行，等她安静下，秦宇翔让她看着自己的嘴巴，然后很夸张地用英语单词问："我吃药内母？"

欧阳若萱故作不知："你要吃药？你要吃内母？内母是国外的吧，看来，你病得不轻。"大笑。

两人就这么聊开了，可是，怎么聊欧阳若萱就是不说自己的名字，在她眼里，秦宇翔阳光、帅气、挺有幽默感，还很正义，可以交朋友，但是看得出，这种男人有不少来来往往的女朋友，跟她的韩岩太不一样了。对于秦宇翔忘记了自己的名字这件事，她一点也不介意，她压根就没想跟他有什么更深入的交往。所以，当韩岩从丛岭打电话过来，欧阳若萱按了接听，马上借故就跟秦宇翔告别了。

两次偶遇，给秦宇翔留下了深刻的印象。看着秦宇翔若有所思的样子，朱学斌声情并茂地唱道："你快回来，我一人承受不来，你快回来，把我的思念带回来……"

秦宇翔独自走了。

"喂！还没唱完呢，喂……我讨厌女人。"朱学斌追了上去。

（二）

新明快报社位于广龙大道时代大厦十四楼，这时候是上午八点，许多门还关着，走廊上有位阿姨在打扫卫生，一打听，秦宇翔终于知道原来记者都下午四五点交稿、上版，编辑晚上审稿、编稿，凌晨印刷，才能保证广大市民在迎接新的一天到来之时能拿到新鲜出炉的报纸，看到每天最新的网搜新闻和记者辛苦地跑线爆料。图编、美编、记者都分线合作，一般早班都要十点以后才来，报社显得空荡荡的，只有墙上贴满了的图片记录着报社的忙乱，新闻的节奏感油然而生。报业文化宣传栏里贴着每月评出的优秀稿件，一个醒目的黑色艺术字体标题吸引了秦宇翔的注意，题目是：《爸爸，有多久没见你》，内容讲的是一位缉私队员卧底最后身亡的故事，从一个孩子的视角出发，把对父亲的思念写得催人泪下，尤其还写出了一种思想境界的传承，图文并茂，很有感召力。他留意看了一下记者的名字：欧阳若萱。正是他要找的人！另一面墙是年度优秀表彰人物的照片，他又发现了她，笑容灿烂，再仔细一看，正是这几天偶遇的“小酒窝”。这感觉不亚于一场心灵地震。

他轻声道：“剪了个短发，还差点认不出你了，小样儿。”他再次念了一遍了这个名字：欧阳若萱。

“干吗呢？”一个声音突然从他身后响起，把他着实吓了一跳。欧阳若萱蓬头垢面地站在他身后，打了个哈欠，然后像个幽灵似的，扭身进了卫生间。

他手里拿着那张让楚芯疑虑重重的贺卡，里面有哥哥秦宇飞写给欧阳若萱的祝福语，背景是两个牵手恋人漫步海边。窗外阳光洒进来，贺卡上的人物栩栩如生，他自言自语道：“这真是她吗？采访对象？朋友？……情……人？”

“给我！”欧阳若萱不知什么时候溜出了卫生间，抬手就把贺卡抢走了。面对秦宇翔还是一副没睡醒的样子，瞅了一眼贺卡，问：“这是你送给小记我的？这么一大早像个幽灵似的来这儿就为了给小记我送一张贺卡，要不要这么土啊？！……想泡小记我？”猛然惊觉：“啊呀！你是不是在跟踪我，我怎么觉得这几天老冷不防地会碰见你！”

秦宇翔慢条斯理地、似答非答地说：“……应该这么说，我曾经冷眼旁观过不同轨迹的缘分，竟然发现了一些基本规律，比如男人和女人，在一起的原因往往就是合并同类项，知道什么叫合并同类项吗？合并同类项实际上就是乘法分配律的逆向运用，也就是将同类项中的每一项都看成两个因数的积，由于各项中都含有相同的字母并且它们的指数也分别相同，故同类项中的每项都含有相同的因数。合并时将分配律逆向运用，用相同的那个因数去乘以各项中另一个因数的代数和……你听懂了吗？”

欧阳若萱把贺卡贴在脸上，摇摇晃晃地往办公室走去，说：“工科男？！我讨厌数理化，没一点人文感觉。我收下了，再睡一小时，免打扰。”

“你就不想再听听关于男人和女人单项式的恋爱、婚姻的因式分解法或者第三者的开根式运算，还有有关劈腿系数……”

欧阳若萱背对着他，挥了挥手：“不送哈。”

秦宇翔很不以为然：“你还不了解我。”

欧阳若萱指指楼梯：“电梯坏了，走楼梯。别说我没告诉你。”

电梯果然真的坏了，秦宇翔一层层地往下走楼梯，心里直犯嘀咕，睡在办公室的欧阳若萱是怎么知道今天的电梯坏了的？明明刚才还好好的。

上午十点，生物时钟准时把欧阳若萱敲醒了，忙碌中忘记了那张贺卡的事，等她想起来时，一天时间已经过去了。这时，办公室的人都走光了，同样单身的文帅约她去泡吧，被她推掉，她想打个电话给韩岩，却不知道说什么，顺手翻动着桌上乱七八糟的文稿，很快看到了它。自从上次跟秦宇飞意外合作抓捕嫌疑犯之后，他们在工作生活中很少有交织，她回到省报社，多次想对秦宇飞进行深入的了解和采访，但座机、QQ、微信、手机都无法联系，后来，她寻思着秦宇飞的特殊身份无法正常沟通，想到了信件，结果寄出的信，有去无回，她只好放弃，于是只能通过贺卡来表达对这名优秀缉私队员的牵挂。这样的贺卡她给秦宇飞寄好多次，为了让秦宇飞省去买贺卡的时间，她同时也给秦宇飞寄了几张空白的。

——不过，不得不承认，她对秦宇飞这样的男人有好感。如果说她跟韩岩是一见钟情，那么她对秦宇飞的这种好感便是属于合并同类项的好感。当然，在内心世界里，她很小心地把它仅归为好感，没有爱意那么深，也不似友谊那么浅。

她摸着胸前的那枚古铜币，丛岭的那些人和事如海水般涌起心头。这当儿，她猛然想起秦宇翔，越想越觉得这两人好像！一样的笑容，一样的眼眉，连爱耍贫嘴都像。“简直太像了。我遇到鬼了！”

晚上十一点，欧阳若萱突如其来的电话，把正坐在酒吧里享受美食和轻音乐的秦宇翔惊了一下。

电话里，欧阳若萱急不可待地问：“你是他什么人？”

“谁啊？”

“他是你哥？你弟？哇塞，难道你们是双胞胎？怪不得我一见你就觉得像某个人。”

秦宇翔终于明白她想说什么。“你对那些想跟你合并同类项的男人都这么不礼貌吗？”

欧阳若萱恢复了平静的口气：“他现在怎么样了？”

秦宇翔只顾问自己的：“他是你的采访对象？朋友？”

欧阳若萱把声音再放柔和些：“能不能跟我讲讲他。”

“……不会是情人吧？”

欧阳若萱声音一下高了八度，非常生气：“你有病！”

“别挂！别挂！……有时间，我们出去喝一杯。”

半小时后，下着雨的街头灯光阑珊，秦宇翔看到了冒雨匆匆而来的欧阳若萱。其实这两天他睡得不好，杨文文不时会发微信来质问他、骂他，朱学斌天天找他喝酒，昼与夜在他回南宁的生活中已变得模棱两可，常常半夜不知道什么时候醒来便再无睡意，这时候他不由得会想起欧阳若萱。

欧阳若萱来了，她穿着一条发白的牛仔短裤，一件宽松简单的长袖白色T恤，显出修长身材和浑圆的臀部，那样美丽，在穿梭的人群中很惹人注意。也就是这一刻他终于想起了学校时的欧阳若萱。“原来是这妞。”嘴角扬起了笑意。

接下来的谈话重点全放在了秦宇飞身上。听着欧阳若萱琐琐碎碎地叙述，秦宇翔看到了哥哥侠骨柔情的一面，在他心目中一直以为哥哥是个不近人情的工作狂，想不到哥哥的世界其实很丰富多彩。欧阳若萱一点一滴地追忆，他甚至有点不忍心把哥哥去世的事告诉她，面对欧阳若萱不停地追问，他保持着沉默。

看着秦宇翔越来越少话，直至沉默不语，欧阳若萱似乎看出了什么："你哥哥是不是出事了。"

他没有说话，红了眼眶。

"被人打了？重病？难道是……牺牲了？"欧阳若萱有种很不好的预感，声音在发抖。

"去年1月1日。"

"也就是说我刚回来不到仨月……就出事了。"欧阳若萱全身一阵发凉，望着窗外细雨霏霏，突然有种世界少了半边天的感觉，两行泪不由自主地流了下来。

见此情景，秦宇翔递了一张纸给她，小心地问："你喜欢他？"

"喜欢？不清楚……人一辈子可以喜欢很多人，我喜欢我爸、喜欢我妈，喜欢中学时天天拉我坐他自行车后面的男同学，喜欢便宜五毛钱卖给我糖葫芦吃的老头，我还喜欢了我们体育老师好长时间，甚至还喜欢过我童年时的一个女同学，可我不是女同；不久前的五一节，有钱的某同学搞了个大聚会，呼啦啦从四面八方拥来一堆记得住、记不住的同学，一个派对搞得挺像那么回事。有人就提到伟子，说他疯了，于是，大家拼命铆足了劲往死里整伟子在脑子里残留的那点记忆。有人就提到说他当年可喜欢我了，喜欢得要疯了，可我根本想不起伟子这人。我平时跟太普通的男生没什么交往，我嫌他们层次太低，我想我在大学那时是不是个文青？……说这些干吗，其实，我只是想告诉你，我有男朋友，我们一直很好。"欧阳若萱苦笑了一下。

离开了秦宇翔，欧阳若萱站在广龙大道的人行天桥上，深夜的天桥不再人影攒动，四周的空旷反衬夜行车流的繁忙，把成串的路灯带向未知的远方。

她对自己有种莫名的痛恨。她知道秦宇飞有家庭，也知道自己有男朋友，可是，直到这一刻她才知道秦宇飞身上那股无形的力量对她是多么的有吸引力，多么的强大，多么地影响着她对人生和爱情的判断！可这一切都随秦宇飞的牺牲而全部消失了，再也无处找寻。她不停地告诉自己这只是一种情愫，只是一种感伤，一个友人离世的感伤。

（三）

经过秦宇翔有意无意的解释，楚芯也逐渐认同了欧阳若萱和秦宇飞之间的这层朋友关系。而且，欧阳若萱利用好友朱阳在省政府当官的老爸的关系，让朱阳的老爸一个电话打到岩城，就解决了笑笑的入学问题，让楚芯更是感激。

笑笑终于可以像正常孩子一样入读公立学校，楚芯上班走起路也有劲多了，可是一个单身女人能把自己身患残疾的儿子送进别人花多少钱都难买一个指标的公立学校，让身边的同事充满了猜疑，都以为她傍上了岩城县什么重要领导了，一时间关于她的各种传言风生水起。

流言蜚语同样也传到了缉私大队，缉私大队这几天正忙着迎接上级的检查，生产完后归队的玉勤在更换宣传栏，秦宇翔在整理一堆的文件，这些天协助他们秘密调查美新公司分支机构的外地公安机关近日已纷纷有信息反馈过来，需要一一分析汇总。偶有空闲，他还在反复琢磨下一步如何打进美新公司的内部，还会由此联想到自己哥哥以前是怎么在这种错综复杂的档案、文件、资料、数据中应付自如的。

望着宣传栏贴好的大字“贯彻十八大精神，践行社会主义核心价值观”，玉勤挺满意。她想起一件事，关心地问秦宇翔：“阿翔，你嫂子找新男朋友了吗？”

秦宇翔一时没反应过来，边查资料边应付道：“没……没有吧。”

“也该重新开始新的生活了，要不要我帮她找一个？”

“找……当然要找的。”

“单身女人带个孩子始终是不方便，我们这地方思想闭塞、封建，人家说她……”她特意走到秦宇翔的身边，耳语了几句，秦宇翔这才反应过来，一拍桌子：“你说什么呢你！”

玉勤的脸瞬间转红，急于辩解：“又不是我说的，是别人说给我听的，要不是因为他们讲的是楚芯，我才不理会这些风言风语，我才不三八。”

秦宇翔嘀咕：“你不三八还有谁三八。”

两人吵了起来。丁队长提着水壶进来，正好撞见，笑眯眯地说：“我说这儿怎么这么热。”给两人倒了水。秦宇翔生着闷气要走，丁队长赶紧喊了声：“你妈打电话叫你今天回去吃饭。你算算，有好几个星期没回岩城了吧，亏你妈每个周末盼着你回去，你还不趁现在没什么大事赶紧回一趟，以后大案要案一来，想回回不了了。”

听了丁队长的话，回到宿舍，秦宇翔简单收拾了一下，准备回家。床上还有几份材料，他一起塞进了他的双肩牛仔大背包，这大背包是名牌货，还是杨文文给他买的。说起杨文文，他就担心，这几天杨文文疯了似的，天天发短信，打电话，他一个没接，一个没回，杨文文扬言要追到丛岭来，她在最后一条短信上写着：“你等着，没有我拴不住的骡子。”他担心杨文文真的会跑到丛岭来，她这个女人，一股子倔劲上来，八匹马也拉不回。

照片中的小孙子笑笑长得很像秦宇飞，这给桑青带来很大的安慰，每次等楚芯去上班、小婷出门去买菜家里空下来的时候，就是属于桑青的时光，她的时光里只有回忆，她顺着回忆的感觉，或哭、或笑、或感伤、或欢愉，她很享受独自一人面对回忆的时刻。这时传来了敲门声，这时候还会有谁敲门，她马上意识到是秦宇翔回来了，收好笑笑一家人的照片，高兴地答应着打开了门，可是门外空无一人，脚边却赫然躺着一封信。她满腹疑虑地回到房间，关紧了房门，关上了窗帘，小心地打开信封，一看到里面的东西差点把她吓倒，居然是厚厚的一叠现钞，她数了一下，足足有两万块，除此外没有任何留言。

她想起楚芯前段时间还在说现在的钱真不是钱，随便看个病就用上几千块。楚芯的情况，她很了解，秦宇飞牺牲，队里给出的抚恤金并不多，各级的表彰资金加起来也不过两三万，针对牺牲的队员家属生活困难的，队里有个家属津贴，但是楚芯一直没有申请过，她说她还有工作，要把钱给那些真正困难的家庭。加上楚芯的母亲去世，父亲体弱多病，笑笑又患肾病综合征长期看病吃药，加上弱听，去南宁专业一点验配中心配一副好一点的助听器也要一万多，一下子楚芯身上的经济担子就重了许多。自从她来之后，多少也补贴了一些家用，可惜她的退休工资也有限，对楚芯帮助不算大。

正犯嘀咕，此时，门外又响起了敲门声，桑青一下子紧张起来。"谁啊！"

"我！妈！我回啦！"传来秦宇翔开心地应答。

"噢哟，我的宝贝。"在家里，桑青还是会常常叫自己的儿子"宝贝"。

母子一见面，桑青抱着就亲儿子的脸，秦宇翔有点不好意思。桑青把秦宇翔拉进房间，关了房门，把收到匿名信内装现钞的事告诉了他。两人分析来分析去，没有结果，最后秦宇翔决定，把钱交给楚芯，由她处理，或留或上交，都是楚芯自己的事，不掺和。桑青认真地说："就怕她没有政治觉悟。"

一看妈妈这严肃的劲儿，秦宇翔乐了："妈，就冲她跟你一样嫁给了公安战士，而且这些年一个人在岩城带孩子，耐得住寂寞，受得了流言，人家楚芯就不比你政治觉悟低，况且，人家还是岩城县的劳模呢，你顶多也就是个单位先进。"

"哼。"听儿子这么一说，桑青认同了，"行吧，等她回来，就给她。"不管怎么说，从很多方面来讲，她也觉得楚芯是个称职的好媳妇，唯一不满足的就是，她跟楚芯之间总隔着一层纱，没法像别的婆媳一样，混得熟，楚芯对她太客气了，让她觉得生分。

下午四点，秦宇翔接到楚芯的电话，说今天周末加班，没时间去接笑笑，秦宇翔好不容易能有时间去接一次侄儿，拿了笑笑最爱喝的饮料一路哼着歌，开心地去笑笑的学校了。

见到叔叔的笑笑也十分高兴，在叔叔的怀里拱得像个牛皮糖一样，一会儿要抱，一会儿要扛，一会儿又要叔叔把他弄飞起来。叔侄俩上了公车也不消停，玩得起劲，吸引着车上所有人的目光。这时候，谁也没留意到公车的尾部下端发出了一缕轻烟，轻烟逐渐变多变大，发展成浓烟，公车尾部开始有人闻到一股焦味，焦味越来越浓，有人提醒司机："车上有东西烧了！"

几乎是同时，一股浓烟包裹着一簇火苗以迅雷之势蹿进了车厢内，"车子着火啦！""要爆炸啦！"顿时恐慌四起，众人慌作一团。司机马上停下了车，一边指挥大家离开公车，一边大喊："不要慌，别挤，一个个离开。"

火越烧越大，不时从车底喷出一团火焰，情急之下，秦宇翔砸破窗户，用脚踹开了钢化玻璃，把吓得直哭的笑笑从车窗先放了下去："笑笑，快跑，跑到对面的商店。"附近的商店，已经有人跑出来救人，很快接下了笑笑。几个男人都挤在秦宇翔砸开的窗户要跳下，秦宇翔只能退到车门处找机会离开，就在这当儿，车尾响起了爆炸声，正准备离开的他豁然看到一个女孩子在跑的过程中被掉下的重物砸倒，整个下半身夹在了炸得支离破碎的座位中动弹不得，无比的恐惧、巨大的疼痛，女孩哭成泪人，家长却不知去向。顾不得许多，他返身去拉女孩的腿，发现女孩小腿已骨折，被掉下来的重物砸得血肉模糊，这情况需要拉开压在她身上的重物才能抱出孩子。他用了很大的力气也挪不动重物，急得大喊："快来人！快来人啊！救人啊！"

车里只剩下他和女孩子，担心公车再次爆炸，下车的人无论如何也不愿意再上车，这时，突然眼前出现了一个年轻人，从车下面一跃而上，跟他一起救下了女孩。就在秦宇翔抱着女孩子离开车的时候，身后传来了更大的爆炸。奋不顾身冲上来的年轻人在关键时刻救了他也救了女孩。

他和这位年轻人被迅速赶来的救护车连同其他在这次公车事故中受伤的人一同被送往了人民医院急救。躺在担架上的秦宇翔似乎听到笑笑在追着喊："叔叔！叔叔！"

（四）

检查出来，秦宇翔的耳朵和眼角有严重挫伤，其他都是些皮外伤，没有太大问题，他昏昏沉沉地睡了很长时间。

"叔叔，叔叔。"还是笑笑的声音。秦宇翔醒了，午后的阳光穿过帘缝，落在雪白的地上，变成一道刺目的细线，它碰到床头的鲜花，拐上了粉色的装饰画，偷暖的小蛾子，顺着壁炉往上爬；楚芯翻着书，肩头的薄披巾滑落下来，笑笑在他面前嚼着棒棒糖。"叔叔，我给你留了一颗水蜜桃味的。"死里逃生，睁开眼遇到这种温情的场面，让秦宇翔感动得想哭。这一觉估计睡了有一天一夜，不知为什么，这一刻他想起了漂亮女孩欧阳若萱。

周身疏懒，头脑却显得充满了活力，忍不住在床上伸了个懒腰，一伸不要紧，这才感到全身都疼痛无比。不到一米远的邻床的那个男子此时也响起了呻吟的声音，他看起来伤势要比自己严重得多，整个脸都包扎了起来，只露出带着血丝的嘴，一条腿也打上了石膏。看到此景，秦宇翔立马想到了跟他一起救女孩的那个男青年。

正打算跟男青年打声招呼，走来了一位面容娇好的女子，不是别人，正是欧阳若萱，他顿时欣喜若狂，心跳加速，差点喊出声来。结果，欧阳若萱根本连看也没看他一眼，拎着一大包东西放在了邻床男子的床头，尤其是接下来的举动，让他无比惊讶。

欧阳若萱把嘴凑到男青年的脸上亲吻了一下，用手轻轻地抚摩着他的脸，像怕打扰他的美梦一样，安静地坐在旁边，没过多久，那个男子像是醒了，她马上拿了个苹果，小心切开，挖出里面的苹果泥，小半勺小半勺地喂他。那专注的神情、美丽的侧面，把秦宇翔看呆了，心里感叹，要有这样一个女孩做自己的老婆，死了也愿意，这种事，杨文文八辈子也做不出来，她尽会无事生非，刁蛮撒泼。

白天还真不能说人，杨文文人还没到，声音就从走廊的那头传了过来："翔子哥，这回真成英雄好汉了啊！看吧，什么时候不得惦记着你，我真怕哪天我不惦记你了，你就成坟地上那块革命烈士纪念碑了，还说不要我心疼，我不心疼能成吗？"她笑嘻嘻地凑到秦宇翔的跟前，放轻了声音在他耳边甜蜜地说："当然不成。……这回你只能待在床上，飞不了了。"然后在秦宇翔身上一阵乱挠，秦宇翔最怕挠，左右一躲闪，全身一阵阵地疼，“哎哟哎哟”直叫唤。杨文文赶紧收了手，紧张地问：“不就是耳朵伤了吗？怎么了，到底还伤哪了？腰子还是关键部位？”

朱学斌随后也赶到，接上话：“你就让他装吧，多大的事，还英雄好汉呢，我前几天还帮一位农民老大爷过马路，人家跟我说‘谢谢’，我说，‘不用，哥们为了做点好事，在十字路口、大太阳底下、冒着三十八度的酷暑都等了八天了’。”

房间的人都乐了。

朱学斌把秦宇翔从头到脚地打量了一下，还把床单揭开来看，很肯定地跟杨文文说：“还行，零件都在，你可以放心了，你放心了，我就放心了，我放心了，那全国人民都放心了。”朱学斌像模像样地拿出了手机，一条条地念着微信，“燕塘中学校长发来慰问信：秦宇翔同学，你在拯救中国儿童的战斗中英勇负伤，你经受住了血与火的考验，你不愧是党培养的忠诚战士，不愧是燕塘中学的优秀学生，你没有辜负老师对你的期望，我们以你为荣！班主任说，秦宇翔同学，你对社会对群众做出的贡献很大，你是人民警察中的英雄。我代表高三（2）班全体同学向你致敬！美丽的邵晴同学要我转达对你的亲切问候，她对你的伤势表示十分关注。还有医院的李小玉，让我把烧伤药给你带来，她为自己不能亲自前来看你感到难过，她预祝你早日康复。你的大学同学虾米，在海南寄来了鱼干，他说，病好了才能吃，他还让我拍一张你躺在病床上的照片，他说：‘我好想看看这厮打蔫了的样子。’这张珍贵的照片他要留作纪念……还有美美同学……”

他表情丰富，语言幽默，众人更是大笑。秦宇翔发现，欧阳若萱在喧闹中离开了病房。

第三章

——那时，夏天没走 远，初秋还有股子寒气，借着一些情欲的躁动垫底，彼此再多拿点冲动出来，肚中并无可吃之物，两人就着彼此的湿唇当汤饭，这汤味清鲜，淡而致远…… 这是一场她自以为事先约定了结局的游戏，然而男主角从一开始就不在游 戏之中。

（一）

晚上，来看望的人都陆续离去，病房里一时空荡下来。半边脸包扎着绷带的秦宇翔，躺在床上无事可做，除了偷偷观察欧阳若萱，就是昏昏地睡觉。来来去去护理邻床男青年的欧阳若萱几次跟他招呼都没有把他认出来，让他有点担心自己的脸在这场事故中是不是被炸得面目全非了。

正当他在担心自己的这张脸时，主治医生陈医生和几个护士来到了他的邻床男青年的身边，这个男青年从下午开始就一直呻吟着。

陈医生象征性地问了一下："叫什么名字。"

护士帮答："韩岩。"

陈医生指了指他的脸说："看看。"

护士轻手轻脚地把男青年脸上的纱布解开，空荡而白净的病房里只能听到医疗器械拿起和放下的声音，那些清脆的、微小的碰撞总能引发秦宇翔的紧张，有护士在窃窃私语，空气中弥散着消毒药水的味道。终于，最后一层绷带拆完了。当男青年那张脸全部亮相出来时，秦宇翔差点叫出了声——不是因为可怕，而是很可惜，这是一张颜值很高的脸，哪个女孩看了，都会说帅、俊、美，有点像韩剧男星李敏镐，可是两只眼睛却伤得很重，额头处也有半个手掌大小的伤口。

护士提醒韩岩："不要睁开眼睛。"

欧阳若萱提着一壶水走了进来，紧张地问："怎么样了？"

似乎是听到欧阳若萱发抖的声音，韩岩这时才开始紧张起来："医生，是不是很严重？"

陈医生望了一眼欧阳若萱："你是他家属。"

韩岩抢着答："不，是我女朋友。"

陈医生："你家属呢？"

欧阳若萱帮他答："他父母在贵州，远着呢，来不了，我在照顾。"

陈医生："今天跟眼科大夫一起会诊，明天准备转眼科，他的眼睛要动手术。"

韩岩急促地问："我是不是会失明？我是不是以后什么都看不到了？"

陈医生："……目前情况还好，没那么严重。"

韩岩稍稍安心下来，等医生护士走后，叫来了欧阳若萱，问："他们还跟你说了什么？"

欧阳若萱："没有啊，他们没有再跟我说什么。"

韩岩满腹疑虑："不可能，你进来之前，他们就跟你说了什么！对不对！快告诉我，是不是我眼睛要瞎了，是不是？"

欧阳若萱眼泪脱眶而出，极力控制住心情："没有，你就是想得太多了。"

韩岩深深地叹了口气，在欧阳若萱的搀扶下躺了下去。过了很久，他自言自语地说："不该上那车。"

"你总是这么说，可是一遇到危难你还是会冲到前头，这就是你。"欧阳若萱："你放心，你就是失明了，我也照顾你一辈子。"

这时候的欧阳若萱已经完全忘记了病房里其他人的存在，她俯下身子，在韩岩的耳边说："我爱你。"韩岩紧紧拥住了她。

那目光不只是柔情似水，还有责任、专注和坚持到底，具有一种其他女人无法模仿的魔力，如果长久地看着它，整个人都要被它吸了过去，它又一次让秦宇翔心动不已。可这样的女孩却不是他的女朋友，他不由涌起深深的遗憾。不想看他俩的亲昵举动，秦宇翔提了桶去打水，桶周围一堆东西，怎么也提不出来，无名火顿生，正想一脚踢过去，一只白白净净的手伸向了桶："给你。"

兴许是秦宇翔拿桶的动静太大，欧阳若萱注意到他了，心想，这人怎么脾气这么大。递桶、拿桶那一刻，两人终于对上眼了，欧阳若萱打量了半天，扑哧笑出声来："你啊！秦宇翔。"

（二）

杨文文晚上没去医院，硬拉着朱学斌陪她逛逛仑河大桥。天色已晚，他俩徒步沿着开阔的101国道往越南边境方向走，没有出租车，偶尔会有三轮电瓶车在他俩身边停下，见他俩理也不理，没有半点打车的意思，就走了。夜风大了起来，深夜的仑河大桥不再人潮涌动，桥上散落了一些包装纸，可以感受到这桥日间的繁忙。四周的空旷让杨文文蓦然发现这座老式大桥的悲凉，即使有成串的路灯也毫无一点亮色，一派什么也暖不起来的样子，最讨厌的是四面八方都是无来由的风，把头发吹得乱飞，脚上的铃铛也偶尔会随挪动的脚步发出恼人的声音。

杨文文怎么也压不住自己乱飞的头发，生气地说："我不喜欢这里。"

朱学斌："那你还非要来？有时候执着是好事多磨，有时候执着是自找苦吃。"

杨文文生气了："谁自找苦吃！明明是他翔子！好好的南宁不待，非要来这鬼地方。"

朱学斌："是谁跟妈妈哭着闹着要到从岭来？我好像记得昨天还有人跟我说，我这回就是死也要死在从岭。"

杨文文一脸的不服气："从岭关我屁事，我这辈子就是爱定翔子了，他到哪，我到哪。"

看到杨文文这种样子，朱学斌疑惑不解地问："妹子，你是什么时候把跟翔子的苦命情怀发展到了爱情的海枯石烂的？我怎么没觉察。"

"你不知道的还多着呢。我们都接过吻了。"

朱学斌大笑："哎哟喂！你怎么这么傻呢？！都什么时代了，你还搞一吻定终生啊！他翔子五岁就跟女孩同床共枕眠，八岁就扒过小女生的裙子，十二岁就献出光荣的初吻了，我还敢说，他不到十六就跟处男说拜拜了，你怎么就不开窍呢？"

杨文文满脸疑惑："那又怎么了？丝毫不妨碍我爱他，他爱我。"

朱学斌急得直挠头："对了，你还记得有个叫茵子的吗？"

杨文文："废话！我还记得叫肠子、脑子、肚子的呢。他身边从来一大堆的女生我哪记得这么多。"

朱学斌："这就对了，像翔子这种帅哥型小痞子，这么多的女生哪怕要一个个想起她们那貌美如花的脸长得什么样，也得花上他十天半个月的时间，你觉得你对他有那么重要吗？"

对这个问题，杨文文回答得很坚决："对，重要！那种感觉我能体会。他对我就是跟对别的女人不一样。"

"怎么不一样？"

"我们恋爱时，他不敢大胆碰我，不敢大胆爱我，不敢大胆公开。越不敢，越说明他重视我！在乎我！关注我！"

“妹子，咱都老大不小了，能不能换个角度想问题，比方说……也许这一切就表明他没那么爱你。”

“不可能！绝不可能！他吻我的时候，我能明显感到他心脏像小火车一般地跳动。”

“不跳不死了吗？”

“懒得跟你说。”

“好吧。……他们班是不是有个叫尤茵的女同学？你想想，好好想想这个人。……我只说这么多，其他的说多了也没意思。你去了解一下他们之间的故事，对你会有帮助，告诉你，现在的翔子心里想的是什么，不是你和我可以理解的。”

回到旅馆，被蚊子叮了满腿包的朱学斌一边挠包一边赶紧给秦宇翔报喜：“翔子！我明天可要走了，不能陪你。反正我的任务也算完成了，我可给你解决了一个大问题，一想起来我就想笑，这回杨文文肯定要知难而退，而且，我保管她离开你时，你在她的心目中形象还一样高大。”

秦宇翔：“小子，你又出什么招了？你要骗她，她可是做鬼也不放过你的那种人。”

“放心，你就安心去追你的欧阳若萱吧。”

“没那事。”

“喊，你俩拎着个桶都能聊半天，你看她的那眼神能把人吃了，还以为我没看到。”

“啊！你眼果真毒辣！”

（三）

秦宇翔醒得很早，天才微亮，一醒来，左眼皮直跳，总有什么事要发生似的。谁知道欧阳若萱起得更早，还给他和韩岩带来了早餐，三个人第一次聊了起来。等他俩吃完，欧阳若萱又把餐具清理了一遍，在两个人的桌上重新摆上了鲜花。这时候，妈妈桑青也在小婷的搀扶下拿着早餐过来了。

两日不见，秦宇翔就觉得妈妈瞬间老了许多，怎么脚都有些走不动了。“妈，你脚怎么啦。”

这次秦宇翔救人受伤对桑青是一次严重打击，她本来就患有类风湿，刚听到消息时，把她吓坏了，两腿硬是直不起来，走不动，直到医院确定只是皮肉伤，无大碍，才放下心来。长舒一口气：“真要命啊！”两行老泪滚落下来。

儿子住院的这两天，为了给受伤的儿子补点身体，桑青拖着不便的腿脚，非要自己亲自买菜、做饭、煲汤，无论楚芯和小婷怎么劝，一大早也要亲自送来医院。今天也是，一见到秦宇翔就从头到脚摸了一遍：“还好，还好，恢复得挺快，没事就好。你可不能再出事了，再出事，妈妈就跟你一起走了。”

秦宇翔一阵心疼：“别瞎说！”

“你吃什么了？杨文文来了吗？她昨晚还跟我告别，说她今天要走呢。这孩子一会儿风一会儿雨的。”

“不是杨文文，介绍一下，我以前的老校友，欧阳若萱。”

欧阳若萱站直身跟桑青打招呼，桑青也礼貌地回了礼。

私下里，桑青指着欧阳若萱跟儿子说：“怎么老觉得在哪儿见过似的，是不是你以前带过家来的女朋友？”

秦宇翔：“想什么呢，人家从南宁过来照顾她男朋友的，是我的邻床那个男的的女朋友。”

桑青松了一口气：“不是就好，我还以为杨文文是为了她生气要走的呢。”

说起杨文文，桑青总觉得欠了王美华一家似的，秦兵经常外出办案，不着家，家里全是她一个人打点。一次跌倒，她脊椎受损，医生说她以后都不能再站起来，这一辈子都要在轮椅上度过了。这对她来说，无疑是晴天霹雳！这种时候，她却始终联系不上秦兵，单位虽然派了个人来照顾，但没有太多生活经验，要照顾她还要照顾两个孩子，家里家外众多事务，单位也再派不出更多人手帮忙，她在康复医院一年多的时间，是美华一日三餐帮她买菜、煮饭、搞卫生、帮她照顾孩子，直到她的脊椎完全恢复，重新站立，回到自己的家。还有，宇翔一岁三个月的时候，有一天夜里发烧，药吃了，退热栓也塞了，可是就是不见体温降下来。看着体温计显示的四十一度，她抱着儿子就要往医院送，可是腿脚就在这一刻突然就走不动了！怪毛病又犯了！她急得直哭，心里唯一想到的就是王美华，于是，半夜三点，人们睡得最香最甜的时候，王美华的电话铃响了。

那时候，谁的家里不穷不苦，只有一辆自行车，王美华二话不说，用背带把宇翔绑在身后，呼啦呼啦地骑到医院，挂号、看诊、交费、拿药、在医生护士的指导下物理降温、吊点滴，还要时不时给桑青打电话说明情况，安慰她，比对自己的女儿还更尽责，天亮了，宇翔欢蹦着回到家，桑青抱着儿子和累了的王美华又笑又哭……

后来生活好了。1998年，学校一直生活居住的水运居住楼被评定为危楼，政府出了搬离通告。如果住学校的安置房，离儿女们的学校太远。有一天，她们俩商量，一起搬家吧，继续做邻居！于是每天，王美华四处奔波，找房、比价，终于在找到了邻近的两间房子。搬家的举动也在王美华一家的帮助下完美完成，邻居一起就是二十多年，没闹过一次别扭。

人生难得一个这么好的闺密，她不想因为儿女的事情而变得生分。可是，她明显感觉到秦宇翔执意调到丛岭后，王美华走在路上见到她都躲着走。她总想跟美华说些什么，解释些什么，可就是没有机会。她也有拗不过自己的命运的无力感，她现在越来越感觉到，自己的命运就是被老公儿子牵着走的，他们觉得快乐，她就快乐，他们觉得幸福，她就幸福。

她和杨文文关系处得也好，杨文文从小不叫她阿姨，都是叫“桑妈妈”。她由衷希望这个桑妈妈可以变成真妈妈。

她想，杨文文难道真的走了吗？

（四）

当然没有。桑青刚和小婷离开医院，大清早的，杨文文就戴着一副大墨镜坐着人力三轮车进了医院，裙子很短，大脚外露，脚上的铃铛发出欢快的歌唱。

谁也没想到一场战斗就在这医院、就在这一刻打响了。

有线报，Ande 手下的另一名骨干叫阮生的老婆生病了，这两天有人见过他来医院看老婆，缉私小组组员钟可假装门卫在医院门口守了一夜，果然，天还蒙蒙亮时，发现了他的踪影。

大概六点半，缉私小组组长李维带队进入了医院。李维也怕这么一路冲进去惊了阮生。为防意外，他还是叫人堵住前后门，自己则带了两个人，跟着护士长穿了套医生服装从侧路进去抓人。

韩岩眼睛痛，一个晚上没怎么睡好，好不容易喝了点稀粥之后，在清晨入睡了。秦宇翔一直有早起的习惯，欧阳若萱便和秦宇翔一起往长廊方向散着步，聊着一些无关紧要的话题。六点半的医院还很清静，天已经亮了，仰头那颗启明星还桀骜不驯地挂在已经吐白的苍穹上。长廊时宽时窄，他们的手臂偶尔会碰到，肌肤摩擦，产生一种微妙的感觉，这时都想说点什么，恰逢对方也想说，结果又都欲言又止。秦宇翔可逗乐了，笑了起来：“怎么弄得好像跟女朋友约会似的。”然后拉着欧阳若萱的手就往自己心脏部位按。“不信，你摸，像不像在非洲大草原奔跑的鸵鸟。”

第一次这么近距离地看着他的笑容，欧阳若萱有点心惊肉跳，那不就是秦宇飞吗？仿佛又回到了那个抓捕毒贩现场的晚上、那个月黑风高的晚上！那晚，她紧张到近乎窒息，为了缓解她的心情，秦宇飞指着前面，一脸轻松地说：“如果没有退路，我们就当它是一次散步。”

欧阳若萱下意识地抓住了胸前那个古铜币。她正想说点什么打破一下自己因突然失语而产生的尴尬。这时，一个男子拿着饭盒从他俩中间穿过，差点把欧阳若萱碰倒。那男子没有任何歉意，头也不回地走了。一些汤汁洒在了欧阳若萱的身上。秦宇翔想跟上那个男人说上几句，被欧阳若萱拦住了："算了，算了，小事。"

于是继续前行。

没多久听到一阵吵闹。虽然声音很远，但秦宇翔已经知道是谁了，欧阳若萱也听出来了："你女朋友来啦，快回去吧。"

秦宇翔也不解释，打了声招呼说"我先走了"，就往回走。刚扭头，却看到一熟悉的身影从不远处走过，再定睛一看，果然是缉私组的组长李维，穿了件不太合身的白大褂压低了帽檐，李维外号叫"李大头"，这时的医生帽檐一直压到眼睛，把大头也盖住了，不过，秦宇翔依然认得出他。有情况！顿时浑身血脉贲张。

这时的欧阳若萱也感觉到了不对劲，她回头再看秦宇翔，秦宇翔居然向旁边的那片草丛飞奔过去，看不清的几个人在远处扭打在一起——原来赶在前头的便衣们不知何故已经动起手来。那个被扭住又挣脱出来的人夺路而逃，逃的方向不是别处，正向她这边狂奔而来。还没跑到她身边，欧阳若萱本能地出了一个正腿，但出脚太急，身体失去平衡，往下一软，嘴里却已大喊出来："站住！"这时，阮生身后追来的便衣警察们也齐声大喊，喊的什么欧阳若萱没有听清，她只是很快控制住身体冲向阮生，而阮生看到她之后，没有丝毫迟疑地向她举枪，她清晰地看到一张粗糙的麻脸和被疯狂扭曲的狰狞的目光，恰似那晚她和秦宇飞抓捕过的外号叫"哈喇"的男人。她潜意识觉得就是他们这样的人把秦宇飞给打死了，一股莫名的恨意射向阮生，那目光仿佛已和他对峙了百年！

几乎在枪声响起的同时，欧阳若萱被秦宇翔飞扑在地，躲过了阮生打过来的致命一枪。然后又是几声枪响，枪声停了，欧阳若萱看到了地上躺着阮生的尸体，扭曲着，嘴角还吐着血。

这时，楼上是不知从哪儿传来一声女人痛苦的号叫，号叫很快变成悲哭，一阵又一阵，在医院传了开来。一个新的一天就在这血色晨曦中开始了……

秦宇翔虽说不是第一次见这种血腥场面，但也为刚才的危险一幕给惊到了，瞪着欧阳若萱，大吼："不要命啦！"

其实欧阳若萱也吓坏了，不过，她依然强作镇静地冲秦宇翔浅笑道："没有退路，我们就当作一场散步。"这时候的她，只能想到当年秦宇飞说的这句话来给自己打气。

李大头一句话不说，指着他俩，气不打一处来："你俩从哪跑出来的？下次，如果还有下次，死的可能就是你们！"

"翔子哥！翔子哥！把我吓死了！"杨文文从围观的人群中冲了进来，一把抱住了秦宇翔。她已经吓得脸白如纸。秦宇翔很自然地搂紧了她，他知道这场面对杨文文来说是人生当中亲身经历最大的恐惧，恐惧到崩溃！他安慰了几句，像照顾一个孩子一样拍着她的肩膀。不过，没多久，他就感到有点难堪。慢慢地，他看杨文文的眼神也在转变。

杨文文感觉到了，甚至觉得在他的目光中，看到一种"你我不同类"的离间感，那目光不像是朋友之间、亲人之间，倒像是在挑剔下属。慢慢地，秦宇翔推开了杨文文。这一推，把杨文文从秦宇翔身上得之不易的暖意中一下子清醒，迅而变成了一种愤怒。她顾不得有旁人——在任何时候，只要有秦宇翔，她的世界中就只有她和他。"宇翔……"就在她要大开嘴上功夫之前，秦宇翔马上伸手从她身后一绕，捂住了她的嘴巴，半挟持地把她带离了现场，还半开玩笑地说："你有权保持沉默，但你所说的一切都将成为呈堂证供。"

被捂住嘴的杨文文，对他又踢又打。把她拖到一僻静处，秦宇翔依然是冷面孔，刚才的笑容在脸上稍纵即逝。吵架的节奏很快。被放开的杨文文要撒气的势头更猛了，对他是又打又啃又抱着亲，他依旧是没太多反应。

"你以为你是谁啊！我杨文文非要找你！"

"是啊，找别人去。"

"你他妈不是人！"

"骂人不是好学生。"

"我就问你一句话你到底有没有他妈的爱过我？"

“你们女人怎么老爱问这种问题。”

“你他妈到底有多少个女人！我是你第几个？！尤茵是谁？！她是谁！是不是因为她？你们之间什么时候开始的，什么时候结束？”

秦宇翔突然忧伤起来，目光毫不躲闪地盯着她的脸，一脸黯淡地说：“她死了。你还有什么要问的？”

杨文文有点明白了，她可以跟任何一个女情敌较真，可以跟秦宇翔死磕到底，却无法跟一个死掉的女孩去争。她冷静下来，问：“……她怎么死的？”

“吸毒。”两个字生硬地从秦宇翔这里吐出来，问到这，杨文文似乎没什么好说的了，就好比一出戏，演到这儿，也该中场休息了，一阵透心凉，让她打了个冷战。

现场就在这时被快速清理。李大头招呼着按分工各自干好分内的事，自己偷偷拿出电话，按了“开机”，他儿子头一天晚上就发着高烧，老婆正好跟他吵了架，跑回娘家去了。队里夜里打电话说有紧急情况，他连打老婆电话，硬是没人接。任务重，时间紧，于是，他就这么放下高烧中的孩子入队参加了抓捕任务。

那头传来一个陌生女人的声音：“喂。”

大头的心顿时悬了起来，“你是谁？我儿子在哪？快说！”

“我……是小区门诊护士，你儿子睡着了，他自己打着赤脚在小区里到处跑，找爸爸，找妈妈，被保安发现，抱来门诊部的……你们怎么当家长的！都烧到四十度了！再烧下去，起不来床，就烧死在床上，你们哭都来不及！……现在已经打过退烧针了。”

“我这就去！”

可是，回到队里，大头却怎么也开不了这个口请假，阮生出入医院的监控摄像已经调出，据说有新发现，大头注意到屋角已经摆好了电视机和录像机，丁队长要开案情分析会。

开会之前，丁队长把大头叫到了一旁，叫他回去。

大头很纳闷：“这案子从头到尾我跟的……”

丁队长几乎是用命令的口吻说道：“给我回去！这是命令！”

大头："那……"

丁队长："这案子不是一时半会儿可以结的，阮生已死，他哥'哈喇'又被关押，Ande 肯定要重新布线，我们已安排卧底去找线索，今天起，放你三天假，把小琴接回来，照顾好儿子，小琴不回家，你也别归队了。"

钟可听见了他们的对话，凑过来一句："对啊，我们还想吃嫂子做的红烧肉呢！"

"小子！难道我没红烧肉重要吗？"

钟可很认真地回答："当然没有！"

"嘁！反了你。"大头这才讪讪地离开了。

（五）

没有回头，没有犹豫，也没有告别，杨文文踏上了回家的路。

回南宁的长途车还没有开出，坐在车上的杨文文看到对小恋人在玩雨中柔情，遥想着曾经跟秦宇翔在大学时的幽会，也有这样的小雨，那时，夏天没走远，初秋还有股子寒气，借着一些情欲的躁动垫底，彼此再多拿点冲动出来，肚中并无可吃之物，两人就着彼此的湿唇当汤饭，这汤味清鲜，淡而致远……

这是一场她自以为事先约定了结局的游戏，然而男主角从一开始就不在游戏之中。

杨文文拖着疲倦不堪的身子回到了家。

楼下，隔音不足的是暴躁的摇滚乐，绵绵不绝的是小孩哭声，此起彼伏的是麻将声，它们让她的生活感觉不到一点弹性，灵魂像活活要被榨干一样。在家里她只能感受到令人窒息的沉默，她无心地拨弄着脚踝上的铃铛，心里突然一股无名的邪火生起，无限放大，她冲到窗前，拿起那张跟秦宇翔合照的照片往地上狠狠地一摔——"哗"。

随着这声巨响，杨文文的夏季就这样结束了。

第四章

——还没深切感受到保时捷奢华的内部空间，他就在敞篷的快感中感受它的飞 奔了一像一匹趁着夕阳西下冲向西天最后一丝阳光的骏马。他突然觉得身 边看过无数遍的人物和景色在匆匆闪过的这一刻都变得多姿多彩起来。

（一）

时光荏苒。

欧阳若萱终于以知名报社记者驻地方记者站的身份来到了韩岩工作所在的边境城市丛岭，两人开始了真正的试婚生活。

韩岩在丛岭旅游局上班，他不是个善于察言观色的人，但做事踏实、努力、上进，而且写得一手好材料，慢慢地，深得局长的器重，不到两年时间，他就从办事员当上了科员。事业在突飞猛进，爱情也在突飞猛进，这势头就是从上帝的角度看也是要结婚的。他俩的默契足以达到一人一只手可以写出一个“爱”字来。唯一缺的就是：一套属于自己的房子。丛岭的公务员工资很低，还经常搞政府摊派、集资、捐助，一年的工资没有几个月是可以全部拿到手的。相比之下，欧阳若萱的工资比他还高出一大截，但韩岩在买房子的问题上态度很坚决，就是一定不用欧阳若萱的钱。

春节要到了，意味着新的希望。

他们在春节前果然搬出了之前租住的小平房，不过只是在丛岭新建的小区租了一套新房子，这小区靠山靠水，最吸引人的是：它旁边有一大片的芦苇荡，在别人眼里它是个荒野之地，在欧阳若萱的眼里就是诗一般的天堂。然而，在憧憬美好理想的同时，他们依然摆脱不掉还是蜗居男女的现实，只不过是从一个小小蜗到一个小蜗。所幸，他拥有她，她拥有他。

在丛岭，欧阳若萱在新明快报记者站的任务也主要是跟踪和采访公安线上的新闻。站长叫雷斌，是丛岭新闻线上的老记者，四川人，一口的四川话，是个不折不扣的摄影爱好者。年轻时，就爱旅游，能在丛岭待下来，没别的原因，就是爱上了丛岭的一名美丽女子，所以留了下来。记者站各处张贴的摄影作品都是他的手笔。欧阳若萱刚来记者站时，还以为到了哪家的摄影馆。

至今雷斌还记得欧阳若萱初来乍到时的情景，不时拿出来开她的玩笑。“明明应该是个城市姑娘，我一看，怎么来了个村姑，穿了件破裤子，披了件破外衣，头上还粘着几根草，一进门就问，大哥，有水喝吗？我心想这是哪家走失的姑娘？”

欧阳若萱把雷斌倒的水一口气喝了，不甘心地说：“喂！我是徒步走过来的，从岩城到丛岭，徒步走过来的！我怎么知道道路会这么曲折、人心会如此险恶。”

“明明到了记者站，明明我还递给了你水喝，你干吗什么都不问扭头就要走？”

“能怪我吗？你们自己瞧瞧，破屋子、破桌子，破凳子上还坐着几个不说话干瞪眼的烟鬼，还有这满屋子的照片，这哪有一点知名报社记者站的样？怎么看也像恐怖片里的场景，知道我联想到什么了吗？恐怖蜡像馆！你看雷大摄影师的头发，像不像查德·迈克尔？”

“迈克尔能跟我比吗？像我这种，怎么也得千年才能修成一个。”

欧阳若萱：“对，都成精了！”

记者站里一片欢笑。

私底下，欧阳若萱跟缉私队里的玉勤玩得最好，玉勤的儿子小米一岁多了，正是牙牙学语的时候，可逗了，小米长大了，老爱抓人的头发，一不小心，就被他揪住。有一次，她好不容易把忙里偷闲的玉勤从家里拉出来吃一顿西餐，一盘香甜的沙拉，被小米抓得七零八落，到最后自己的头发还被眼明手快的小米一把揪住，往沙拉盘里猛地一拉，一头的沙拉酱，小米还拍手大笑。气得欧阳若萱指着他大骂：“你这个坏分子！大坏蛋！”小米跟着咿咿呀呀地学：“……坏分子！……大坏蛋！”

欧阳若萱特别喜欢孩子，来到丛岭跟韩岩正式同居之后，她更想结婚，想有套自己的房子，想有个孩子。她毕业才一年多，还不到二十四岁，她却已经在想有个孩子了，可是韩岩一点思想准备都没有，韩岩总是觉得时机不成熟，应该把环境创造得更美更好更理想一些再提结婚生孩子。虽然有时想要一个孩子的想法很强烈，但欧阳若萱把这感觉归结为自己身为女性的强烈的母爱。她也赞成韩岩的看法，她跟所有女人一样，憧憬着一场浪漫的婚礼和一个温馨的家，为了不让这一切都被孩子的意外来临而匆匆打乱，她和韩岩在一起的时候，都采用了常规的避孕措施。他们的工作也都很忙，韩岩想再往上拼一个职位，她也想在省新闻线上创出佳绩，于是，紧张和繁忙的工作掩盖了生活原有的色彩。

玉勤平日里会叫欧阳若萱去她的父母家吃饭。玉勤的家是很平常的丛岭本地人家，他们家原本是在河边单门独户居住的，后来，丛岭的仑河两旁开放发展，所有的老房子全部迁居边贸街，所以他们家也从河边迁居来到了边贸街，建成了上下三层楼。玉勤家只有兄妹两个，玉勤和哥哥在政府单位上班，都有自己的房子，搬出去住了，他们家的几间房子便用来出租给客商居住，一年也能赚点。玉勤把小米寄养在父母家，所以只要有假期回家的话，总是回自己父母家比较多。因为队里的工作忙，她平日里跟小米相见的次数极为有限，虽然母子同在一个城市，也把小米整得像个留守儿童似的。欧阳若萱不时为可爱的小米打抱不平，玉勤解释："你不在这个队伍中，你不懂！""好，就你伟大，女英雄！"

这条狭长的边贸街邻河而建，在河边，每天很早有大筐大筐的鱼从对面运上岸，还有其他的海货，从生意人的穿着上分不清是当地人还是越南人，那些从各地过来淘金的人也混在其中，这些人不是主流，他们也无法成为主流，他们被称为"捞佬"和"捞妹"，本地人相信，有那么一天，这些陌生的人会像地上的鱼鳞一样，太阳一出，用水泼泼，就会流出这条街。

然而，事情没有这么简单，各种没见过的生意场子一时间变得越来越多，越做越火，有名的先是一家"重庆火锅城"，再是"馨香园茶庄"，然后还有"苗寨酒楼""东方酒店"，都是聚集人气的大场子。更多的人出现在晚餐后，他们像网络里的闪客一样变换着各种场所，那些地方向外飘散着隐匿的情欲，犬马声色，各寻好处。

欧阳若萱第一次到这条街就感觉到了许多的不同，她听玉勤说，这条边贸一条街的老板们虽然来自全国各地，他们的情人们却是就地取材。女人们因为关系逐渐好，常会搬到一起租房，就是边贸街旁边的那条街，当地人就叫它"劳动街"，那里吸毒的人最多，不时会有吸毒致人死的传言流出。

欧阳若萱离开玉勤家的时候，特意望了一眼那条街，刚刚探出头，就听到第一间发廊传出一个女子的笑声，她不由得看了一眼这种被当地人称为"捞妹"的女人——眼前这女人，确切地讲，更像个女孩，她若除去粉妆，倒也长得眉清目秀。那女孩也恰好盯住了她，只一个照面，就分出了彼此的不同，她衣着短小，性感妖艳，目光因夜生活太过丰富，游离不定，但压不住风情万种，是个成熟过快的女孩；欧阳若萱神情自若，眼睛黑白分明，面庞清晰又干净，还有几分女生的纯真。

同样的年纪，却如此泾渭分明的人生。欧阳若萱想，这地方只看一眼，都显得脏。就在她放下三轮车上的车帘时，她意外地看到女孩冲她露出了灿烂的笑容，那笑容把欧阳若萱吓住了，她催促着车夫："快一点，快走。"身后听到有人在喊："溪溪，有客人啦！"

溪溪？还是西西？还是希希？她不想知道，她只想快点离开这个地方。

（二）

丛岭最大的夜店并不在边贸街，最漂亮的女人也不是在劳动街，而是"HOTEL"银座酒店，丛岭最大的百佳百货商场，人流如潮，熙熙攘攘，它的对面立着一枚巨大的蓝色"蛋"形建筑，"HOTEL"字样在大白天发出耀眼的蓝色光芒，像在藏匿着什么，又像在嘲笑着什么，这便是丛岭边贸区最大的五星级酒店，酒店三楼便是有钱人最爱去的"梦芭蕾"夜总会。

韩岩平时很少跟同事们去夜店，除非被领导硬拖去。如今有了欧阳若萱，他实在不想在夜店多待一分钟，他从来都不喜欢喧闹。可是，这个周五，因为全市迎春检查工作刚刚结束，旅游稽查大队的领导怎么也要把他拉上去喝几杯。他们选择了银座酒店三楼的"梦芭蕾"夜总会。组织者在临行前还特意吩咐大家——千万不可以穿制服。韩岩来到丛岭两年多，为了融入当地人，学了不少当地话，但是，他感觉得出自己并没有被局领导完全接受，其中一个很重要的原因就是他还没完全融入他们的圈子，没有跟这个圈子打成一片。

大家三三两两地议论着各种话题。旅游稽查大队的领导老许关心地问他："怎么还不结婚？"

他其实不想过多的解释，他很不喜欢在公开场合议论个人私事，这时，还有同事很自然地给他递了支烟，他不加犹豫地接下了这支烟，只吸一口，立刻呛住了，但他很努力地压住了那阵可能像火山喷发似的咳嗽，借助 KTV 房的暗光，用纸巾擦了擦鼻子，猛烈地擤了擤。"感冒几天了。"一切看上去很自然，他依然还是堆满了笑容，像阅人无数的熟男一样，接着别人问的话题说下去："结什么结，没房，没车；结了怎样，不结又怎样，都住一起了。"

马上有人附和："就是，就是。结婚嘛，结了离，离了结，不离不结，不结不离，要结要离，要离就要结，总之，我们在婚姻里活着，也在婚姻里死去。"

更有女同事拍拍他的肩，无比感怀："总的来说，还是我们女人好。女人可以脆弱，男人不行。"

韩岩纠正道："错。男人比女人更脆弱，他们以多情的方式生活只是为了掩饰他们对专情的渴望。"

"对！对！对！"这句话得到了大家的普遍认同，很快响起了掌声，灯光映衬下的韩岩笑了。他喝下了他们递过来的酒，一杯接着一杯。他做这一切其实都是为了迎合大众。他爱欧阳若萱，在他心里，他的若萱像一根标杆一样立在前方，他们从认识开始，彼此潜移默化地影响着对方，对爱、对性、对家庭、对理想、对信仰的看法和感受，他们相互支撑，相互启蒙，从毕业后迅速向成年人的心态上往前迈进了一大步。他们的爱情是坚定的、是执着的，是有牢固根基的。当然，能保持这种爱情状态，最重要的一点是，他们彼此信任，而且都有想把爱情进行到底的毅力。到这一刻，他还找不到一个女人比欧阳若萱更适合他的，虽然欧阳若萱有时候也有点不切实际，但总的来说，她稳重、专一、思想成熟，从个人成长环境和文化修养都和他很相配。

他端着酒杯走出了包房。半小时后，在大厅将演出最受欢迎的芭蕾舞。他早就听说了这里可以看到世界级的芭蕾舞。将高雅的芭蕾和庸俗的夜生活结合在一起是种什么感觉，韩岩倒是想体会一下。

同事杰哥来到他身旁，杰哥从不喝酒，跟他是同事，也是工作搭档，平时两人的话比别人多一些。"喂，喝酒伤身。"

韩岩反问："你怎么不喝？"

杰哥停了很久才说："不是不喝，因为喝酒……失去过一个女人。"

韩岩没想到杰哥会跟他说起感情上的事，这让他一子跟杰哥的距离贴近了许多："多久的事了？"

杰哥:“车祸。我活着，她死了。”

“她应该一直活在你的记忆里。”

“没有人可以代替她。”

“这结局也很好。”

杰哥走了，又来了办公室的一老女人钟姐。钟姐问韩岩:“杰哥是不是跟你说起他因为喝酒失去过一个女人的故事？”

“是啊，他活着，那女人却死了。”

听完钟姐大笑:“人到中年还玩什么深沉，让我来告诉你，他不喝酒完全是因为胃溃疡，他是老婆不让他喝。走吧走吧，里面的人都等你来喝酒呢。”

韩岩笑了笑，对这种玩笑他没半点兴趣，他惦记着马上要开演芭蕾舞……

果然，没有主持人、没有报幕，那灯，待音乐一起，只剩一盏，影影绰绰地从高处洒下来，四周像得到上帝指令似的，蓦地就收掉了所有的声音。一个妙龄女子舞动起来，那舞姿刚柔相济，流淌在历史的河中，一条洁白的路，散布了粉的花，她缓缓地踏过来，高高盘起的团黑发髻和白色如羽的半裸芭蕾服，柔软而性感，脚尖点地，意欲求他，但心绪不在，两目如水，顾盼生辉，逼人的胴体和旷世的悲情，满世纪的青春都放在这个黑白世界里催发了。这是天鹅湖里《天鹅之死》的选段，韩岩一看便知。

庆幸自己没有跟钟姐折返回包房，能在这里好好地欣赏芭蕾舞，夜总会里融入高雅艺术，也算是老板的独到匠心——可这算是艺术的前进，还是倒退呢?

等王子上台来，台下的杂音便逐渐开始多了起来，毕竟客人大多数是来买痛快的，他们忍受不了长时间的安静，一曲《天鹅之死》快跳完了，韩岩也要回包房了，钟姐来催了他几次，好多女同事等着跟他对唱呢。

韩岩再次从包房出来，大厅恢复了重金属音乐，在混乱的杯弓蛇影中，他居然看到了那位卸了妆的芭蕾舞女子，蹲在女厕所边的一角哭泣，人来人往中，没有人注意到她。她脸上不时闪烁着的泪光和怯懦的眼神，让他分外不安。

他走向了这个芭蕾舞女子："你还好吗？"

香晓青抬起了头。

（三）

香晓青的确很美，美到她抬头的那一刻，连韩岩也吓了一跳。这里竟有这么漂亮的女孩子，准确地讲，她像个混血儿。

香晓青眼眶泛红，珠泪欲滴。"我不认识你。"收了眼泪，抽泣着。

正想走，可是刚开了口，如果没问清情况就走似乎不对，于是，韩岩又进一步问了一句："你遇到什么事了吗？需要帮忙吗？"

话单刚落，她的肩膀便开始微微颤抖，不久，颤抖加剧，她全身都在晃动，而且发出呜咽声。"我终于也无依无靠了，不用管我……"她哽咽的呢喃大大撼动了韩岩，他站在她身后，将右手放在她摇晃的肩上。她裸露的肩头好冷，好冷。他感觉到她的颤抖慢慢趋于平缓了。这时，她斜着脸庞望着他，怯怯地说："我，我，我没钱了，可以给我点钱吗？"

这一开口，让韩岩对芭蕾舞混血美女的印象大打折扣：嘁，说到底还是钱。正想拒绝，又听到香晓青说："放心，我会还你的，我们家有钱，只是我现在没钱，我不想跟家里人要，但我现在需要钱，我在这儿跳舞的工资老板说要下星期才能结，我等不及了。"想必香晓青开了口，也就不怕出糗，这句话说得像蹦豆一样干脆。

这时，她身边冒出了几个画了浓妆的芭蕾舞女，准备上场了，四处掌声雷动，抬头一看，黑幕光影中，第二场芭蕾又要开始了。但墙角的这位美女却还没动，韩岩疑惑地问："你不跳吗？"

"我就跳那一场。"香晓青已经管不了这么多了，只是借着陌生人的好意更加步步紧逼地问："能不能借我点钱，就一点。"

"对不起，不行。"看来陌生人不是那么好说话，也没有那么好心肠。韩岩走了。

音乐响起，韩岩特别留意了那一场的芭蕾舞，和刚才那女子跳得品质完全不同，高矮胖瘦不同，芭蕾舞姿不一，简直就是乡间芭蕾。他鄙夷地笑了笑。

夜幕深重，那条笔直的林荫道两旁，栽着高大的白杨。黑黝黝的华盖把头顶遮得不见一线星云。一串串闪亮刺目的车灯在林木间鱼贯蜿蜒。一晚的狂欢到凌晨一点才结束，韩岩迫不及待地招了一辆的士车往回赶，路过一条街边小吃摊时，又一次发现了香晓青，她正跟几个男子争吵，有个男人非要搂着她往一辆的士车里塞，她挣扎着，反抗着，大喊着。另外还有几家街边摊上也坐了不少人，但没有人前去过问。

“师傅，停车。”韩岩叫道。看到这一幕，他没法让自己像什么事都没发生一样地跑掉。

顾不得周围人的目光，他奋力把香晓青从几个酒醉的年轻人手上救了下来。香晓青在车上不停地说：“他们说只要陪他们吃一顿夜宵就可以给我钱。我怎么知道那帮王八蛋会干出这种事，有病！喂，好心人，你能不能给我点钱？我真的很需要钱。”

这就是个倔强的女孩嘛，韩岩在心里笑了笑，决定帮助她，虽然这女孩话挺多，不过，看上去不坏：“到底要多少？”

“两百，就两百。”

这么少，韩岩听到这个数，差点没笑出声来，就为区区两百还要哭，这女孩该穷成啥样了。他很快掏出钱包，拿了两百给她。

香晓青一拿到钱，马上喊：“师傅，下车！我要下车！”

车还没停稳，香晓青就下了车，没跑几步，又折返回来：“好心人，你叫什么名字，我一定报答你。”

韩岩摆了摆手：“不必了，赶紧吧，要救人还是要救自己，赶紧去办吧。”

香晓青突然从口袋掏出了韩岩的工作证：“哼，就知道你不说，你叫韩岩，旅游局的，我都知道！”把工作证往韩岩怀里一扔，飞快地跑了。

无非遇到个无厘头的舞蹈演员，借了他两百块钱，这事一过，韩岩也没放在心上，更没跟欧阳若萱说。

等香晓青再次来找韩岩的时候，那阵势着实吓了人一大跳。旅游局里第一个看见的是钟姐，她兴奋地叫道，楼下肯定有一个追求办公室头号大美女苗苗的土豪铁粉，大家快来看呀！

苗苗听到她这么一说，扭着三月杨柳般的腰肢走到窗前，眼睛一亮："哇塞！保时捷。快来看，这是新款的吗？这真是找我的吗？"她兴奋得哇哇直叫，她这一喊引来了办公楼里很多人。

韩岩正埋头写材料，这篇材料写了他三天，明明已经很好了，可是局长还是叫他要改，让他再整得落地一些、实用一些，他正搜肠刮肚地想词呢，压根没理会同事们的喧闹。手机响了，他没好态度地接了："喂，你好，哪位？"

"韩岩，我是晓青，那个跳芭蕾的，还记得我吗？两百块。"

他机械地敲打着键盘，面无表情地做出回答："嗯，想起来了，那个谁……那钱不用还了。"

"快点，到楼下，下班啦，我请你吃饭。"

他依然不为所动："不用了，我加班。"

"加什么班嘛，快点啦，谁都吃晚饭的嘛。你到窗边看看。"

他这才发现同事们都围在窗边议论纷纷，他快速地走到窗边，往楼下瞅了一眼。恰在这时，香晓青打开了那辆崭新的白色保时捷的车，香车美女，还捧着一束鲜花，围观的人群发出阵阵惊叹。

"靠，这玩的是哪出？什么毛病。"韩岩小声地嘀咕着。在香晓青一阵阵的手机催促下，他极不情愿地走了下去。

香晓青把花送给他，像个老熟人似的半推半拉地把韩岩拉进了豪车里，侧着脸，带点娇嗔地说："咦，只是吃顿饭嘛，干吗搞得像有人强迫跟你约会一样。"

韩岩满腹疑虑还没打消："你不是没钱吗？"

"那段时间我跟我们家里正闹呢，我和我那大傻在外面都两天没吃饭了，我指望跳舞能赚点钱，结果在夜总会跳了大半个月了，老板还不结钱给我，真他妈的黑。”

“那你借钱是怎么回事？”

香晓青豆蔻青春的脸上露出一副不羁的神情：“哼，我要跟大傻分手，天天说爱我，天天躲在网吧里打游戏，叫他来接我都不来。”

“那你要那两百块钱干什么？”

说到这事，香晓青直翻白眼：“哼，我说他没本事，连两百块吃顿大餐的钱都弄不来，以后还怎么养活我，我要跟他分手！你知道他怎么说，他说有本事我弄两百帮他付网吧的钱，他就分手。”她转而高兴起来，一脸嘚瑟：“结果，我弄来了。”

“你们分手了？”

香晓青满不在乎地说：“当然分了。反正我马上就有新男朋友了。”

“谁啊？”

“你啊！”

“瞎扯！”香晓青这么绕来绕去，居然把他给绕进去了，韩岩惹急了，将手里的鲜花往她身上一扔，掉头就想走。让韩岩着急的不是他这样一个向来作风严谨的人要跟一个陌生的“白富美”吃饭，而是他钻进了一个“白富美”的豪车即将会在政府机关单位引起怎样的轰动。他不想说自己是个正人君子，在他眼里，没有哪个男人是严格意义上的正人君子，他只是不喜欢太惹眼，他相信领导永远喜欢低调又能干的人。不过，在他内心世界里，有个女孩用这么隆重的方式对他，他还是很受用的，她满足了他潜藏已久的自傲和虚荣。所以，他把花扔给香晓青之后，并没有马上离开，而是在酝酿着怎么跟她解释。“我……今天要加班。”

“加什么班也要吃晚饭，我带你上我们家去，你不觉得我们的认识是一个划时代的开始吗？”

韩岩望了一眼这个到现在为止连名字都还不知道的女孩。到丛岭两年多，他从没碰到过像香晓青这样直爽又漂亮的尤物，于是，一半是对新鲜事物的探索欲，一半是在众目睽睽之下顿生的显摆欲，他抬头望了一眼楼上无数双偷窥的眼，犹豫了一下，还是坐进了象征奢华、速度与激情的保时捷。

还没深切感受到保时捷奢华的内部空间，他就在敞篷的快感中感受它的飞奔了——像一匹趁着夕阳西下冲向西天最后一丝阳光的骏马。他突然觉得身边看过无数遍的人物和景色在匆匆闪过的这一刻都变得多姿多彩起来。

汽车不过只疾行了七八分钟便离开公路，穿过一片果林，又绕过一片樱桃园，一条笔直的林荫路把他们带到那世外桃源般的院落。韩岩没想到，在丛岭的近郊，在离仑河只有几公里远的地方，竟然藏着这样一座华丽而又幽静的庄园。院子里有青翠的草坪和苍绿的老树，簇拥掩映着一幢欧式的别墅。别墅灰白色的墙壁上，爬着这个夏天新生的藤蔓。百叶窗里泄出的灯光下，有三两飞虫起舞，舞出了几分怀旧和有闲的情调。这就是香晓青的家。

车还没停稳，已经有一个又黑又瘦的小伙子跑下台阶，快乐地为她拉开车门。另有一位臃肿的妇女站在门口，笑呵呵地招呼道："回来啦。"然后冲着阁楼上大喊："阿男！告诉老板，阿青回来啦！"

一位体态肥壮的男子伸出头答应了一声："好。"

（四）

与此同时，缉私大队对 Ande 的住处进行的搜查，没有获得更多的战果。除了一张身份证外，Ande 身上没有任何通信簿。身份证上的住址是云南的一个小镇，给当地公安局挂电话一查，结果查无此人。Ande 的身份证显然也是假的。只有 Ande 随身携带的一只手持电话引起了侦察员的兴趣。通过这部电话的重拨功能，他们看到了上面储存未消的一个电话号码。那号码打头的地区号是广东阳江的，通过电信查询实名登记，这个号码的主人叫香金雄。而香金雄这个名字，连缉私组也是头一次听过，他们没有掌握关于这个人的任何资料。丁队长认为这是重大失误，不过，他一直有种感觉，这个名字说不定正意味着某个重大发现。于是，香金雄的资料检索在整个公安系统迅速铺开。

“听说，丛岭警方在扫毒方面有了重大进展，丁队长可以介绍一下吗？”有记者问。

“毒品案，你如果不去动，就没有案件，如果你认真一层层摸查，从一句话、一张名片、一个电话、一个背影就可能破出大案！”丁队回答。

2011年以来，丛岭警方对零包贩毒坚持“露头就打、打早打小”，同时对有条件的毒品案件深入经营，打源头，抓毒枭，坚持“破大案、摧网络”，实现全链条打击。2012年，丛岭警方成功侦破公安部目标案件“1018”专案，抓获梁某、苏某等犯罪嫌疑人38名，缴获高纯度毒品海洛因6552克、枪支8支、子弹386发，扣押现金、小汽车、皮卡车、直升机以及制毒贩毒工具一大批，切断了一条从境外流入广西、广东两省份的重要贩毒通道，成为丛岭建市以来打掉的首例跨国贩毒集团案件。2012、2013年，丛岭又再破两宗跨境贩毒案——“211”“109”两宗公安部毒品目标案件，最初，丛岭警方只是在一个偏僻的鹅场内发现一个制毒工厂，但工厂内已空空如也。

“我们从一个空的现场入手，通过现场勘查、情报研判、追踪等，仅3小时，我们就抓获了两个嫌疑人。”丁队长说。从这两个最底层的吸毒人员入手，丛岭警方再步步深挖，最终将隐藏在背后的缅甸籍幕后毒老板揪出了水面，两个跨境特大制毒贩毒团伙被连窝端了个底朝天。仅为了追其中一名制毒骨干张某，专案组就从丛岭转道贵州、四川、甘肃、内蒙古，再一直穷追到广东。“抓到他的时候，他都还没想到我们会追得那么死，一直追了他大半个中国。”

丁队手指夹着烟，吐出乳白色的浓雾。他想起李大头的儿子就是在此期间出生的，这期间还发生了钟可未婚妻和他的残酷分手、实习警员刘乐没赶上见他父亲最后一面被他哥哥气愤地赶出家门，还有：有两个队员受伤，一个队员抱得美人归，当然，也有一个队员结案之后提出了辞职，这个提出辞职的队员叫什么来着，吴××，还是李×，还是小刚？对，是小刚，直到这一刻，丁队的眼神突然射出爬行类动物般黑夜中的光芒，他的视线似乎要黏糊糊地往往事中爬，可是往事太多了，那些人，那些面孔，他想也想不过来……现在的他，只想知道当下这个香金雄是何许人也，这个人长着一张怎样不易辨识的面孔，无论他是魔鬼还是暴徒，为了寻他，他和他的队员们已做好了再次踏遍大半个中国的准备，哪怕刀山火海、哪怕布满荆棘！

第五章

——据说，一片树叶飘落的速度是秒速五厘米。

（一）

关于阮生的案情分析会还在继续。由于省厅有人对阮生遭现场击毙有异议，梁处长特意听取了丁队长和李大头对此事的汇报。

丁队长解释他们在组织这次追捕时的初衷只是想把阮生抓住，但由于现场发生了枪击，为了避免出现围观群众的伤亡，所以，在不得已的情况下，对阮生开了枪。李大头在汇报结束时还对阮生的犯罪事实做了明确的结论：第一，阮生贩毒的点线很广。仅从几个案犯的交代看，已经遍及北京、天津、东北和广东，算得上大江南北、长城内外了。第二，他长期使用数个假名以及假身份，进高档酒楼，住高档酒店。第三，随身携带武器，并且开枪杀人，手段凶残且极有经验。仅这三点，足以证明他不是一般的小毒贩，甚至很有可能是那些批发商的供应者，而他的供应链条上目前公安掌握的只有一个，就是 Ande。

丁队长说："李大头的结论我同意。现在提出的问题是，阮生之所以能够在这么广阔的区域内进行这么大数量的专业贩毒，他显然不是一个'个体户'。只有集团犯罪，才能做到这种水平。我们现在可以假设这是一个内部系统严密并且有很好保护措施的贩毒组织。他们有人进货，有人储藏，有人运输，有人销售，有人洗钱，甚至有专门的制毒据点。那么这个阮生，也就只是整个毒品销售网络中的一个骨干销售人员，也就是这圈子里的人说的那种'批份儿'的角色。我们接下来要做的，应该是要挖出 Ande，然后顺藤摸瓜，抓住这个毒品集团的主体，还有这个集团的首犯。"

处长点头，脸上有了点笑容："不错。"他说，"你们队这段时间搞得不错，这本来是个线索不多的人物，你们能搞出这么多情况来，而且推断出一个集团犯罪的背景。不管抓没抓到 Ande，这都是个重要的收获。"处长抓抓头皮，接着说："不过，推理可以大胆，论证须要小心。你们还是要多找些证据，不忙下结论先入为主。另外，你们抓紧把刚才汇报的内容整理成一份专题报告，我们向局里报一下。我看，查清这个案子首先得找到 Ande，找 Ande 光咱们一个处在北京地区常规的这么查远远不够。我们可以建议省厅出面协调，要求一些重点城市重点地区，一齐查找他的下落。"

处长对刑警队的这几句表扬和对下步工作的这个安排，让李大头的心情大为开朗。他这几天的辛苦，算没白忙。既对得起死去的秦宇飞，也给缉私队和丁队长争了光。

丁队长更关心李大头的私事，坐在返程的汽车上，丁队长中途下了车，让司机把李大头送走。李大头不解："队长呢？"

丁队长用半带埋怨半带强迫的口气说道："别以为我不知道，今天你儿子生日，我没放你一天假，是一个晚上，快去快回，明天一早，我还要见到你。丁叔叔什么礼物也没准备，跟他带个话，就说生日快乐。"刚转身，又想起什么似的说："对了，跟小琴说，下次送给我的红烧肉别做得太甜了，这不，刚检查，说我得了糖尿病……这哪门子的事，什么时候糖尿病跟我叫上板了。"

欧阳若萱最近跟着丛岭的公安跑线报道也忙多了，因为摄影技术好，常常还被丁队长叫去帮忙搞搞跟踪和偷拍，也是她自己强调要求的。尤其，总社近期要求她做一个关于吸毒者的专题，她外出拍摄的时间更多了，秦宇飞在丛岭组织的“心灵公社”和戒毒所是她业余常去的地方。她喜欢拍完人物和景色之后，一个人在黑屋里冲影片子的时光。

这天，她正冲着照片，秦宇翔无意闯了进来，借着极微弱的光，发现是她，便固执把耳机的一边塞进了她的耳朵，不理会她想听还是不想听。一曲天籁般的《BEETLE》顿时充满了整个耳郭。

黑屋里只有他俩，静得能听见皮肤的呼吸。秦宇翔拍了几张树叶的特写，轻轻地说：“知道吗？据说，一片树叶飘落的速度是秒速五厘米。”

她露出了浅笑。拿起一张在戒毒所拍的一个女人照片说：“要这么说，一个生命凋敝的速度就太慢了点。”照片里的女人瘫在地上，形如枯槁，跟一片即将枯死的败叶一样。“小丹，三年前开始抽第一支‘白面烟’，不到两年时间就开始在放学后被迫外出卖淫，以图赚钱支付她那每天所需的两针海洛因，去年被强制戒毒。十六岁，花一样的年龄。”欧阳若萱转过身，用一种近乎凝重的表情继续说：“她知道自己会死，但不知道自己什么时候会死，她在等待生命的最后判决，但她却怕那一天过早地到来……她跟我讲，她一直在写日记，记录自己每天的反应，她认为她写的日记或许会对那些未成年吸毒者有警示作用，她会坚持写到最后一天，也算是对这个世界有点作用，要不然她会觉得自己活着一点意义也没有。”

她又拿出了另一张吸毒者的图片，是一具冰冻的尸体，除去被病毒侵蚀成千疮百孔的尸身之外，被冰封的还有他试图挣扎忏悔但却未获救赎的心。她缓慢地说：“刘林，12 月 18 日，他右腿大动脉爆裂，血液喷到墙上，当天傍晚，他死在前往医院的担架上，窗台上边的那堵墙上，有他用血遗留的字迹，最后的一个“求”字，未来得及打上句号。‘我都准备死了，我妈还是不愿意来看我一眼……’这是他最后时刻唯一的心愿。殡仪馆一块记载着死者姓名的白板上，他被记成了‘无名’。采访结束后，我们在板上把它改成了‘刘林’。”

欧阳若萱问秦宇翔：“如果你来世上一遭，你希望自己怎么过？”

秦宇翔答道:“这问题有点超现实主义。”

欧阳若萱:“嗯，我错了，不该问你，你是后现代主义。”

“此话怎讲?”

“因为你对任何一个给定的文本、表征和符号都有无限多层面的解释可能。”

秦宇飞瞪大了眼睛，眼神充满了赞许:“哎呀，哎呀，你对我太了解了!”他又向欧阳若萱凑近了些。“为了增进彼此了解，我能不能问你一个问题。”

“说!”

“如果你来世上一遭，你希望自己怎么过?”

“做一颗子弹，直奔目标，奋勇向前!”

欧阳若萱推开暗室的门，一束阳光恰到好处地射了过来，她深深地吸了一口气，像要把阳光吸进肺里，猛然起身，大喝一声，对着门前的榆树飞起一脚，败叶纷纷落下。

“一个好好的女人非把自己整成女汉子。这样很不好。”秦宇翔戏谑道。等欧阳若萱走远，他自言自语道:“不过，我喜欢。”

(二)

这段时间欧阳若萱忙着采访和做专题，没有发现韩岩的微妙变化。韩岩跟香晓青在不同场所吃过好多次饭之后，已经以好友相称。在内心世界，韩岩并没有把这个女孩当成谁的替代品，他只是把香晓青当作生活的一种调剂，轻松的、愉悦的、舒心的，跟香晓青的相处，非但没有影响到他对欧阳若萱的爱，相反，他从跟香晓青的交往中，愈发觉得欧阳若萱的稳重、坚毅和有理想的可贵，他与香晓青在一起的时候，更像是一位教书育人的老师，而不像是国家公务员。但香晓青没有反感，这个最讨厌被调教的女孩，在韩岩的面前乖得像只猫，没什么别的原因，只是因为她喜欢上了这个男人，她管他叫“韩老师”。

这种不掺和太多爱情因素的关系，让韩岩与香晓青的相处更为放轻松，他甚至觉得没有跟欧阳若萱说起这事的必要。慢慢地，他认可了香晓青在他生活中的存在，每当下班时分或者加班之后，他有点儿渴望看到那辆保时捷在同一个地点出现，有点儿渴望听到甜甜的一声“韩老师”，有点儿渴望看到那张精致的脸庞。因为这时候他的欧阳若萱一定不是在忙着采访就是在忙着冲照片，肯定不会出现。

那天，欧阳若萱在公安局冲洗照片时，他和香晓青正在吃晚饭。晚饭是安排在香晓青家的餐厅里吃的。香晓青的父亲金香雄已经认可了女儿的这个朋友。菜是家常菜，但做得极精致，餐具也极讲究。香金雄和韩岩对着喝了一点白酒，话也多了一些，席间的气氛由此而透出几分轻松和随意。香金雄问韩岩身体如何，有无得过大病，韩岩说起了那场车祸和眼睛受伤的经过，香金雄说怪不得看上去左眼和右眼有点不一样。晓青马上维护地插嘴：“怎么不一样了，多好看，就像李敏镐，腿也一样长，一点也不像南方小矮马。”香金雄又说：“瘦了，小伙子要加把劲，长点肌肉才行。”席间一直有个健壮的男子围绕在香金雄的左右，不时帮他们倒倒酒水，说他是仆人又不像，说他是保镖又有点太热情了。香晓青注意到韩岩的表情，马上给他介绍：“这是我爸的贴身护士，我们家的大管家安弟。”韩岩发现自己有点冒失，赶紧跟安弟打了招呼，然后接上香金雄的问话，解释说：“政府食堂天天就这么几样菜，最近压缩政府行政开支，连汤和水果都省了。”

香晓青于是不失时机地盛邀韩岩以后可以每天晚上到这儿来吃饭，这儿的厨师是父亲专门从广州请的五星级的大厨，做饭特别好吃，煲的老火靓汤尤其地道。

韩岩马上推辞道：“还是免了吧，你的保时捷一开来，我们市长书记都看见了，还不知道会有什么影响呢，而且，我晚上经常加班的。”香晓青接上这话茬说：“那我送你一部车，自己开车来，不过半小时的路，吃完了你就走，一点不耽误你晚上加班干活。”

韩岩有点不好意思地低下了头：“我还不会开车，长这么大，我连方向盘都没摸过。”

晓青开心了，赶紧要做韩岩的教练。跟香金雄要车，急得当晚就要开始教韩岩。“先跟我学，我比任何一个驾校的司机都会开，他们那水平，顶多只算得上刚入门。”

对这点，香金雄很认可，他点点头：“青青十二岁就会开车了，十五岁参加了F1方程式赛车比赛。”

晓青一脸骄傲：“我有一屋子的奖牌、金牌，芭蕾舞的、赛车的、打高尔夫的，还有射击的……我的精彩还在后头呢。怎么样，是不是对我有种刮目相看的感觉？”

韩岩点头道：“嗯，很优秀。”

“是你见过的女孩中最优秀的吧？”

“嗯。”

“比你女朋友还优秀？”

“嗯。”

“那还找她做什么？甩掉她，跟我在一起就好了。”

香金雄听到女儿的一席话，生气地制止她：“别任性！说的这是什么话！都二十二岁了，还跟个十八岁小女生一样，说出的话是泼出去的水，是要负责任的，你什么时候能学会这一点！”

二十二岁，跟欧阳若萱一样的年纪。韩岩没想到眼前这个时装风格多变的混血儿美少女居然已经成年。这时候香晓青也盯着他，经过父亲的一顿呵斥，她看韩岩的目光俨然多了几分成熟。

饭后，晓青把韩岩拉到一旁，递给他一个小包，韩岩打开一看，是一叠百元大钞。晓青告诉他，这是给他治眼睛的，视力不好会影响生活质量，她打听过，像他这种情况，美国纽约有家威尔逊眼科医院可以做，能把视力恢复到90%以上，成功率很高。听到这一番话，韩岩二话不说，把钱还给了晓青。晓青一脸的不高兴：“都是为你好，谁让你是我朋友。”

韩岩笑道：“难道做你朋友的，都要收你的一笔钱吗？你这叫什么钱？交友费？哥们儿费？难道你缺友情吗？”

“辅导费！行了吧？为了你，我去考大学，你看，学习需要你辅导，人生需要你辅导，爱情也需要你辅导。怎么样，你干脆辞职算了，做我的专职辅导老师。”

“那太痛苦了。”

“什么嘛，我私人家教好几个呢，个个爱我爱得不行，我嫌他们烦。”香晓青突然搂住了韩岩的脖子，深情地望着他：“我第一次看到你，就忘不掉，我现在终于体会到什么叫一见钟情了，你别以为我是胡来的女人，我到现在还是……处女，你信不信？”

韩岩：“不是说好的吗，我们只是普通朋友，我有女朋友了。”

香晓青生气地在门上拍了一下，抬高嗓门，声音中透着一股怨气：“好，我没忘！你说什么就是什么！”

送韩岩回去的路止，香晓青闷头开车，一句话不说，韩岩也故意不说，他不想让香晓青对他有什么幻想。下车后，在关上车门正要离开时，韩岩敲了敲窗，香晓青把车窗玻璃摇了下来，用目光探寻着他。韩岩能感觉到她的感情，有点不忍，半带安慰地微笑着说：“现在跟你的相处对我来说已经是一个划时代的开始了。我要谢谢你。”

（三）

这次之后，香晓青还多次想给韩岩塞钱，但都被韩岩婉拒了，最后，韩岩索性连香晓青的饭局也不参加了。为了不在回家的路上被香晓青的车拦住，韩岩常常坐上公车绕上半座丛岭市城才回到家，或者干脆就待在办公室里多花些时间看看书、看看报、耗着，耗到晚上七八点才独自回家。这些事，他都没有跟欧阳若萱说起。不过，欧阳若萱也根本没有在意，她正忙着向总社提交“心灵公社”组织帮忙吸毒者走出吸毒魔爪的制作专题。这是秦宇飞一手创建的组织，也是他的人生梦想，她希望通过这次专题报道能让更多的传媒深入了解这个组织，把他的精神推广宣传出去，涌现出更多的秦宇飞。

欧阳若萱太投入自己的工作了，一干又是一个通宵。走出办公室，天空上又只剩下那颗倔强的启明星，看着看着，她对它来了个倾心的拥抱，恰好遇到盯梢一晚的秦宇翔向她走来，那个拥抱像是给他特意准备的。欧阳若萱怕他误会，立即束起手臂，眯着眼冲秦宇翔笑。

秦宇翔也经历了不寻常的一晚，前一天晚上，他在“HOTEL”酒店门口发现几个可疑的男人，除一人西服革履、气宇轩昂外，其余皆是短衫仔裤，一副走街串巷的打扮。香金雄家仆阿男也站在酒店门口。那位绅士派头的客人冲阿男打着招呼，说阿男越来越精神了，最近升职了吧，真是人逢喜事精神爽啊。阿男面容冷静，冷冷地并不回话。

香金雄自从阮生案出现以来，一直是公安局近期重点盯梢的目标之一，特意安排了新进的警员刘乐伺机安插进香金雄的圈子，经过几天的跟踪，刘乐自然也盯上了他的家仆阿男。刘乐的哥哥刘东是香金雄的司机，不过，也偶尔会给阿男办事时开车。恰好昨晚是他跟着阿男。刘东跟着香金雄干了好几年，常年在外，跟家里联系很少，他意外地看到弟弟，便叫刘乐过来聊聊，跟刘乐在一起的秦宇翔也就顺势走了过去。

刘东不知道自己的弟弟已经毕业，他还问：“学费够不够？”

刘乐有点埋怨：“毕业两年了。”

刘东想了想，一算的确过了好几年了，露出歉疚的表情。点了支烟，关心地问：“现在想好走什么路了吧？”

刘乐答：“跟家里打工。”

刘东有点生气：“花这么多钱供你，不是让你躲在家里的，男人就要出去干，干一番大事业。你这小家子气，唉！”于是，一时无语，吧嗒吧嗒抽完一根烟，扔掉了，烟头在地上发出“吱……吱……”的声音，他用鞋一碾，想想，又捡了起来，扔进垃圾箱。起身，示意刘乐跟他出去谈谈。阿男跟着那位绅士派头的客人进了一间侧室，歌厅包厢里里不期然只剩下秦宇翔一人。

秦宇翔走到门边，想听听侧室里的交谈。突然，里面有人有推门的举动，秦宇翔赶紧回到座位，只几秒钟，一干人都从里面出来了。几个声音都在说着告别的话。突然那个西服革履的人带外国腔的普通话说道："Mr 阿男，明天那货你最好还是亲自去看一看。如果有问题可以和他们当面谈。"阿男："你们原定在哪儿看货？""在 101 国道的边上，那儿有个仓库。"阿男："要当场交钱吗？""如果对货满意，对方倒是要求一手交钱一手交货，所以你还是亲自看一看为好，毕竟是上百万的东西。"阿男还是说："我才不去呢，老是给我找活，你领导我呢？你把钱带好，确实货真价实的话，你就替我拍板。"这几句话秦宇翔听得十分清楚。

随后，他开车紧跟在他们那辆白色奥迪之后，寸步不离。通过自己车前的大灯，他看见奥迪那被照亮的尾部，挂着北京牌照。很快，他们上了西环路，奥迪加大油门，高速行驶。秦宇翔驾车的技术开始捉襟见肘，眼看着那辆奥迪像野马一样在西环路的车流中左冲右突，而自己的车稍作追赶便险情无数。没用多久他就望尘莫及，任凭那一团白色忽隐忽现淹没在前方密密麻麻星罗棋布的红色尾灯之中了。那时是凌晨四点。

经历一晚上的跟踪，秦宇翔毫无睡意，一个人在办公室翻看了一晚上的材料。刚出门透透气，抬头就看到在榆树下张开双手拥抱天空的欧阳若萱，迎了上去："来吧，一起拥抱太阳。"

"星星都还没走，哪来的太阳。"

"所以嘛，我们可以多拥抱一会儿。这是多么幸福的时光。"

"贫嘴。"欧阳若萱为他的幽默开心地大笑。

两人望着四周。这是一样的早晨，天还没亮透，美妙苍茫，一片静穆，草木一春一秋，已分明有了谢世之感，这就入了秋了，站在公安局的后山上，两人一起仰望苍穹。秦宇翔和欧阳若萱能碰上面的时间并不多也并不长，可是一星期里总有那么一天的一个早晨会出现，有时只是晃荡着打个招呼，有时会坐上一会儿喝杯茶，直到天光大亮。

没有牵过手，没有谈过情，更没有肌肤之亲，感觉却如此美妙——这一切对秦宇翔来说就像是一种幻觉。好多次，秦宇翔都压抑着自己没有把一些很想说的话说出来。其实，欧阳若萱对这一切都能体会得到。

这两天李大头患了感冒，所以晚上不到十点便上床睡觉。医生给他开的药里大概有扑尔敏的成分，吃过之后便昏昏欲睡。正睡得模模糊糊，二十四小时不可以关机的手机突然狂叫起来，是丁队的电话。小琴改了一晚上的学生作业，本来睡得正好，这时也被吵醒了。她抬头问："怎么？有情况？"

李大头已经在往身上套警服了，他随意地答道："没情况，哪来这么多的情况，开个会。"

"都病了，不能请个假？"

"谁没个头疼脑热的，人家还都像你，生个小病也请假？"

原来是有民警在皇家饭店的停车场上找到了那部挂着北京牌照的白色奥迪。从这时开始，一切部署都有了实现的可能。至少说明了香金雄这位在丛岭居住的越南神秘富豪跟毒品有着密切关系，所谓的边贸生意，完全是幌子——这意味着一起贩毒案即将在丛岭拉开大幕。101 国道沿线的派出所也报来了几个可能会用做交货地点的仓库。一时间指挥中心忙乱起来——接听报告，调遣力量，沟通情况，电话声此起彼伏。丁队长带着负责监控香金雄的小组已经出发到香金雄那栋隐蔽居所去了。

这时候的丛岭才刚刚从梦中苏醒，街上行人的脸上还挂着睡意未消的倦容。马路上汽车喇叭的呜咽由稀疏而渐渐密集，各种来往的货车开始从丛岭各个入口涌入城市。

李大头问要不要拉响警笛，丁队长示意不要。于是三辆捷达车悄悄开进皇家饭店的停车场。就在千钧一发之际，梁处长突然打来电话，命令停止一切行动，不到十分钟，三辆装满便衣警察的捷达车又悄悄开出了皇家饭店。梁处长的这一通电话，丁队长也百思不得其解。

回到队里，梁处长已经在等着丁队长。梁处长并没有发话，而是递上一支烟给丁队长，微笑着说："怎么，没意见？"

丁队长没好口气地说："没意见。永远服从组织安排。"一句话似乎不够，又加了一句："领导的命令压倒一切嘛！"

梁处长："我知道你想说什么，官大压死个人嘞。哈哈哈……告诉你一个新情况吧，新人新资料来了，这个香金雄可是个了不起的人物，他是在丛岭投资建设茶谷海滩的华鑫合资公司的幕后老板，这个华鑫合资公司的前身就是越南华海集团，黄、赌、毒无不涉及，但是，这个大老板一直没有抓捕归案，今天区区十来万的毒资，你们觉得他可能会亲自出面吗？如果他不出面，岂不是打草惊蛇？抓他手下的小鸡仔再多，他一样可以鸡生蛋，蛋生鸡……打草惊蛇啊，我的老同志！"

"那就直接抓捕华鑫合资公司的董事长应如海！让他交代犯罪事实，顺藤摸瓜，我就不信，那个神秘人物不会现身。"

"在这条道上混的人都是老奸巨猾，抓一个带出千丝万缕的关系，轻者牵连家人，重者牵连家族，有谁会供出自己的幕后老板，那就是个死字当头。"

看着梁处长卖着关子，丁队长生气地把他嘴里的烟给抢了："你个老滑头，你是不是有主意了？"

"打进去！"

"谁？"

"秦宇翔。"

丁队长立即反对："不行，坚决不行。"

谈话到此，一直在门外偷听的秦宇翔夺门而入："我要去！"

丁队长看着涨红了脸的秦宇翔，很是生气："你不行！就是不行！"

秦宇翔道出了原委，原来今天现场抓捕的全体撤退是他争取的结果，昨晚回到办公室的他，拿出了9·10阮生案件的所有案宗，慢慢地一个清晰果断的策划形成，他要打进香金雄的集团内部，亲手抓住这个极有可能是杀害他哥哥的幕后凶手！

"是你这小子！"

在秦宇翔的极力争取之下，他获得了这个机会，前提是与丁队长单线联系，代号为：鼠。从丁队长的办公室出来，秦宇翔一脸兴奋，李大头笑他，是不是打了鸡血啊。他戏谑道："你要不要也打点？"李大头吐了吐舌头。

丁队长向警员们通报了这次出警又收警的原因，众人唏嘘，唯有钟可一个人"嘿嘿嘿"乐得合不拢嘴，没有抓捕行动，可以不用审讯，剩下的时间终于可以跟丁队请个假，不管怎样也要跟新谈的女朋友去金沙滩玩一玩，沙滩、比基尼、美女，一想到这美事，就引发了他无穷联想。谁想到李大头一本书向他后脑勺拍了过去："别笑得两眼看不到黑珠子，看看你，满眼红血丝，最近又声色犬马了？"

"天天陪着翔子翻案宗，我整个一加班文秘！"他转而问李大头，"你也该提出休假了吧？都病几天了。年底评优也就多那么几千块，你犯不着那么拼吧？人到中年都这么拼，那我们这些十二点的太阳怎么办？"

李大头指着窗外挂着朵朵白云的蓝天说："挂着。没人告诉你这是最好的生存状态吗？"

"李大头！"丁队的一声顿喝从他身后响起。"丁队……"李大头不知何事让丁队一脸怒容。"回去睡觉！这两天别让我看到你！"丁队下了死命令。

第六章

——这个命中的偶然就出现在他每天必然经过的地铁里，出现在一个看似平凡的黄昏。和往常不一样，他在这天的黄昏幻觉般地看见了香晓青。

（一）

韩岩的视力的确严重下降了。从医院出来，医生的话还他耳边响起——“建议立即做手术，不过，即使手术，成功的概率也是50%，你的右眼很可能只剩下0.2的视力”，也就是说，右眼将近乎失明。戴上墨镜的他，眼泪在眼眶里直打转，一次见义勇为，他只拿到政府2000元的奖励，还给他颁了个年度道德模范，可是，因为这次见义勇为，他却付出了失掉一只眼睛的代价，这个代价对他来说大了点。

正值下午五点四十五分，刚下班的男女与旅游购物者熙来攘往，每个人脸上或多或少都露出满足的表情，中国GDP稳中有进，经济形势大好，也惠及了边城的市井小民，韩岩有这种感觉。

一辆车紧紧地跟着他，他猜可能是熟人，担心要寒暄，更不想停下脚步，他加快了步伐，那辆车却跟得更紧，后来干脆拦住了他前进的路。摇下车窗，他往里一瞧，是有段时间没见面的香晓青，也戴着副墨镜，居然是同款，只是他的是冒牌的，她的是正版。

香晓青指了指他的墨镜说："我说我们有缘吧，连眼镜都是同款，上车吧！今儿不上学，带你学车去！"见韩岩有些犹豫，她急了："快点，没见我没开我那'大保'嘛，还不是为了你，怕这怕那的，快上车，我给你买了东西。"

韩岩上了车。一路上，香晓青并没有把东西给他，嘴里一个劲地大声背诵着："金子！黄黄的，发光的，宝贵的金子！它可以使黑的成白的，丑的变成美的，卑贱变成尊贵，老人变成少年，懦夫变成勇士。这黄色的奴隶可以使异族同盟，同宗分裂；它可以使受诅咒的人得福，使害着癞病的人为众人所敬爱；它可以使窃贼得到高爵显位；它可以使鸡皮黄脸的寡妇重做新娘，即使她的尊容可以使身染恶疮的人见了呕吐，有了这东西也会恢复三春的妖艳；它会使冰炭化为胶漆，仇敌互相亲吻；它会说任何的方言，使每一个人唯命是从。它是一尊了不得的神明，即使它住在比猪巢还卑劣的庙宇里，也会受人膜拜顶礼。"反复地背了好几次，韩岩没有打断她，反而是香晓青觉得寂寞了，问他："知道是谁写的吗？"

"反正不是我。"

"《雅典的泰门》，莎士比亚！"

"人生不过是一个行走的影子，一个在舞台上高谈阔步的可怜演员，无声无息地退下。这只是一个傻子说的故事，充满着喧哗和骚动，却无意义……爱情是悬崖边上的一朵花，当你想去摘它的时候，就应该想到为了它可能会摔得粉身碎骨……"韩岩也一段接一段地背诵出来。

香晓青跟着附和。可是，背来背去，到最后韩岩带上了极大的情绪，他的声音越来越大，心中压抑已久的郁闷爆发得越来越强烈："如果地狱的孽火能在一个中年妇人的骨髓里煽起了蠢动，那么在青春的烈焰中，让贞操像蜡一样地融化了吧……”“让众人所追求的名誉永远记录在我们的墓碑上，使我们在死亡的耻辱中获得不朽的光荣；不管饕餮的时间怎样吞噬着一切，我们要在这一息尚存的时候，努力博取我们的声名，使时间的镰刀不能伤害我们；我们的生命可以终了，我们的名誉却要永垂千古。”直到变成吼叫：“生存还是毁灭，这是一个值得考虑的问题！人们可支配自己的命运，若我们受制于人，那错不在命运而在我们自己！”

“怎么了？”香晓青停下了车，问他。

韩岩眼望远处，眼泪终于忍不住流了下来。他一向善于隐忍，不到痛处绝不流泪。慢慢地，他开始叙述：“十岁，我十岁那年我的爸爸死了，我妈妈改嫁，那年我寄居在小姑家，小姑是个患有间歇性精神病的病人，她时而正常，时而疯癫，正常时，我还能有口饭吃，疯癫时，我要到处去找她，找到她之后，我要为她擦洗身体，还求人给点米做饭吃，我一口口地喂她，再一口口地喂自己，有时候找不到给我们米的人，我就要饿肚子，最长的一次，我饿了五天，天天喝水。然后，我还是长大了，我有个朋友，叫骡子，是个读书人，十五岁就有一个女朋友，他对女朋友什么也没做，他觉得自己该娶了她之后才能做那种事，他的目标是读书、找份好工作、坐办公室、有工资拿，然后养女友，他读啊读啊，终于考上了大学……可是，第二天就要上飞机去读大学了，他却死了。

“怎么死的。”

“溺水而亡。家乡有一条大河，每年都有人死在那条河里，这一年轮到了他。所以，我想，我这辈子，要赚钱，要赚很多的钱，想做什么就赶紧做。我曾经想找一个丁香花一样干净的女人，我要的幸福就是陪着心爱的女人在黄昏时散步，就算是用一辈子的时间陪着她，也觉得不够。我以为那就是幸福。赚钱，找个好女人，就是我的梦想。”韩岩望着远处。

香晓青不解地问：“你总结过没有，这些年你都在这城市留下了什么？远离家乡、远离亲人？难道就为了那点用放大镜也看不见的幸福？”

“是啊，用放大镜也看不见，我现在即将看不见，先是一只，然后是另一只，然后，没有了梦想，只剩一片黑暗。”韩岩突然想起什么似的，充满憧憬地问：“那钱，给我吧！我需要做手术，只有你愿意帮我，也可以帮我。”

香晓青一脸阳光灿烂：“我说什么事呢，这么个小事，你的手术，我全部负责！实行三包。”

这时，韩岩脸上也露出了久违的笑容。香晓青正是时候地拿出了她给韩岩准备的礼物——一株精致的绿箩，但因运用了插花技术，点缀得恰到好处。“多看绿色植物对眼睛有好处。”这盆很普通很便宜的绿色植物让韩岩很是喜欢。

“给个亲亲嘛，可不可以……像个朋友！朋友！”香晓青指着脸蛋调皮地说。“不管，我一定要嘛。”

韩岩想了想，凑上去，快速地亲了一下。

接下来好长一段时间，跟着晓青学车，韩岩愈发投入，香晓青又是个极称职的教练，既耐心又严厉，香晓青的心计就像她驾车一样，超乎寻常地老到，但又隐藏得恰到好处。通常在练车之后，她还会精心地为韩岩安排情调浪漫的晚餐，聊一些生活中的趣事，韩岩的心情慢慢好了起来。

（二）

练车时发生的一件事，让韩岩对香晓青的好感又进了一层。

那天开车出去，开到郊道的转弯处，一个带着孩子的妈妈因为埋头看着手机，孩子跑上了行车道都没有注意，而韩岩还不太熟悉车，一打方向盘，有点过了，还好看见了孩子，发了慌，车速又没控制住，一着急，车子冲向了道旁的树，关键时分，香晓青挺身而出，帮忙打方向盘，在冲向路边围挡的那一刻，她扑在了韩岩的身上。这让韩岩十分感动。晓青显然也吓坏了，她脸无血色，一股鲜血从额头上渗了出来，她丝毫没有觉察，韩岩不由得抱住了她发抖的身体，不停地安慰着。可是，在这场事故中，更受刺激的是他自己，在千钧一发之际，他完全没想到晓青会为他做出这个举动，他不得不重新思考晓青对他的感情，它肯定不会像他以前猜想的那样，只是富二代的一种猎奇。只有一点可以证明这一切：那就是晓青的的确确对他有真实的感情存在。想到这一点，韩岩的第一反应不是惊喜，而是害怕——他知道这是没有结果的，因为作为男主角的他还没有准备去爱一个高高在上的女孩，家境、个人理想，包括境遇都是如此的不同，如此的遥不可及。可是，万一如果有一天，他真的爱上了她呢？——他不敢想，这已经脱离了他想象的范围了。

无论怎样，在车祸的现场，有人看到，两个年轻人在车里拥抱并且激烈地接吻。

从事故现场回到宿舍以后，他的心情难以平静下来，他没有把他的这场没有结果的相遇告诉任何人，他觉得自己可以把这件事处理好，把彼此的感情控制在合理的范围之内。他收下了香晓青给他的一笔为数不少的钱，在收钱的时候，他下定决心要做好三件事：治好眼病、做好工作、搞好生活。等将来某一天在他的努力下把钱还上，也就不欠她香晓青的人情了。这念头让他突然有了一种脱胎换骨的责任感。他更加踏实地上班，除了出去办事之外，每天依然两点一线或三点一线，心无旁骛地在领导、同事、欧阳若萱之间往返穿行。

可就在他确定了想法，并且真的身体力行地想要重新找到人生目标的时候，一个偶然的发现，再次扰乱了他的方向——那个刚刚让他弯弯曲曲像梦游一样走了个回路的，这个命中的偶然就出现在他每天必然经过的地铁里，出现在一个看似平凡的黄昏。这个黄昏他和往常一样下班回家，和往常一样走进行政中心东站，准备回家，和往常不一样的是，他在这天的黄昏幻觉般地看见了香晓青。

他们在街边的咖啡屋坐了下来。店里大约坐了五成客，一个东南亚裔轮廓的服务生走了过来。在中国西部大开发、边城经济高涨之际，雇用外籍劳工的经营者越来越多了。有段时日没见韩岩的晓青面容有些憔悴，额头上的伤痕在发际中露出了一点点，韩岩伸手想翻看她的伤口情况，被她挡住，今天的晓青有点不一样，安静了，成熟了，穿着一袭文艺范十足的长裙，围了一条青黛色流苏，乌黑的大波浪长发披肩，秀长的手指，褪掉了黑色的指甲油，抹了一层淡淡的紫色，美丽的眼睛消去了许多俏皮的光芒，添了几分忧伤。整个就像一位等待爱情不期而遇的文艺女青年。

恰好，韩岩撩开香晓青的额头被香晓青生气挡住的这一幕被玉勤路过时看到。她还看见那女子叼了一根万宝路，韩岩帮她点了火，女子顺手递给他一支烟，韩岩本是拒绝的，但又接了下来——“他会抽烟？”玉勤想，她明明记得若萱说过他不抽烟不喝酒的。她留意地记住了韩岩对面坐着的这位女青年的模样，她很肯定自己一定曾经见过这张脸，不过，这一路到家，怎么想也没有想起来。她没有听到他们之间在说些什么，但是他们之间的那种对望和沉默是明眼人都可以体会到——他们不是普通关系。

下午偶遇了晓青的韩岩，晚上准时在八点煲好了汤来到欧阳若萱所在的记者站。虽然不时地提醒还在忙工作的欧阳若萱该喝汤了，但是，他的心思一直处在游离的状态中。像往常一样，在等待欧阳若萱回家的那段时间里，他通常是翻看《新民快报》的往期专刊和像展览似的贴得满墙都是雷斌拍的摄影照片，可是，一切运作都是无意识的，是机械的。

韩岩突然冒出一句：“若萱，我们可能很快会有自己的房子了。”

欧阳若萱正在电脑中整理要发回总社的文稿，她简单地回复了一声：“噢。”然后，又猛然惊醒地提到了声调问：“你说什么？”

“我说我们可能很快有房子了。”

虽然欧阳若萱对他哪来这一大笔钱有疑问，但她没有问，她依然回复了一声：“好啊，真好。”

这时，韩岩意外地发现了欧阳若萱为秦宇翔拍的一张照片。“这是你拍的，我怎么没见过这个人，够帅的。他好像一个人……秦宇飞？丛岭那个牺牲的英模？”

“像吧？”欧阳若萱回应道，“可惜不是，是他弟弟，重举哥哥的遗志。”

“是为他哥哥报仇的吧！典型的个人英雄主义。”

欧阳若萱被他这么一说，无心写下去，反驳道："怎么能这么简单、片面地理解，我可不这么认为。"

"被好莱坞美剧严重腐蚀的八零后。"

欧阳若萱沉不住气了："别忘了我们也是八零后。"

"别告诉我他这是在实现理想。在现实中，更多的人是被生活追赶着向前，有几个人会真把理想当饭吃。况且，这或许只是他哥哥的理想。"

最近跟韩岩老有点话不投机，欧阳若萱出不想多说，她淡淡地讲了句："人要相信精神生活，荼毒自己的灵魂，终有一天它会让你惶惶不可终日。"

"你什么时候变得这么哲学了？哲学能当饭吃，还是能给你新房子住？"

欧阳若萱发现韩岩的话明显带有攻击性，闭口不说了，一场谈话不欢而散。

又是新的一天，下了班的韩岩在等公车，在他收好书本准备上车的刹那，偶然一瞥看到一辆并不起眼的白色雪佛兰的车窗里，一个女人正无意地往窗外看，那瞬间的回望让韩岩眼前瞬间愣住，里面正是梳着高高发髻的香晓青，如此清秀而高贵。此时正是下班的时间，公车来了，人流如潮，那个女人只是在车道内一闪，便在车水马龙中淹没不见了。

公车的门关上了，随即启动，快速而无声地开走了。留下韩岩心思如麻，百味杂陈。

（三）

开着白色雪佛兰的香晓青把车停在大型超市的门口，走出来一位年轻貌美的女子，她朝那位女子招着手："芳罗苏，这儿呢。"这位叫芳罗苏的女子，其实是香金雄贴身护卫安弟的老婆。她是中国人，却从小在越南长大，她所在的那个小城到现在连一家麦当劳店都没有。加上芳罗苏个性内向，不擅交际，当年跟随离异的母亲回中国，在丛岭好长时间也没找到工作，经常有一顿没一顿的，过的是一种狼狈不堪的日子，差点被人贩子运到内地给人生孩子。是安弟在越南帮混迹的圈子里发现了她，她的美丽才焕发出来，一下子脱胎换骨，成了死心塌地跟着他十几年的毒贩老婆。可安弟并不是让人省心的男人，成天在外拈花惹草，最近他正在追一个人民教师。芳罗苏正愁着。

见到芳罗苏，香晓青把一沓照片给了她，那是她偶尔拍到的安弟跟那个女老师的约会照片，看到芳罗苏逐渐黯然的样子，她也无从安慰，只是说了些听起来时髦动听，实际上了无新意的套话，诸如：咱们都年轻，年轻人的财富就是拥有明天，只要自己开心就好，不要太相信爱情，等等。

芳罗苏也从包里给她拿出了一沓资料，说："这些可都是好不容易弄到的，花了不少钱，跑了好多路，不过，你让我干的这些，等以后你俩成了，可千万别说给韩岩听。""知道，知道。""你可找到一个好男人了，凤凰男呢，从小到大品学兼优，快把他抓住吧。"

"这人从小没了父亲，你看父亲一栏是无，母亲这一栏写的是'姑姑代'。"芳罗苏弄到是韩岩的许多的个人资料，这是她从各种途径搜集到的影印件。里面有他从小到大获得的各种省级、国家级证书，还有他各个时期的毕业证。

香晓青兴奋地说："嗯，他没有骗我。"香晓青看到韩岩那些童稚的、青涩的照片，就如同看到他一路成长时的情景，似乎觉得他们俩很早就见过，一起拥有过童年、少年、青年，那些美好的感觉始终悬浮在她的梦里，只是被遮住了很多年，直到现在才见出了它本该有的肌理。

"可是他好像很爱这个女人，你看，到了大学，他们俩经常同时出现在照片里。他们是大学情侣吗？"芳罗苏拿出几张照片的影印件，指着照片中的欧阳若萱。

"一个朋友，谁都有这样的异性朋友。"芳罗苏的这个提问毁了香晓青好不容易等来的美妙的夜晚。芳罗苏跟她告辞时，看出香晓青脸上的不高兴，于是匆匆离去。

回家的路上，香晓青鬼使神差地转到她常送韩岩回家的那条林荫道，果然说曹操曹操到，正当她想着韩岩时，就看到前头走在路上的韩岩没看清路障，一脚踏空，一不小心摔倒在地。她连忙从车上跑下来。“韩岩！”

不知为何，扶起韩岩的这一刻，她内心冲动着一种难以名状的激情，她决心为这份爱动员起自己全部的热情和持久的耐心，去化解这个男人成长以来的所经历的难言的不幸。经历了不幸的人最懂得珍惜未来的幸福，她坚信这一点。她坚信自己就是那个能给予韩岩未来幸福的人。要不然，为什么在他摔倒的这一刻扶起他的不是欧阳若萱，而是她。尤其更重要的是——她触摸到了爱情的滋味。

韩岩的脚受伤了，香晓青把他连拽带背地拉到车上。她把车开到了郊外的自己的家。韩岩没有拒绝。这段时间，在香晓青的资金帮助下，他顺利与美国的纽约威尔逊眼科医院取得了联系，并约定了手术时间，眼下正在等签证，为了整个手术顺利，他这个过了英语八级的高才生，这些天还在拼命复习英语口语呢。最近，他的视力更加微弱，到了傍晚，右眼几乎看不见了，必须依靠高倍眼镜。

他默认了香晓青对他的好，现在的他，既害怕她对自己太好，又害怕她对自己不好。他无法拿捏，索性放任自由。香晓青亲自给他端上了老火汤，他说了声：“谢谢。”

香晓青故作生气：“谢什么，这是老婆给老公煲的……”听此话，韩岩收了手，不敢拿勺子：“晓青，你别这样。”他越是推开，香晓青越是想拥有他。此时的香晓青一改往日的任性，放下身段和脾气，轻柔地、深情地说：“她有像我对你这么好吗？她有我这么爱你吗？”想了想，继续说：“你喝汤吧，这汤喝了，能治眼病的，喝了就不干涩难受……你记住，任何时候，只要你需要，我香晓青都会来到你身边。”

香晓青转身离开，留下一股清香，韩岩忍不住深吸了一口，一阵肚饥，拿来汤，一口气喝完了，又吃了好些饭菜，没多久，一阵昏睡感袭来，就躺在香晓青的房间睡着了。

梦中，他与香晓青如胶似漆地滚在一起，美好的面容，性感的身体，好不痛快。直到天光大亮，他看到香晓青裸睡一旁，才知道，梦里的一切，全都真实地发生在他的身上。不过，他也没有回避，他在香晓青的脸上亲了一口，才离开。香晓青没有起身，也没叫司机送他。等韩岩走后，她又甜甜地睡着了。

韩岩不知道，他喝下的汤里，香晓青第一次放进了冰毒。香晓青知道毒品的厉害，也知道如果剂量用不好会给韩岩带来怎样的伤害，所以在第一次调释时，尽可能地控制好剂量，她希望达到让他最终被自己控制，而毒品剂量又不至于伤害到他的那个程度，她跟自己说："只一点点，一点点就好。"

之后，这种带有一点点毒品剂量的汤，就在她的温情攻势之下，一次次地被韩岩喝进了肚子里。这汤药治疗他的眼痛效果果然很明显。在香晓青的帮助下，韩岩对自己的眼睛痊愈是越来越有信心了，他背着欧阳若萱与香晓青幽会的次数也越来越多，不过，他依然不断地提醒自己：他所做的一切都是为了自己，为了将来，为了和欧阳若萱即将组建的家，总有一天他会还清在香晓青这里欠下的人情的。

（四）

受到毒品伤害的不只是韩岩，还有在南宁度日如年的杨文文。

与秦宇翔在丛岭分手后，杨文文到处挖掘尤茵与秦宇翔的故事，她找了很多人，听说了一些故事，然而这些故事不足以说明他们之间产生过地老天荒、海枯石烂的爱情，充其量也就好朋友，众人嘴里的女孩尤茵是单薄的、瘦弱的，秦宇翔的同学给她看过尤茵的照片，她有一头长发，照片里的衣裙全是白色的，白围巾、白帽子，白大衣下包裹着瘦小的身体，杨文文不得不承认，她身上有种悲情和令人怜悯的潜质。她又不得不怀疑，难道天生乐天派的秦宇翔会喜欢上这种质地的女孩，甚至会为了那个简单得不能再简单的初恋而纪念她一辈子？不过，至少从她打听到的事实上已经表明：尤茵的确是因为毒品而走上了不归路。

她听到的关于尤茵的故事是这样的：尤茵的父母早年离异，她跟随父亲生活，她的爸爸做点日用品的边贸生意，把国内的一些日用品走丛岭或是黎县批发到越南、缅甸，有那么几年，她家的日子突然变得很好，买房、买车，成了那个片区家喻户晓的暴发户，结果，后来被曝她爸爸在贩毒，那时正是严打时期，很快被枪毙。后来，尤茵就退学了，不知道为什么，她也吸上了毒，再后来，学校里就有了她自杀的传闻。至于她退学之后跟哪些同学还有联系，为什么会吸上毒品，为什么会自杀，杨文文便无从知晓了，那对所有知道尤茵的同学来说都似乎是一段令人恐惧的空白。有同学告诉杨文文，可能秦宇翔跟她还有联系，也有同学说，他们只是再普通不过的朋友，要说秦宇翔跟尤茵，那简直是天方夜谭，打死也不相信。

为了落实他们之间的关系到了哪种程度，杨文文不依不饶地去找朱学斌，可是朱学斌什么也不说，只是提醒她，再也别去管秦宇翔，他丢给她一句话："爱情第一法则，就是自始至终地照顾好自己。"

杨文文没有坚强起来，她跟以往换了个人似的，开始酗酒，开始广交男朋友，开始不相信爱情。她在纵欲、纵情。并且，她躲了起来，像尤茵一样在很多朋友、亲人的世界里消失。一次狐朋狗友的聚会，有人在她面前铺开了一小张白纸片，上面有薄薄的一层粉，醉醺醺的她，心里很清楚，那是什么，她有点紧张，有点犹豫，那人怂恿道："这个可以让你进入极乐世界，没有痛苦，只有快乐。"她闭上眼，流下眼泪，用怯弱的、无助的眼神望着身边的人，没有人理会她，摆在她面前的只有这张纸和粉，只有不断传进耳朵的怂恿的那个声音，她别无去处，无处躲藏，只能向前，哆嗦着拿起了纸片，在那人的帮助下吸食了第一次毒品。然后，第二次、第三次，慢慢她爱上了它，因为每当吸食完，她总能看到以前的自己：那是盛夏的夜晚，浓郁的绿色围绕着小区的花园，水泥地面上有金黄色的光线挥洒下来，那年的她十八岁，还是个学生，脸上的茸毛散发着青春的光泽，她穿着那件软软的乳白色纱质薄裙，鹅蛋黄的浅帮休闲鞋，上身紧紧地贴在身上，脖子和袖口的地方被汗水浸湿了，露出下面朦胧的肤色，而不远处，秦宇翔在打篮球，篮球在地板上发出“咚咚”的声音，她喊一声：“翔子！”秦宇翔便扭头冲她笑……她甚至能闻到他身上散发出来的汗味。

她身体越来越不好了。

她就带着被自己折腾垮了的身体，又去了丛岭。

“我到了丛岭。”

“去那干吗？”朱学斌着急地问。

“我不相信！”

“不相信之后呢？”

“我没有想那么多，只是想把心情告诉他。”

“如果他并不在乎你的心情呢？”

“就装作什么也没发生过。”杨文文的呼吸有点乱了。

“你是认真的？”

“是。”

“好吧，抛开一切去做吧。死，也要死个彻底。我支持你……别忘了，回来……还有我这个好哥们儿随时会跟你出来喝酒。”

她没有急于去找秦宇翔，没有去他的宿舍，还是找酒店先住了下来，在这个城市漫无目的闲逛着。不过，闲逛了几天的她，最终还是将脚步停在了秦宇翔的宿舍门口。决定命运的时刻好像从来都是阴沉沉的，这是个随时都会下雨的天。门是虚掩的，能看到一缕灯光从客厅的门缝里调皮地钻了出来。她没有推门而入，而是绕道去了窗户那边。蓝黑相间的窗帘没有关紧，可以看到里面隐约有一对男女，男的是秦宇翔，女的便是她认识的欧阳若萱。又是她！

的确，今天是欧阳若萱的生日。秦宇翔借故叫欧阳若萱去他这里拿点东西。

杨文文眼看着秦宇翔把一束早早准备好的玫瑰花送到了欧阳若萱的面前。这一刻，她猛然意识到，她的真正情敌早已不是那个传来传去的已经死掉的尤茵，而是欧阳若萱，是眼前的这个活生生的女人。

她没有立即破门，在欧阳若萱面前破口大骂。她控制住自己的情绪，告诉自己，我已经不是以前那个幼稚可笑的杨文文了。这种情绪一旦控制下来，便很快转化成了悲伤，浓浓的悲伤，很快，一种人生从此变得一无所有的空虚紧紧包裹着她。

她找了河边一家酒吧喝酒，喝到不省人事，直到有人把她轰走，才听到她提到了秦宇翔的名字和电话。没多久，秦宇翔来了，抱起她，在医院打了吊针，然后送她回到自己的宿舍。秦宇翔帮她清理完呕吐物之后，要离开。被她叫住了："你就这么不待见我？"

秦宇翔："咱能不能别这么作践自己？有些事，不能勉强，你又不是小孩子了。"

杨文文坐起身，顺手拿起桌上的烟，点上，动作娴熟。烟圈飘散开来。她流着泪问："我今儿来，就是要问问你，你他妈到底喜欢的是谁？是那个连鬼魂都找不到的尤茵，还是欧阳若萱。我他妈的算什么？！"

秦宇翔发现杨文文整个瘦了一圈，都快脱形了。他受不了杨文文这样，冲上去，扔了她的烟，狠狠地扇了她一个耳光，马上又觉得自己太过火了，软下来，用几乎哀求地声调说："你醒醒好不好！我对不起你，你要的是不是我的一句对不起，对不起，文文，怪我，都怪我太粗心，没有在分手时跟你说对不起，你看在朋友一场的分上，我求你别再这样过下去，我很心痛，我们之间不要报复好不好？我一样照顾你，还是你最亲最近最爱的翔子哥？你需要我的时候，我一定会在你身边，我答应你，说到做到！"

杨文文深埋着头，发出沉重的声音："回不去了，翔子哥。现在的我，就是当年的尤茵。"

秦宇翔听到这话既震惊又后悔，他端起杨文文的脸说："文文，你听着，我现在跟你实话实说，我跟尤茵一点关系也没有，我们只是同学关系，她退学以后，我只见过她两次，一次是她约我吃饭，她那时，已经开始吸毒，还有一次是她临死的前一天找过我一次，她把高中时我借给她的一本书还给我，她一直笑，很开心的样子，哪知道，第二天她就自杀了。我们自始至终只是普通同学，我现在连她长什么样都记不起来了，学斌提起她，就是为了让你离开我。”

“是不是欧阳若萱？是不是她？”

“为什么又提她？”

“秦宇翔！你至少让我死也要死个明白！”

“是，是她。我喜欢她这样的女人。”

此时，他们并不知道欧阳若萱正站在门外，她本打算返回秦宇翔宿舍拿落下的手提包，听到这一席话，忍不住闯了进去，大声解释：“不是这样的，文文，我有男朋友，我和秦宇翔只是工作上有联系，是朋友关系。”转而再跟秦宇翔说：“对不起，宇翔，我和韩岩很快就要结婚了。”

欧阳若萱拿了手提包，准备离开时，又留下一句话：“你们之间的问题请不要再扯上我。”

欧阳若萱的神态明确表示了她对此事的态度，这让秦宇翔有点难堪。不过，秦宇翔并不后悔这一次无意的表白，他知道这是迟早要说出来的，但是还是觉得非常的失落。

第七章

——很美的烛光在他俩的眼前婆娑不定地跳跃着，偌大的房间里立即显得神秘和温馨起来。

（一）

欧阳若萱不知道，在组织的安排下，秦宇翔将很快要打入香金雄构建的那个庞大的跨国集团公司。

正值国庆前夕，岩城到处装点着国旗和“庆国庆”的标语，电子屏换掉了五花八门的广告，改成了“向国旗敬礼”的各种敬语，把国庆的气氛渲染得十分火热，就连大妈跳的广场舞也更多的选用了积极向上的舞曲，人民公园里，老年人组织的合唱团把一首首脍炙人口的革命歌曲歌唱得如火如荼，公益队伍这几天也壮大了很多，每个十字路口站了好几个身披绿马褂的志愿者们。

昨天的会既是 9 · 10 案前一段工作的总结会，又是下一步工作的部署会。会上决定了一些重大的事情。从这些决定上丁队长不难揣摩出梁处长的“野心”，他还是处心积虑要把案子往大了搞，而并不想陶醉在一场场小的胜利上。

处长在会上向全员宣布了不抓阿里的理由。理由有二：第一，毒品虽然当时可能被截获，但能认定香金雄和华鑫合资公司犯罪的证据，却并不齐全。这场毒品贩运案显然是被精心策划过的。只要没有在关键环节上人赃俱获，其结果就必然是抓到东西抓不到人，很容易使他们逃避打击，尤其是香金雄。华鑫合资公司肯定会全盘否认和这批毒品有关，而要在法律上认定他们的罪行，确实还比较麻烦。要再由此认定香金雄和这批毒品的关系，就更困难。

第二，即便能认定阿里犯罪，这个案子也破得残缺不全。他们的毒品货源在哪里，钱付给了谁，毒品的目的地在哪里，货要交给谁，中间还有没有其他的中转站，这些问题都没有搞清。从阿里和华鑫合资公司目前的活动看，从这次情报中的毒品数额看，这种操作精细而数额庞大的贩毒活动，只有那种规模很大的犯罪组织才能有此作为，而这个组织进出毒品的完整线路，还没有暴露出来。

事实上，中国内地只是一个国际贩毒的运输通道。毒品从缅甸泰国经中国内地到香港，然后运往欧美。处长认为，香金雄贩毒的主干市场很可能并不在内陆各省，而是在国外，他充当的是这个国际贩毒通道上的一个搬运夫的角色。因此这个案子应该带有国际性犯罪的性质。香金雄的集团必然是跨国贩毒集团——不过，梁处也再次强调：这一切均只能从迹象中探求，而未得到证实！所以，在没有抓到事实证据之前，香金雄还是中国合法公民，而且还是目前丛岭政府最受欢迎的商贾，任何人不得无故骚扰，包括警察。他提醒大家在处理跟香金雄的关系时，要注意到这一点，以免给自己增添不必要的麻烦。

去新的公司报到之前，秦宇翔回家去跟老母亲告别。

桑青正愁着，因为这一早，她在门口的盆花下面，又发现了一个信封，打开一看，一叠崭新的百元大钞，数额跟上次一样，两万。她想起上次那笔钱，自从给了楚芯之后，她也没有向媳妇过问过那笔钱是怎么处理的，现在又来了新的一笔，这让她开始害怕起来。难道这钱是定期给儿子家的吗？她极力回想当时把钱给楚芯时，楚芯的反应是什么？但她总也想不起来，既然想不起来，那说明没留下什么印象，没留下印象那就说明当时楚芯是很自然地收下了，没询问什么，也没表示过惊奇。

——这更奇怪了。楚芯她应该感到惊奇的，不是吗？如果是她自己，她肯定是这种反应。但楚芯没有。

她今天送了笑笑之后，哪儿也没去，一直待在家里，拿着信封和钱，数了一遍又一遍，一张张地翻看、查找，信封也里里外外地找，没有字迹、没有线条、没有图案，没有发现一点线索。

“妈！开门！”

是秦宇翔的声音，儿子回来了，把她吓了一跳，赶紧收了钱，但想了想，又重新铺开了。“来了，来了。”

没等秦宇翔跟自己嘘寒问暖，桑青就把他拖进了自己的卧室，指着那满床的钱问：“又来了，你看看，又来了。”

“这是第几笔？”

“从我这里发现的，是第二笔。不知道楚芯有没有发现过？”

“一共多少？”

“两万。这是犯罪！是中毒！”

“妈，还没搞清楚，先别这么说。”

“他们肯定用这种糖衣炮弹在攻打喻楚芯。”

“凭什么？哥都不在了，攻下楚芯有什么用，她早就退出公安系统了。”

“是利用，是彻头彻尾的利用，不！是诱惑，是彻头彻尾的诱惑，他们的目标，不会是你吧，儿子？”桑青的眼神中充满了恐惧。

秦宇翔轻轻地抱住了因为害怕而有些发抖的妈妈，心头不由涌起一阵伤感，为什么长这么大了，还要让妈妈为自己担惊受怕。原本想跟妈妈说自己要去做卧底一事，见此情景，他立即打消了这个念头。

“你今天怎么想到回家？”

“出差，派我出差呢，短则一两个月，长则半年，所以来看看你。”

“不是去卧底吧？”

“怎么可能有这么短时间的卧底，你以为玩过家家，溜一圈子回来，就带回来一个贩毒头子，马上就成了缉私英雄，胸戴大红花。”

秦宇翔问起楚芯去了哪，桑青告诉他，去了丛岭戒毒所。一句话提醒了秦宇翔，因为今天是心灵公社去丛岭戒毒所做公益的日子。

喻楚芯每年都会参加心灵公社的活动，心灵公社是早在2012年秦宇飞组建的心理学公益组织，专为那些吸毒者提供免费的心理咨询服务，楚芯也是主要组织成员之一，生了笑笑，她组织活动的时间少了，甚至别人组织的活动她也没时间参加。自从欧阳若萱来了之后，大部分活动都是欧阳若萱在代为组织，也就逐渐代替了楚芯在心灵公社的组织地位。不过，楚芯很高兴看到有新人不断涌现，为这个公益组织注入新的血液，她喜欢欧阳若萱这种干劲十足、充满爱心的人，她常常在欧阳若萱身上看到自己年轻时满腔热血的样子。

楚芯先欧阳若萱和秦宇翔一步到了丛岭戒毒所。

活动为期一天。秦宇翔也是组织成员之一，吃完中餐，他匆匆跟妈妈告别，坐上了返回丛岭的车，这一次去参加活动，他想见到欧阳若萱，自从上次一别，他很想找个机会跟若萱解释点什么，但一直没遇上；此外，还有一个目的，就是要向楚芯问清楚门前盆花下收到两笔钱的事。

一路上但见丛岭奇峰挺拔，秀水潆洄，田野似锦，步移景换。驶出岩城地界，天色愈发清亮，不时能看见身着京族、黎族服装的男女摆着路边摊。车道变窄了，汽车依然高速行驶着，并不减速。这辆溅满泥浆的公共汽车风尘仆仆地越过了丛岭郊区，像个愣头小子一样，一头扎进了美丽的丛岭县城。

刚进县城，车就来了个紧急刹车，原来有人要上车。秦宇翔被车晃得已入睡，因紧急刹车，往前猛撞了一下，一股怒火正待消减，抬头却看见了欧阳若萱笑盈盈地向他靠近，心里一暖，也露出了笑，问道：“你怎么也晚出发了？”

欧阳若萱笑而不答。

（二）

中国通过强制戒毒办法，设立了至少是七百所以上强制戒毒所，每年能够强制收戒三四十万人，那么还有一部分，劳教戒毒所大约有一百所，每年也能收戒十万人。那么这样总数加起来，就是每年收戒也就是五十万人左右，但现在的实际吸毒人数起码是五百万以上，强制戒毒所或者劳教戒毒所这种封闭环境下的戒毒只能解决十分之一左右，相当多的人只能想一些其他的各种各样的戒毒办法。由于中国当前无法实施国外戒毒的医学防治模式，所以现行的政策是以强制戒毒为主。

中国的戒毒所分为三类：第一类是强制戒毒所，由公安部门主管；第二类是劳教戒毒所，由司法部门主管；第三类是戒毒医疗机构，由卫生部门主管。按规定，第一次在戒毒所强制戒毒，复吸者进劳教所。但劳教队同样要政府建立，提供资金和人力，而且以吸毒人数之众，简直收不胜收。所以实际收容的仅仅是很少一部分。中国第一座也是目前最大的一所戒毒所是昆明市强制戒毒所。始建于 1989 年，占地三千二百多亩。目前有两千五百余人在这个所进行戒毒脱瘾。

坐落在丛岭西郊的这个戒毒所，是该县唯一一所戒毒医疗机构。十个瘾君子，九个有病，尤其是刚来的学员很容易出现肝炎、肺炎等戒断综合征，所以戒毒所的开放时间里，一直会有一名医生坐诊。

“哪里不舒服？”女医生一边翻看病历本，一边询问一名戒毒人员。欧阳若萱看到病历本上填写的名字是：兰花。

“昨晚喉咙有点痛。”兰花答道。

“有没有咳嗽？咳了多久？”女医生问。

因为工作的原因，秦宇翔来戒毒所的次数很少，对戒毒所的了解也很少，欧阳若萱在一旁给他介绍：“这是戒毒所的医生，她在这里每天得为一百多名学员看病，轻诊的当场配药，如有需要的就要带往戒毒所内的医疗室打针。”

女医生详细询问后，在兰花的病历本上记录了病情，随即为她配药，她身边的助理学员马上倒来一杯水递给兰花。女医生看着兰花当场把药吃掉，并让其伸出舌头看有没有藏药，确定没问题后再接着为下一名学员看诊。

诊室的旁边是一间较小的办公室。里面坐的是戒毒所宣教中队队长老贾，他从事戒毒工作已经 18 年。下午的这一时刻，他正在翻阅戒毒人员前一天的夜间值班记录，向当班人员询问前一晚的值班情况。详细询问后，老贾对一百多名戒毒人员的状况心中有数，开始逐一和他们谈话。见到秦宇翔和欧阳若萱只是点头打了个招呼。

四名戒毒学员被带了进来，都是前晚送来的新学员，刚体检完回来。老贾说，每个戒毒人员刚送来的时候，都要先进行心电图、B 超、血常规、X 光等基本检查，确认身体状况。老贾把其中一名六十一岁的新学员喊来谈话。“万江才，你这次是第几次进来啦？”

“太多了，不记得了，五六七八次吧。”“这次打算进来怎样啊？”“一定把瘾戒了。”

“你上次还跟我说再复吸就拿头撞墙。”老贾有点生气。

这位姓万的老汉，此前已多次进出劳教所、戒毒所，是所里的老面孔了。万老汉对自己几进宫似乎毫无感觉，他于 1989 年就染上毒瘾，1994 年开始频繁出入收容所、劳教所、戒毒所戒毒，而丛岭劳教所 1995 年筹建，1997 年开始投入使用，2003 年改为戒毒所，2010 年升级为集戒毒和治疗于一体的机构，他都是这里的常客。老贾说，戒毒所里不乏像钟老汉这样反复复吸的戒毒学员。“出去后，家人和社会的不信任、不谅解、不接纳，是他们容易复吸的很重要的原因，所以需要像你们这样的心理治疗师为他们治治心理疾病，除除身上的魔。”

宣教办公室的对面，就是这个戒毒所唯一布置得很雅致的心理诊所。喻楚芯并不知道他们会来，她和几个志愿者分别跟之前有过联系的戒毒者在谈话。上午刚刚进行完了老的学员给新学员介绍自己的经历和戒毒经验的活动，还进行了一些互动，志愿者们的神情上都露出了些倦容。楚芯的身体本来就不太好，腰更酸痛了，多次起来伸了伸腰。这些都被秦宇翔看在眼里。

几乎是同时，楚芯透过淡紫色的窗帘向外望时，秦宇翔也正注视着她。这一望不要紧，却像打中了楚芯的某个痛处，让她从一阵惊喜到深深伤感，从热望到落寞。刚看到秦宇翔的那一刻，她曾一度以为是秦宇飞来了，那身形和笑容实在太相像了，可是，当欧阳若萱也走进她的眼帘时，她顿时从梦一样的画面中惊醒，她告诉自己：哦，是宇翔。她很快恢复了原来的安静，在她的脸上看不出一点波澜。

可是，唯有秦宇翔还是感觉到了。他小声问："怎么了？累了吧。你去休息一下吧。"

"这里有个熟悉的病人，还没聊完呢。她待会儿要给我看她女儿的照片，我再等等。"

黄昏要来了，秋凉的风吹在楚芯身上，她搓了搓凉凉的手臂。秦宇翔很不合时宜问道："听妈妈说，有两笔钱，不知道……"秦宇翔没有继续说下去。

远远的，一位妇女拿着一本相册走来，楚芯向她露出了笑容，嘴上却在回答秦宇翔："在家里放着，没动，看看什么情况再说。"楚芯轻描淡写，倒是让秦宇翔觉得自己有点多事了。他连忙说："好，好。对，看看什么情况。"

另一边，欧阳若萱刚落座，那个叫兰花的戒毒者就跟着她过来了，冲她笑。两人就这么聊了起来。近年来吸毒者不仅处于上升趋势，而且逐渐低龄化。兰花，十四岁，她是因为青春期喜欢上邻居一个十八岁的男青年，男青年好奇，拉着她一起吸上了毒，为了让他们更好地戒毒，两个家里安排他们在同一个所一起戒，互相鼓励。在这里，光靠一个人的意志是很难戒毒的，兰花来了之后，有很多老学员帮助她，让她摆正心态，教她戒毒的方法，虽然只过了短短一周，但毒瘾已好多了。然而，兰花的男朋友瘾却比她大，被迫穿了两次束身衣，在所里，还跟人打过架。她告诉欧阳若萱她很爱她的男朋友，不想看到他那么难受，但她又不知道怎么可以帮助他。

欧阳若萱看着这张稚气未褪的脸，一时无语，她和她的 18 岁男友，到底谁该帮助谁？她轻声问："你爱他吗？"

"爱。"

“怎么个爱？”

“很爱，很爱……”

“是不是就像当时吸毒品一样，没有它就像要死了一样。”

“对，没有他，我就会死。”

“可是，现在你也渐渐不需要毒品了，不是吗？……现在的你，活得不也好好的，也没有死啊。你看，有时候在当时觉得很重要很重要的东西，我们换了个环境，换了个时间，它就变得不那么重要了，有一天，你会不需要它，也不需要他，还有那么一天，你会爱上另一个男人，爱上另一种生活，这就是重生。”

“我怕我会提前出去，而他还在这里。我怕我看不到他。”

“你就是要提前出去的呀，要不然，怎么能让后面出来的他看到最美的你呀？”

一席话，讲得兰花茅塞顿开，开心地走了。

楚芯走过来，帮欧阳若萱拉上滑落的披肩，在一旁表扬道：“你还挺会开导人的。”

“一个小孩子嘛。多单纯。”

“宇翔也很单纯。”

“他呀……”欧阳若萱不知道为什么楚芯会在她面前提起秦宇翔，一时不知如何回答，不回答又觉得容易被误会，又是马上接上断了的话：“我们只是普通关系，你可别想多了。”

楚芯听到这一回答，只是笑了笑。“我帮他介绍了一个女朋友，今晚让他俩见见面。我怕他不去，你一起来吧，人多有气氛。算帮我一个忙。”

（三）

楚芯要介绍给秦宇翔的是她们单位一个活跃于公益活动的女孩小袁，工作不到一年，跟秦宇翔在一起才搞过一次活动，就喜欢上了秦宇翔，在楚芯面前提了几次，让她给介绍介绍。楚芯跟秦宇翔说："晚上一起吃饭吧。"

"嗯。"秦宇翔满口答应了。秦宇翔以为是跟楚芯单独吃饭。他还没跟楚芯单独吃过饭，他不知道楚芯的用意何在。他能感觉出楚芯对他不一样的眼神，他对楚芯也不是没有好感，这样的女人，身材修长匀称，虽说不是很漂亮，但身上总是散发着一种难以抗拒的成熟的魅力。他喜欢周末回哥哥的家里，不单是因为妈妈在那里，还因为喜欢看到楚芯。她走路的样子，她说话的神情，她跟笑笑在一起说笑，包括她把他洗好的衣服叠整齐放在他床上的样子，他也喜欢。他甚至会故意带上好几件脏衣服回家，然后看到楚芯为他操劳。他喜欢他在一旁逗笑笑，而楚芯在阳台晾晒衣服的感觉，那就是家。不过，这一切都是因为她是嫂子，他觉得他的嫂子就应该是这样子的，他喜欢有这样一个嫂子。

现在问题是，嫂子要请他吃饭。

他马上想到了欧阳若萱。他不假思索地约上了欧阳若萱："若萱，今晚一起吃饭吧。我请客。"

于是，欧阳若萱懵里懵懂地接受了他的邀请，参加了晚宴。

谁也没想到，这顿饭吃得一点也不好。这其实是来自小袁的相亲大会，小袁把家里的父母、兄姐和七大姑八大姨全叫上了。一张坐八个人的桌子，最后坐了十三个人。

楚芯急了，问小袁："你们家到底还要来几个？"

小袁一脸沮丧："不能怪我，不是我叫的。我明明只是叫了我爸妈来的，我哪知道我爸妈怎么又叫来了这么些人。"

秦宇翔高大的身躯被夹在两个肥胖的亲戚中间。整整一晚上，他压根就没跟小袁说上几句话，除了最初小袁的爸妈问了他几个问题之后，整个席宴的主题就变成了股票、养生、教育问题和二胎。

欧阳若萱提出要先回去，秦宇翔乘机说要送一下朋友，见楚芯点了点头，两人便离开了晚宴现场。

走出酒店大厅，一股秋的气息包裹着他们。不知道是摆脱俗事的快感还是被秋的气息打动了，欧阳若萱临时起意，去河边玩，那里有一片芦苇荡，她曾经拍过它，不过，那已经是去年的事了，那时候的她还没有正式跟韩岩同居在一起。

他们聊起了摄影。

“你懂什么叫摄影？”欧阳若萱奚落道。

“不知道了吧。一个没有艺术灵魂的人拍这个芦苇荡子，要表达的往往是集体的臣服，而换有艺术灵魂的人来拍，像我，加重的是情感支点带来的冲突在画面中表现的无限张力，成了现实和理想之间的一种沟通或者是距离……”

“那到底是沟通还是距离？”

“你要的是沟通，而身体反而是有距离的。”

“噢，我明白了。”

“说说看。”

“我明白了就是说我不明白的意思，我需要明白所以我嘴上说了我明白了，但其实身体本身并不明白，我明白了这句话反映的是我在明白和不明白之间游离……明白吗？”

秦宇翔拱手而拜：“今日交姑娘红尘知己，实乃三生有幸。”然后接着说：“你比我还会忽悠。”

欧阳若萱大笑。好久没有这么大笑了。

不知道什么时候开始下起了小雨，这小雨淋在欧阳若萱身上不怎么爽快，透着凉气，欧阳若萱打了个喷嚏，心想，看来这是要入秋了。怕欧阳若萱着凉，秦宇翔硬是把自己的衬衣脱下披在了她的身上。

于是，说说笑笑地，秦宇翔送欧阳若萱回去。

欧阳若萱的小家灯光本是大亮，但在她用钥匙打开门的那一瞬间，灯突然全暗了。秦宇翔警觉地问：“怎么没电了，我跟你一起进去吧。”

欧阳若萱也很奇怪，站在门口有点犹豫，不过，在公安线上报道了太多的凶案，她也有些担心，没有拒绝。因为是新房，欧阳若萱摸了几次也没有摸到开关。于是，秦宇翔拉着欧阳若萱的手往黑屋子里钻。

欧阳若萱本来就冷的身体，更是有点哆嗦发抖，秦宇翔一副英雄救美的样子，半带开玩笑地说："没事，我保护你。"

就这时，屋子里离他俩仅两米远的地方，一盏微微的烛光亮了起来，接着是第二盏、第三盏、第四盏……很美的烛光在他俩的眼前婆娑不定地跳跃着，偌大的房间里立即显得神秘和温馨起来。在这些烛光中，欧阳若萱看到了韩岩微笑着的俊朗的脸庞，顿时想起，今天是他们俩认识四周年的日子，每年的这个日子，他俩总是会特别地纪念一下，而她今天俨然忘记了这个特殊日子。

秦宇翔也从刚才的状态中幡然醒悟，立即放开了搂着欧阳若萱肩膀的手，露出极为尴尬的表情。他发现欧阳若萱还披着他的衬衣，马上说："你看，都是我硬逼着她跟我去相亲，那女的，带了一帮子家里人，我要不多带几个朋友，那多没面子，谢谢若萱……外面下雨了，我怕她感冒，回头又找我麻烦……那女的，我连长什么样都没记住。我走了，下次见……下次见。"

欧阳若萱为了缓和这尴尬气氛，也随声附和："没事，下次相亲，我还挺你。对了，翔子，这个时间，没公车了，你打的回吧，你带钱了没？"

秦宇翔第一次听欧阳若萱叫他翔子，有点不适应，但又马上反应过来，答着："就别管我了。你俩浪漫你们的去吧，就当我不存在、没来过、不存在、没来过……我马上消失。"

到楼下的时候，秦宇翔依然忍不住地往楼上房间看，烛光映照下，房间里的人影更添了几层诗情画意。瘦小的微弱的烛光是如此的妙不可言，或许正是由于它的弱小才印证了它无穷的魅力，留下的空白任由人们尽情地去发挥或想象。这一刻的秦宇翔也好想买上几根洁白的蜡烛，关上灯火通明的电灯，在安静而干净的子夜燃上它，细细品味与欧阳若萱那份独处的温馨。

可是，命运安排的男主角不是他。

（四）

已入秋，在夜里更是有些凉意，一早一晚非要套上件厚外套。东边上空的太阳冉冉地飘起来，透过一栋栋的新建的楼房，透过渐渐繁忙的街道，也穿越了芦苇丛旁边的河流，有一些树开始发黄，风起了，落下这一片、那一片的叶子，或者滑落在水中，或者躺睡在路边，风也吹起了欧阳若萱的头发，她似乎感觉到了凉意。韩岩从一侧走过去，欧阳若萱并没有看见他，他就那么走过去，踏着些许落叶，慢慢地靠近欧阳若萱。

他们前一天夜里发生争吵了，争吵之后是沉默。的确，这段时间他们之间有点不对劲。对于欧阳若萱来说，韩岩对她越来越心不在焉了，这种心不在焉的表现不是他不关心她，而是，他所做的一切都像是程式化了的东西，她感受不到那个真实的在爱着她的韩岩，跟她在一起的时候，他的眼神是游离的、身体是空虚的，常常答非所问。韩岩又何尝不是对欧阳若萱满腹怨言。对于韩岩来说，欧阳若萱一心放在工作上，几乎没有心思对将来生活进行构建，而他，一心为了有个家的他，也需要人关心，他最不愿意每次第一个回到家的总是自己，可每次都是他，一个人做饭，一个人打理家务、一个人看电视。他说这个家对欧阳若萱来说就像个旅馆，有时候他甚至觉得跟她做爱都像是在偷情。最让他失望的是，她居然把他们的纪念日都给忘记了，这不可原谅。后来，抱怨来抱怨去的韩岩打着哈欠就睡了，留下欧阳若萱一个人在沉思。争吵时，大部分时间她是默认的，她觉得自己错了很多，很遗憾，也很愧疚。

“你是不是冷了？”

欧阳若萱回过头，对韩岩一笑。韩岩开口说话，说明昨夜的事已经随着日历一起翻篇过去了。欧阳若萱如释重负，那笑容比刚刚升起的太阳更加灿烂。

韩岩躺在床上，用手指了指脸，欧阳若萱便凑了上去，送了一个甜蜜的吻，韩岩顺势搂着她。两人算重归于好了。只是，这次的重归于好，总跟以往有点不一样，欧阳若萱心情并不是很好，但她依然配合这时难得的重归于好的气氛，把高兴的情绪点燃起来。欧阳若萱还开心地去买早点。

等她回来的时候，大门敞开着，韩岩却不在客厅，卧室也找不到，她喊了几声也没人应，厕所的门是关着的，她猜韩岩是在上厕所，便独自打豆浆，做早餐。等她做完之后，喊了好几遍，直到她要推门进入厕所了，韩岩才打开了门，慢慢地走了出来，一脸蜡黄。

“不舒服？”

“没什么，有点头痛。”

“我去给你买点止痛药。”

“不用。”韩岩一把拉住了她，“吃点东西就好了。”

欧阳若萱把豆浆和油饼放到他面前，说：“趁热吃，多喝点豆浆，对胃好。”

韩岩拿着筷子伸进盘里，手颤抖得屡夹不中，头上的汗珠子像水一样地淌下来，呼吸也有些控制不住，变得粗得而急促。他顾不得欧阳若萱的惊诧目光，扔了筷子，胡乱说了句：“我抽支烟。”便匆匆起身，向卧室走去。

欧阳若萱随即跟上，看见韩岩手忙脚乱地在衣橱的底柜中掏出一支烟，却突然想起没有火机，赶紧返回客厅，还把她给撞了一下，东翻西找，嘴上不停地抱怨：“平时叫你收拾你不收拾，这回你倒好，东西收拾的一件也找不到，火机呢，我昨天还放在桌面，问你火机！火机！你快找找！”欧阳若萱不知道在他身上发生了什么事，赶紧帮着找，终于在客厅的沙发底下找到了。韩岩以前不抽烟，家里的火机只是用来停电备用的。“你看你！肯定是你藏到沙发底下了。”

欧阳若萱很是委屈：“我藏这个干吗，我都没用过。”

韩岩摆出一副懒得跟她理论的样子，连打几次才打着火，这时的韩岩没有了平常的斯文样，他面色惨白，浑身颤抖，眼渗泪水，点燃了那根粗大的、不寻常的烟，大口大口地抽起来。这烟不经抽，才抽了几大口，烟就去了半截。这时候，韩岩闭上了眼睛，脸色也开始恢复，这时，他听到欧阳若萱问他：“你什么时候抽上雪茄了？这是什么牌子的雪茄？在哪儿买的？多少钱？”

韩岩回答她：“一个朋友从美国带回来的，可以治头痛，我头一痛，就抽一支，很管用。”

“不会是海洛因吧？”

欧阳若萱的话让韩岩惊了一下。他俩多少对毒品有些了解，但潜意识中毒品或是针剂或是粉剂，她还真的没见过夹有海洛因的雪茄是什么样。

“瞎说什么，那是毒品！我怎么会抽毒品。”韩岩打心底里排斥这种东西。

“你还有多少？”

“没了。朋友还会帮买的吧。”

“贵不贵，多少钱？”

韩岩明显不耐烦了：“别问。”

过了十来分钟，他重新坐上了桌，一脸轻松地说：“萱，我的签证通过了，应该这几天就会到……拿到签证，我会尽快去美国把手术做了，做完手术，一切都好了……新房在装修，那真正是属于我们的新房……然后，我们定个时间，把婚结了。”

欧阳若萱了解韩岩，他不想说的事，凭你怎么挖也挖不出来。于是，虽然看到韩岩身体巨变有满腹疑问的她依然没有再问下去，只是把疑问藏在心底。

几天后，她找到大队的玉勤，把一只收集了雪茄沫的小盒子交给她。自从上次遇见韩岩跟一个女子在咖啡店里，玉勤就一直想找个机会跟欧阳若萱说这个事，于是，她旁敲侧击地问：“这东西要是真像你说的含了海洛因，那可贵了，一般人抽不起哟，该不是你家韩岩的吧？要真是你家韩岩的，那肯定是被富二代看上了。”

欧阳若萱警觉地问：“你是不是知道什么？”

玉勤马上掩饰：“我猜的，我哪知道什么，女人都喜欢凤凰男，况且你家韩岩那么帅。”不过，她还是忍不住透露了一些，她凑近欧阳若萱的耳旁说：“听说，有个富家女开保时捷来接韩岩下班呢。”她发现欧阳若萱对此事一无所知，埋怨道：“你怎么回事，你俩还没领证呢，你不盯紧点，不怕他跑了？”

欧阳若萱很肯定回答：“不可能，我们前几天还在商量结婚日期呢。新家装修好，我们就结婚。”

玉勤说："咦，早前还跟我哭穷，这不都买房装修了嘛，有钱了嘛。"

这话倒是提醒了欧阳若萱，短短几个月，他韩岩怎么一下子能买得起房了？怎么有钱装修了？怎么还能出国做手术了？这可是好大的一笔钱，他的钱从哪儿来？这么久，她居然还一直没有过问过，不过，这也不能怪她，因为韩岩一直是有大男子主义思想的人，他很早就说过，买房的钱一定不要她掏，一个男人如果连房子都买不起，还娶什么媳妇。所以，她也就没过问。只是这事情发展得有点太快了，还扯上了富二代——想到这，她倒吸一口凉气。

秦宇翔这几天也很沮丧，丁队通知他，临时取消他的卧底任务，改为李大头。没有说很具体的原因，只是说李大头经验更丰富，人选更适合安排潜伏。越是闻到大毒枭的味道，队里却越是把秦宇翔调去盯着一个无关紧要的小案，秦宇翔很生气，站在丁队面前大声说："你们领导今天说这个合适，明天说那个合适，这是一场战斗不是一场游戏！这明显是对我的极端不信任。"丁队在他身上仿佛看到了他哥哥秦宇飞一样的那种毫不掩饰的孩童般的急躁，不由心生感伤。

"你就让我参加 9・10 专案嘛。"秦宇翔开始软磨硬泡起来。

丁队态度很坚定："不行，组织上定下来的，不行就是就不行。"为了安抚他的急躁情绪，他要秦宇翔关心一下交给他的新任务："宇翔，新的任务并不轻松，盯好阿里，这段时间他肯定会有一个大行动，这也是你积累经验的绝佳时期，别以为毒贩都是一群笨蛋，等着你来抓，他们的眼线比我们的警察还多。上次梁处取消的伏击，事实就证明是对的。虽然我们是取消了伏击，但是工商和边贸部门对货物进行了联合查处行动，想知道结果吗？……结果就是，他们装卸的全是正当商品，而且工商、边贸手续一应俱全，想想，如果我们当时出动了，那真的就是名副其实地在打草惊蛇。"

换而言之，秦宇翔那次获得的，只是阿里和他的伙伴们制造的虚假情报。

丁队："因为这件事，阿里对你和刘乐都有很深的警觉了。我们在查毒贩，毒贩也在查我们。所以，为了保护你，你不能去卧底。"

秦宇翔终于明白，领导换人的这个决策原来是因为自己的一次重大失误导致的。他关心地问："刘乐现在呢？"

"他回队了。"

"队长！"一个声音传来，恰好刘乐进来，他穿上了公安制服，看上去精神多了，一脸笑容，"我回来了。"

"好，回家就好。咱们在哪个战线都是一条好汉。"丁队答道。

看到神采奕奕的刘乐，秦宇翔不知从哪生起一种莫名的失落感，对，来队快一年了，他没有做过卧底这种危险又极富刺激的事，没有打过任何一场重大的战役，也没有像哥哥那样精心策划过对毒贩们的全盘围剿，没有立过一次功，没有授过一次奖，他在这队里就像个可有可无的存在，更不要说，找到哥哥被暗杀的蛛丝马迹。

想做点什么的念头在他心里像块石头一样地压得他喘不过气来，可是，日子还是按部就班地过着，为此，他总有那么一点懊丧。

第八章

——他终于可以坐在葡萄藤架下看满天的星星，夜幕之下除了星星整个世界里只有他存在着，他的梦想便从那一刻开始。

（一）

夜里十一点多。

出租车开走了，杨文文走在南宁清冷的街道上，道路一旁是早于禁毒日那天就全部更新过的宣传画和宣传资料，里面全是各种有关禁毒和毒品危害的新闻，还有一些人物被抓捕的消息如：深圳“毒妈”沉迷毒品祸及两岁稚子、两名缅籍女子冒用身份贩毒被云南警方抓获、父亲不让吸毒一个男子负气称“死给你看”后跳楼、全球头号毒枭从墨西哥顶级监狱穿地道越狱，等等。在昏黄的灯光下，那些吸毒者最后的惨状更加瘆人，有的图片还被贴上了注脚，写着：“死无葬身之地”“吸毒前后”“卖淫为生”“走向毁灭”，等等。

街灯把她的身影拉得很长，总有一些细碎声音传到她的耳旁。

“咚——”“咚咚——”对面便是繁华的中华街，声音便来自那里，里面有多个高级酒店、夜总会，是名副其实的南方“三里屯”。这条宣传栏很长，她孤独地走着，心里还回味着刚刚看到一位吸毒者写的一句话：“雨还在下，但天边已经有了云散天开的明朗。假如生活可以重来，我宁愿去做一棵小草也不会再选择做一名吸毒者。”

脚踝上的铃铛发出缓慢的、沉重的呜咽。

突然十分想哭，一股眼泪如泉水般涌来。她刚从市强制戒毒所里完成一个月的戒毒被放了出来。王春华发现了女儿吸毒，坚持要把她弄去戒毒。当时，她还对杨文文说，这里只是一所学校，不会那么吓人，连哄带骗，把她送进了戒毒所，可是戒毒所的围墙铁网和守门警卫手持枪械的感观，已经让文文有了坐监的感觉。这里面全是吸毒成瘾的人，一双双昏晦的眼睛盯得她全身起鸡皮疙瘩。

她走进去的时候，戒毒所正在开经验大会，无非是说吸毒的悔恨和戒毒的经验以及彻底戒毒的决心。王春华也是第一次进入这里，趁杨文文还在茫然四望之时，她狠下心，把杨文文换洗衣物的包裹丢在地上，转身就走了。她不想让女儿看见自己忍不住流下的眼泪，她不会忘记当时托公安的朋友找到这家戒毒所时，那个戒毒所的管教跟她说的一番话：“这些官二代就是条件太优越了，人生缺乏追求，没有理想，没有信仰，追求刺激，醉生梦死，所以走上了吸毒的道路，可悲啊！”

杨文文的戒毒其实还是蛮顺畅的，王春华第二周来看女儿时，她已经恢复了很多，身体和气色也明显有了好转，参加了三天的军训，还当了组长。王春华提出，是不是可以回去了？医生跟王春华说：“戒毒效果好不好，看三年，第一疗程最短也要一个月。”医生继续解释：“杨文文的吸毒还没发展到肌注，用量也不太大，不过，即使是生理戒毒也要一个月，吸毒者在戒毒后的复吸率是很大的，尤其是当碰上了挫折的时候，心理毒瘾远超生理毒瘾，那是个漫长的过程。她需要有亲人在身边时刻提醒她，给她鼓励和安慰，重建生活信心。不复吸的概率是很小的，但我真心希望，你能让女儿获得成功。”

无论文文怎么跟她发誓永远不再碰毒品，她都铁下心，让文文在里面待满整整一个月。

杨文文出来的这一天，她也没有去接，让她自己打的回来。十一点了，也该回了。

秦宇翔这几天恰巧也在南宁。南宁有家外资企业叫美新实业公司，就是欧阳若萱实习过的那家公司，做女性护肤产品，现在走阿里巴巴销售，也算电商了。这段时间这个公司频繁地从越南进出口货物，数量达到以往进出口货物的十倍以上，被海关缉查过多次，但始终没有找出手续和货物上的任何破绽，恰恰是这段时间，南宁更为频繁地出现了集体吸食毒品事件，在全国影响非常糟糕，今年的文明牌子很可能会因为此事件而丢牌。秦宇翔从海关的一个朋友那里听到此事后，自行决定独自查访此事。他借机来到了南宁。

他已经盯上美新实业公司的经理乔安东，跟随他的奥迪来到了中华街一号，这里面是个私人会所，红门青墙里是个分外细腻周全的院落，绕满五星草的墙高耸在四周，青砖琉璃瓦的屋顶嵌着八角挑边的仿玉瓷，一口麻石大水井、一棵参天古柏杨、一条往弄堂深处去的小径，径的两旁是郁郁葱葱的青草。乔安东和一个大肚男子在说话，横在他们之间的是雕花红木曲臂宽口案儿，就这案几少说也值百来万。

秦宇翔小心地猫进了大院，藏身在古柏杨之后，他躲的地方，从乔安东的角度看是黑色一片，但从院外往里瞧，却一览无余。他想过了，如果有人发现，他就装作一个醉汉在此地小便。

虽然有点远，但顺着秋风依稀还是可以把一些声音传过来。他听见了：货正、没点事、八十……似乎谈的都是正常的生意，直到阿里的名字从乔安东嘴里提及时，才让他心头为之一动，有戏！就这当儿，突然听到有人唤他："翔子哥。"

他回过头一看，是杨文文。

杨文文也被这次意外的邂逅给惊住了："翔子哥，你怎么在这里？"

“什么人？”里面的大胖子跟着乔安东跑了出来，“你们在这里干什么？”

秦宇翔灵机一动揽过杨文文，往她小嘴上亲了又亲，装作一对找地方亲热的情侣：“哪儿都有人，真讨厌。”

一次很好的追踪，就这么失败了。

秦宇翔带着杨文文离开时，大胖子问乔安东：“你认识这个人吗？”

“不认识。”乔安东回复。

大胖子寻思着：“我怎么好像在哪见过。”他使劲地想，还是没想出来，索性说：“算了，不费这个脑子，累死人了。”一招手：“来人！把门关上！以后门口给我站个人把门！记住了？！”两个黑衣人跑上前答道：“记住了。”“想进就进，想出就出，当我这儿是茶馆呢？”

秦宇翔根本不知道杨文文刚从戒毒所出来，而且是妈妈送她进的强制戒毒所。夜幕中，秦宇翔眼里的杨文文面容大变，他忍不住问：“你怎么变样了？”她面容消瘦，一头长发变成了齐耳短发，没有修眉，没有化妆，手也瘦的脱形了，眼泪还止不住地在流——看到此形，秦宇翔猛然起到了一个词：吸毒。他无比震惊：“你是不是吸毒了？！你吸毒了！什么时候开始的？快说啊！说啊！”

黑黝黝的树枝把头顶遮得不见一丝星云，只是偶尔才散落一些遮不住的街灯，他俩的影子忽隐忽现。杨文文只是望着他流泪，极力掩饰地说，没有，哪能呢。

秦宇翔抓住杨文文的肩膀一阵猛摇：“那你发生什么事了，告诉我，要不然，我什么也帮不了你，要不然，我们以后连朋友也做不成，要不然，你永远也别见我！”

许是听了最后一句“别见我”，杨文文有点激动，她抬起头问：“翔子哥，我们有多久没见了？”那弱弱的气息让听到的人都会觉得心酸。杨文文变了，看不到一点强势，看不到一点优越感，但也看不到一点自信了。秦宇翔无比心痛。“你这是怎么了？为什么还不愿意走？你还在等吗？你还在等我吗？”

杨文文满含深情地望着他，不点头，也不摇头，只是泪如泉涌。

秦宇翔一把抱住了她，那个曾经丰满、健康的身体居然变得如此纤弱、瘦小。“告诉我你没有！你真的没有！”

文文的声音从他耳边像一丝轻风一样滑过，她说：“没有！我没有！”

“我就知道你不会，我就知道。”秦宇翔也流下了眼泪。“回家，我们先回家。”

抬头正要打的，看到好久没见的朱学斌正迎面跑了过来。朱学斌一见到他，就把杨文文的手强拉了过来，却没有冲他发火，而是转向杨文文，一顿数落：“你妈到处找你，我们在你家等了你足足四个小时，我就没见过谁家的妈妈有像你妈这样，这么关心你，在乎你。你怎么还把时间浪费一个心早就不在你这儿的男人身上？你对得起你妈吗？你看你妈因为你都……成什么样了？！”

秦宇翔关心地问：“王阿姨怎么样了？”

朱学斌根本不理他，当他不存在，继续劝导杨文文：“回去吧，啊？有我们一帮朋友陪着你，没有过不去的坎。”

秦宇翔又问：“文文怎么了？出什么事了？”

朱学斌依然不理他。秦宇翔急了：“到底这是怎么了？怎么一回来，什么都不对了！文文怎么了？王阿姨怎么了？”秦宇翔一把扯开朱学斌拽着文文的手，一定要问个究竟，这一扯朱学斌更急了，撩开秦宇翔，动作一大，把秦宇翔狠狠撩在了地上，见他倒在地上，朱学斌发狠地打了几拳下去：“你妈的小子，不K你一顿，你不知道自己是啥货！你就是他妈的臭痞。”

杨文文红着眼把朱学斌推开，朱学斌又甩了几脚过去，“啪啪啪”三巴掌，朱学斌被杨文文扇了个痛快。朱学斌一脸无辜：“你……怎么扇起我来了，是他，整个儿是臭痞。”

“不许说他。不是他的错。”

说完，杨文文一路跑远了，朱学斌跟了上去，两人最后坐上了一辆的士车，走了。

把黑夜无尽的落寞留给了秦宇翔。

（二）

杨文文回到家的第三天自杀了。杨文文自杀的事，是事发第二天秦宇翔才知道的。那时候，他已经回到了丛岭。听到此事，他当即跟丁队长请了假，跟桑青一起回了南宁。第二天的傍晚时分，才到南宁，他们俩也没顾得上吃东西，直奔医院。

王春华拄了一支拐杖，另一只胳膊让一位姑娘搀扶着，往前迎了一步说："你是……宇翔？"

自从去了丛岭，桑青也是近两年没见着王春华，这一见，没想到老朋友从中年风韵犹存，被女儿的事一下子摧残成了这副模样，一阵心酸，望着身边的秦宇翔，忍不住举起了手，就想一巴掌抽下去。王春华制止她："不能怪翔子，不要打他，翔子是我打小看着长大的，是个好孩子，这事要怪就怪我从小对文文的家教不严，太任性，太放纵，我自己种下的苦果，我自己吃。"

桑青在王春华的脸上没有看到太多的感伤，更多的是坚强，这就是王春华，再大的打击，她都能坚强地、坦然地面对，这需要何等的勇气和素质。

"我去看看她。"秦宇翔说。

听到他这句话，王春华抓住了他的手，带着期许的目光，说："她昨天梦里还叫你的名字，你好好跟她说，死过一回的人了，没什么不能理解的，帮你姨一个忙，别伤她。啊？"

"他敢！"桑青怒吼一声。

此时秦宇翔哪有伤文文的心，刚听到这事时，他的心就像要被掏空似的。"我要跟文文在一起，王姨，我们不分手，永远不分手，我爱文文。"

王春华向前移动了一下身子，惊奇地望着他，目光从疑惑到紧张，转而成愤怒，最后气得直打转转，拿着拐杖直敲地面，发抖地说："……你爱她，你是说你爱文文。”王春华那缺乏生命力的目光在秦宇翔脸上吃力地抖着，用带着些哭腔的声音说：“你要是爱文文，你就是真的该打！该打呀！”

秦宇翔更想知道杨文文的情况，没有作更多的解释，进了病房。留下桑青在劝慰王春华，这两位老朋友经历了儿女情事之痛之后，终于又坐了下来，彼此怜惜、问候。

刚抢救了两天两夜的杨文文像一张纸一样地贴在病床上。见秦宇翔来了，朱学斌和几个朋友都让开了位置。秦宇翔轻轻地抚摸着文文的手，眼泪哗哗直流。似乎是知道生命中最重要的人来了，杨文文睁开了眼……

……

西亭街的傍晚是最富市井味儿的。街上各色行人川流如潮，街边的小摊小店也都开张迎客。车声人声汇成一片，让人耳朵里充塞着无休无止的厚厚的嘈杂。在烤羊肉串的炭火和汽车的尾气不断掺入秋天黄昏的余热之后，大大小小的街巷里便弥漫着一种成分复杂的怪味。这怪味使这里有点不那么像广西，倒有点像北京的小胡同。这就是杨文文跟他说的南宁最大的地下毒品交易场所。

夜色掩映下，秦宇翔神形诡秘地穿街过巷。他混迹在这半城半乡的嘈杂和鱼龙混杂的人流中，看每个迎面来者都用眼神瞄一瞄。那些浪荡街头、衣冠不整、交头接耳的人，个个都像怀里揣了白粉的毒贩。他冲他们看。他们也冲他看。没人上来搭话，似乎彼此都在用目光试探。他几次想上前主动开口：“有粉子吗？”

天黑后，一个像个越缅边境模样人向他主动搭话：“找粉子？”

虽然不是第一次面对贩毒者，但在那一刻，秦宇翔依然按捺不住极度的怒火。他在开口前，猛烈地咳嗽了一阵，所有的怒火全被咳嗽强压了下去，他像个极度需要粉的吸毒者那样，压低了喉咙，发出沙哑的声音答道：“有……有吗？”“有啊，你要什么样儿的？”“啊，我也不知道，都有什么样儿的呀？”秦宇翔装得很像个新手，那人自以为找到了新货，拍拍他的肩膀努努嘴：“走，咱们到那边去谈。”他跟着他走，走进一条僻静的小巷，在一个肮脏的厕所边上，那人站下了，问："你要多少？""多少钱……怎么卖呀？""一千块钱一包，很纯的。""多久？""很长很长时间。"那人龇着残缺不全的黄牙笑道："小兄弟，是刚刚吸上的吧？"秦宇翔没说话。那人的形象和口音让他恶心，因此不想再多纠缠，他说："我要得多，能便宜点吗？"那人从一只破烂的黑皮包里拿出两个小纸包，说："小兄弟，我是从别人那里八百八一包买出来的，你总得让我也挣个坐车子的钱吧。你要不要，要就拿钱来，不要就算了。不要啰啰唆唆！快点！"

就在贩毒者拿出两个小纸包的同时，秦宇翔一个卷腕把他锁住，很快，跟上了两个南宁的便衣，把这个小贩给拿了。后来听说，省公安顺藤摸瓜，就这一条线抓了二十几个毒贩。不过，秦宇翔已经走了。

他忘不掉那天杨文文叫他走的那一幕：

那天，杨文文醒来，所有人都高兴。王春华抓着杨文天的手，一直流泪。激动地跟杨文天说："我们的女儿有救了！"在一旁的桑青也高兴地陪着一起流泪。杨文天是跟秦宇翔的父亲同在公安战线上的两个老公安，秦兵因病去世后，是杨文文的父亲支助秦宇翔读完大学。杨家对秦家有恩。于是，当晚，桑青主动跟他们俩谈起杨文文和秦宇翔的事，当着杨文文的面，她没通过跟秦宇翔商量，就直接宣布："如果同意的话，让我们翔子今年就娶了文文吧，大家都放心，省得年轻人这么折腾。"

"好好，我看行，文文这心里只装得下翔子。"王春华马上同意了。

"翔子同意吗？"杨文天表示怀疑。

"他说过他爱文文。"王春华解释。

"如果真的爱，就不会发生这么多事啦。"杨文天说。

"我问过翔子了，他答应。"桑青坚定地答道。

桑青走向杨文文，微笑着，轻声地问："现在就要问文文了，文文，只要你同意，翔子就可以把你娶回家了，我们再也不要那么辛苦了。"

这一刻，正好秦宇翔推门而入。他盯着文文。

这事发生之后，他不止一次地告诉自己，再也不要让文文为了自己那么折腾，那么辛苦，那么累了，她爱他，不是吗，有什么理由让一个爱自己的女人受这么大的罪过呢。所以，虽然要跟文文结婚的事是妈妈自行决定的，但他也同意。他等着文文的回答。

文文望着他，时光似乎过了很久。脸已经瘦得不成形了，可她的笑容和眼神还是那么美。大家都在等。好像时光一下子穿越了他与她的那些最充沛而美丽的岁月，回想着，回想着，她似乎什么也没有得到，只有一个他的身影和一片空荡，那片空荡在她心里聚集着，聚集着，最后变成一声长叹。长叹之后，她记不得要感激他，还是要恨他，甚至到最后还有些轻视他，那些爱恨交织在嘴角里成了一丝难得的微笑——秦宇翔清楚地记得，是微笑，发自内心的微笑。杨文文冲着他笑了，然后转而跟大家说："妈，爸，我的病好了。翔子哥，桑姨，你们都回去吧，我知道在我身上发生了什么，我也知道我该怎么做，让你们操心了。对不起。我杨文文，死过一回的我，从今天开始选择重新活一遍，不为了谁，只为自己！"

她绽开的笑脸迎向阳光，俨然是新生的面孔。

秦宇翔走到她身旁，她向他展开孩童般的笑脸，伸出手臂，绕着他的脖子，在他额头上亲了一下："翔子哥，我希望你永远做我的好哥哥。来，拉钩。"

两只小手指钩在一起，像小时候一样。"翔子哥，你走吧，这段时间，我要学习了，我要考雅思，雅思好难的，帮帮忙，离我……远点。"她做了一个可爱的鬼脸。

杨文文终于成长了，令人信服地成长了，她在艰难的成长过程中明白了什么是要坚持的，什么是不需要坚持的，她知道人生是从山巅上朝下滑落的过程，她没有因此粉身碎骨已是万幸。

（三）

一则新闻报道这两天在丛岭广为传诵。

近期，为进一步推进“3+2+2”专项打击整治行动，丛岭进一步严厉打击各类违法犯罪活动，原山分局主动出击，广泛发动民警收集辖区各类违法犯罪线索。10 月 26 日晚上，在公安追击吸毒人员的过程中，一位路人挺身而出，主动帮助警方抓捕，从 3 米高的路基跌下受伤的情况下，仍坚持冲回现场协助公安成功抓捕了该名吸毒人员。目前警方已为该市民申请见义勇为奖励。

2015 年 10 月 26 日，原山派出所民警周警官收到一条线索，反映麻秀岭村一名有吸毒嫌疑的村民刘 ×× 正在麻秀岭村一带活动。接到该线索后，周警官立即向值班领导汇报，并主动请缨到麻秀岭村缉拿该吸毒人员。当晚 20 时许，周警官带领 4 名便衣队员在刘 ×× 家附近发现他，并成功将其控制。据刘 ×× 现场交代，另一名吸毒嫌疑人员黄 ×× 也在附近活动。为进一步扩大战果，周警官立即带领便衣队员在南社工业区附近一带进行伏击。

当晚 20 时 30 分许，伏击人员在工业区附近发现刘 ×× 的行踪，立即对其进行围堵。刘 ×× 发现情况不对，马上往工业区的巷子里逃窜。周警官一马当先，在刘 ×× 身后紧追不舍，追了足足一公里路，将刘 ×× 逼至大马天桥附近路段，该路段有两条路，两条路高低落差约 3 米。刘 ×× 因体力不支摔倒在地上，周 ×× 立即上前，准备对其进行控制。

由于该路段没有路灯，路基边缘杂草丛生，周警官冲上前的过程中，没有注意到刘 ×× 摔倒的地方在天桥边缘，被刘 ×× 伸脚绊了一下，整个人向前扑倒。刘 ×× 趁机逃脱。恰在此时，一位热心市民发现情况，挺身而出，也向刘 ×× 追了过去，很快，热心市民抓住了刘 ××，两人厮打了起来，热心市民体力不支，从 3 米多高的路基跌落。由于该热心市民的协助抓捕，为后面追来的民警赢得了宝贵时间，最后，在多位民警的通力配合下，吸毒人员刘 ×× 被成功抓捕。

这位热心市民在落地时双脚先着地，因为惯性巨大，他整个人摔坐在地上，盆骨、腰椎和颈椎受到冲击而产生剧痛。但他顾不上身体的伤痛，立即起身冲回天桥，联合随后赶来的伏击人员成功将刘××控制，并忍住伤痛坚持将其带回派出所审查，然后才到医院检查身体情况。

经审查，吸毒违法行为人刘××、黄××对吸毒违法行为供认不讳，二人尿液检测结果均呈吗啡阳性。这位热心市民经过医院检查治疗，其腰椎、颈椎因受到巨大冲击而产生僵直、疼痛，腰部和颈部短时间内无法自如活动，所幸无具体伤情，医生建议回家休养。

这位热心市民就是韩岩。这事发生后，不断有记者来采访，单位领导对本单位出了这么个见义勇为的好同志也颇为高兴，他一时间成为茶余饭后的热点人热，很快上报了当月“丛岭市好人”见义勇为类的选评，还没评，就已经有人透风说，他很可能还会推选为广西壮族自治区的好人候选人。

其实他那天这么干也纯属偶然。事情是这样发生的：就在欧阳若萱的生日之后，欧阳若萱搬出了他们租住的房子，回到记者站，跟一个单身女记者合住在一起。一连几天，两人还保持着电话联系，彼此间问候一下，无非是“你吃了什么”“天冷了，要注意睡觉前关窗”，这是一种独属于他们之间的沟通方式，不吵不闹，遇事皆作冷处理，给彼此思考的空间。

欧阳若萱搬走，韩岩的心思很乱，他选择长时间地待在办公室，很快就要出国的他把大量的时间花在学习口语上。那天下午，有同事告诉他一位女同志打电话找他，他猜想是欧阳若萱找他，前一天的这个时候也是欧阳若萱打过电话，问他晚上有没有空吃饭，他正好手头上有材料要写，就说改到第二天，估计正是欧阳若萱打电话来提醒他饭点到了。

结果是香晓青。韩岩正想找她呢。这段时间，他也发现了自己的身体有些异常，仔细想想似乎跟香晓青送的汤、送的雪茄有关，但天性善良的他，并没有往毒品方向去想，他怎么也不会想到美丽的富二代香晓青会跟可怕的毒品扯上关系，而且会用在他的身上，她是那么爱他，又那么希望他过得好。

他跟香晓青约在丛岭郊区原山工业区一带。工业区很大，入口的地方是大马天桥附近，这里原来是个小公园，因为发展工业区，所以把公园围墙拆除了，偏偏工业区的合作项目因为投资商的多次变更，新的投资商刚来，“三推一平”的前期工作还没完成，一个好好的公园就这样撂在那里，平时少有人来，倒是恋人们幽会的好地方。再深入工业区里面，便是还待拆迁的村子和巷子。

那天下午的雨下得极没有名堂，他跑进亭子时太阳还挂在西山边探头探脑地瞅着他，转眼就成了雨，雨水顺着亭角淌下，流成了一条线，整个园子都弥漫着烟雾一样的雨气。他在假山那儿站了一会儿，考虑到香晓青应该也忘了带伞，便径直向园外的小角门走去。从这个小角门可以看到不远处商场门前熙熙攘攘的情形，比起破败的小公园的寂静若如隔世一般。他等了很久，吃了一碗螺蛳粉，又回到原地，一直等到晚上八点，路灯都亮了起来。

这时，韩岩发现，包括他下车的站台，这条马路在内，商场四周和附近他目光所及的所有路口，都像是平地里冒出来一些人影似的，时而出现，时而不见，他们身上都有种怪怪的气场，这种气场还不是一般人能觉察到的，但他感觉得到。寂静的夜里，他甚至能听到一个简短快捷的口令声，很轻很轻的。他本能地往工业区深处跑去，就发现对面有一黑影向他跑了过来，一种突如其来的恐惧，使他又迅速折回到大马天桥原公园的门口路段，接着，他看见了追在后面的男人，第一眼就看出那个追击的人是警察，很快反应过来，这是一次公安抓捕行动。

渐渐地，警察将要抓捕的嫌犯逼至大马天桥附近路段，该路段有两条路，两条路高低落差约三米。嫌犯因体力不支摔倒在地上，警察立即上前，准备对其进行控制，由于该路段没有路灯，路基边缘杂草丛生，追在后面的警察没有注意到嫌犯摔倒的地方在天桥边缘，被他伸脚绊了一下，整个人向前扑倒。嫌犯趁机逃脱了。嫌犯向韩岩所处的位置冲去，这时的韩岩正尽可能不让嫌犯发现，但就那回头的一瞬间，一瞬间的回头，让他与摔倒的警察正好四目相对。那目光像是对他说：你可以的。这注目光给他注入一股肾上腺素，直冲大脑，他没来得及多想，一把揪住了嫌犯，两人厮打了起来，最终体力不支，从三米多高的路基跌落下来。成就了这段见义勇为的丛岭佳话。

同时，《新明快报》的这个报道也被自治区日报、晚报等各家省一级媒体迅速转载。

（四）

再冷清的城市到了白天也会被阳光激活，而夜幕一落又重返奄奄一息的模样。丛岭沉默的远景就显示了她夜间的萧索，她的美丽和丑陋，无一不躲进厚重的夜色里，夜色由此而变得特别神秘和深不见底，似乎藏得住一切复杂的原因和结局。

韩岩回家休养了几天，实际上他身体并没有任何事情，他回家也并不是为了养病，他更多的只是想调整一下自己混乱的心情。

不知道出于什么原因，这天，韩岩突然想去原山那一带走走。他心里一直有个疑问，就是那天为什么香晓青没有赴约，而且后来几天连他电话也不接。这几天，他终于有时间、有心情，把自己和香晓青从认识到交往的过程像放电影一样地在自己的头脑中放了一遍，连同自己在跟香晓青那次说不上心甘情愿的床笫之欢也着实地总结了一番，还有在交往香晓青之后的那些曾有过的隐秘的彷徨和念头，他都做了一一反省——这种反省很独特，它来自于自己，没有人给他压力，更没有人在等待他反省之后的转变。但是，他就是在这种自我施压中，找到成长的动力，不断改进，不断向前。唯一他所不知道的、也无法控制的是：毒品已开始像个隐形杀手一样侵入了他的身体，并将进一步影响他的精神。

他行走在工业区的夜幕中，郊区村民们的家里生起了炊烟，他能闻到来自枯木烧残的那种特有的余灰香，传来一些孩子们的笑声，那些笑声似浮动在雾气初起的河面上，天看起来没有那黑了，他站在枯杨木、村屋、工业园的广袤之中，突然心生恐惧。他想起了童年。他有兄弟两个，弟弟高中毕业后在贵州一家乡村中学当老师。他父亲是一个消耗型的人，曾经一度以独占他人感情和消耗全家人的精力为乐趣，以此获取极尽心力的关注。当他工作时，家里必须静谧无声，当他休息时，要提供供他取乐的时间和空间，当他酒醉时，要忍受他释放抑郁的拳打脚踢，甚至他的咆哮和啼哭，还有臭汗和烟熏。他做一切事情必须用父亲的尺寸裁剪自己，凡是近身于父亲的人，精力都被他消耗殆毕。直至韩岩成年远远离家。

不过，他理解父亲，父亲年轻时受过穷，自幼孤儿，他需要金钱的温暖和安全感，然而他没有文化，党的教育让他循规蹈矩，缺乏在混沌的年代里敛财的本事，所以他善于藏财；他在家到处张狂，是因为：对外维持保养良好的肉体内，始终住着一个大时代下自欺欺人的灵魂；在与母亲濒临崩溃的感情世界里，他始终保持足够的冷静，把丑陋关在家门内，用暴力维持着男人的面子。

他们一家四口住的是平房，有二百平方米大的院子，不仅种过桃花，还种过葡萄、金橘，那是不爱言辞的父亲在每一个植树节指挥着他和弟弟种下的。放下手中的书和一切玩物，跟随父亲到很远的地方挑肥沃的泥土、挑水、挑砖。五年级的一天，他终于可以坐在葡萄藤架下看满天的星星，夜幕之下除了星星整个世界里只有他存在着，他的梦想便从那一刻开始。

后来，他考上了名牌大学，又考上了公务员，再后来，他常常在雷电中惊醒，想起时常因为雷电躲藏在父亲身后的那个小男孩。听到他的笑声就知道家很安全。再后来，父亲在电话上提到要来云南，他跟父亲说没有地方住，过些日子，等我买了新房、娶媳妇的那天再说，他一直等着这一天，可以派个车接父亲过来丛岭。再后来，传来院落的树相继死掉的消息，只剩下桃花。后来，先是他母亲死了，再后来，他父亲也死了，桃花也死了。韩家就这么衰落了。

韩岩回想着过往的人和事，像他这种对过去生活沉淀在心，对未来生活充满想象力的人，无论如何也想象不到自己在某一天会被毒品控制。就在这一刻，他眼前突然出现了几个自称警察的陌生男子，不由分说，给他戴上手铐后，拉上了汽车以迅雷不及掩耳之势扬长而去……

这一切来得太快、太猛，被破布头塞住嘴巴蒙住了眼睛的韩岩完全吓住了，他尽可能地让自己冷静下来。车子行驶了不到半小时，他听到有海浪拍打礁石的声音，它划破了寂静的黑夜，也让韩岩心情有所稳定。黑暗的道路只有路灯发出的昏暗的灯光。

他被两个大汉连拉带拽地拖下了车，眼前漆黑一片，韩岩不知道自己现在在什么地方，因为只听到有微微的海浪声和海鸥轻轻扑打翅膀的“哗哗”声。突然，好像有开门的声音响了起来，韩岩警觉地撇过头去朝开门声响起的地方看去。虽然，他根本就看不到什么。怎么办？我韩岩才活了二十四年，生命不会就此终结了吧？恐惧感越升越浓，只是现在他被绑在椅子上，有想逃的心却没有逃的本事，然后，他便听到有一个脚步声一点点地靠近。

他不知道，脚步声来自一个女人，这个女人正是香晓青。

香晓青没有赴约是因为那一天她被香金雄锁在了家里。这一锁就是好几天。香金雄不同意她跟韩岩的交往，他认为韩岩不应该成为她的男朋友人选，他为这个跟香晓青吵过好多次架。作为父亲，他的担心不无道理：一是，韩岩是高学历，虽然香晓青也通晓英语、越南语，一直接受的是国际学校教育，两个人的成长教育环境完全不一样，很容易出现中西式文化教育的差异；二是，香晓青跟韩岩的将来也完全是两条路上的人，香晓青是香金雄的女儿，单凭这一点就注定她不可能做一个普通人、跟普通人结婚生子，他香金雄的女儿，要成长为毒品走私巨大财团的继承者，要帮助他完成大量资产的洗白事务，要在不久的将来把这些毒资转化成实业，完成他缔造实业帝国的梦想。这些韩岩做不到！韩岩在香金雄的眼里，充其量就是个小富即安的中国式小男人。

香金雄没想到晓青会这么在乎韩岩，甚至挖空心思让韩岩沾上了海洛因。在香金雄的家里，晓青是唯一一个不可以沾毒的人，她居然为了韩岩，多次诱骗芳罗苏给她弄海洛因。当安弟把这事告诉他时，他震惊了——他意识到女儿这次下了狠心要跟这个叫韩岩在一起。可这个韩岩，就在前两天还协助公安抓了两个吸毒者，这两个吸毒者也是多年在安弟手下干的运毒人，害他们少了两个得力的运毒人，一下子断了一条运毒线，不能不说是一大损失。于是，他下令绑架韩岩，一来给他一个苦头吃，别以为生活顺风顺水；二来给他一个警示，从岭从来都是黑白两道风生水起的地方，少惹是生非。

被锁在房间的香晓青感觉到了家里的异样。顺着窗外楼下的灯光，她看到一辆黑色的奥迪停在海边，车内下来的两个魁梧的男人，不费吹灰之力就将一个男人抬到大约距离几百米的黑屋子里，虽然被父亲软禁，她还可以在自家大院子里活动，她轻手轻脚地走进黑屋，听到被关的人在破布条取出来的一刻喊了声："你们要干什么？！"顿时惊喜万分，是日思夜想的韩岩。

她没有去找韩岩，而是迅速跑向香金雄的住处，一场父女之间的战斗终究开打了。

……

第九章

——上午的街头在秋日的朗照下颇有点都市的感觉，每个的身上仿佛都披上了 一层鱼鳞，发出斑斓的光泽。高大的紫荆花树从头顶横跨而过，落下欢腾的影 子……她说：“我要做一颗子弹，直奔目标，奋勇向前！”

（一）

当香晓青再次走近韩岩时，已经是韩岩在这个黑屋子关的第三天了。

香晓青打开韩岩手上的手铐，说：“你可以走了。”

韩岩尽可能收藏起自己的满腹疑惑，镇定地问：“是你父亲？”

香晓青点点头。

“以后……我和你，不要见面了。”

香晓青流着泪，爱恨交织的眼神让韩岩也不忍视。

毒品对韩岩身体侵害越来越大，他很不舒服，他摇摇晃晃站起来，腿一软又瘫在床上。他闭上眼问："你们给我喝什么了？"被关押的时间里，总有人给他喝一些不一样的汤水。香晓青缄口不答。韩岩喘着气说："你送我上医院，我浑身发冷。"香晓青这才冷冷地说："不用上医院，你其实没病。"韩岩哆嗦着站起来扶着墙走，说你不送我我自己去。走到客厅他走不动了，贴墙根蹲下像发了疟疾。香晓青走过来，站在他面前，居高临下望着他，他低着头打摆子似的痛苦万分。香晓青向他伸过一只手，那手的两个纤纤细指上，夹着一根又粗又白的香烟。

他抬头看那根烟，目光迷茫，脸上冷汗涟涟，这烟正是香晓青以前给过他的那种可以减轻头痛、眼痛的烟。欧阳兰兰说："抽一口吧，你会好些。"他不接，香晓青又说："以前在夜总会抽的，也是这烟，抽一口你就不冷了。"

她特别的语气使他疑惑。"这是什么烟？"他口齿打战地问。

香晓青冰冷着面孔，从容不迫地说："就是一般的香烟，里边有点海洛因，抽了头就不疼了。"

海洛因！

"以前你给我喝的汤是不是也掺了海洛因？"

"是！"

知道自己吸食了海洛因，韩岩无比震惊、恐惧。"海洛因炖汤轻则成瘾，重则身亡，你为什么要害我？"

"我只有这种办法才可以得到你……岩，我也吸了，因为你，我也吸了……所以，你不是一个人，你别害怕，这个世界很多人吸，只要控制好，不会有什么问题的。如果，如果你不想吸，我可以治好你，我可以的。"

韩岩冷静下来，从恐惧转而淡定："谢谢你，晓青，你救过我；别担心，我会好起来的，只要你……只要你不再出现在我生活中……"他一字一句地说："请你离开我，我会有我的幸福。谢谢你再次救了我！"

他向香晓青狠狠地鞠了一躬，转身跑开，头也不回地把晓青一个人丢在突然降临的夜幕中了。

晓青向韩岩追去："你就真的没有爱过我吗？"

听到这话，韩岩心里一阵剧痛，像被撕裂了一般。他站住了，却没有回头，最后，他依然选择了往前走。

一丝海水的寒意向香晓青袭来，她打了个寒战，原本圆润的身体看上去清瘦了许多。

这一切香金雄都看在眼里，他关上窗帘心里默默地跟自己说："这孩子什么时候能懂事？"

新明快报记者站的门前栽种了几棵的阔叶芭蕉，左右配以两块不算太小的绿地，绿地上有些久未修剪的落叶松和自生自灭的花花草草。邻街的两面都是些五六十年代木制矮房，很有些古风古韵，却没有发挥出它的特色，若是放在丽江，折腾折腾、捯饬捯饬，肯定又是一个四方街，但在这里，这些矮木房子全是岁月风蚀的痕迹，反给周围的环境平添了几分破败之相。

欧阳若萱莫名地喜欢这里。

这几天在韩岩身上发生的事，她完全不知道。她每天会照例打韩岩的电话，像例行公事一样。他俩以前也是这样，一旦发生矛盾，就用时间去解决问题。韩岩手机打不通的事以前也有过，她没在意，后来，她向报社请命参加了公安搞的一次围剿行动，也是用了三天时间才回来。回来的那个晚上，她还到韩岩买的新房周围转了转。报社给了她一天的假，她用这个假期去看了戒毒所里的兰花，自从那次见面后，兰花一直有跟她通信，兰花戒毒效果很好，很快出来了。但最近这段时间，她没有收到过兰花的信，有些担心。兰花的男朋友在戒毒所表现很坏，也影响到兰花的戒毒效果，兰花被再次强制戒毒，这次情况很糟糕。

当雷斌叫欧阳若萱过来时，她还站在芭蕉树边想着兰花的事。她应了一声："来了。"

走进记者站接待室，她见到了香晓青，一时愣住了——丛岭这小地方，居然还有生得这么美的女子？

香晓青也愣愣地看了欧阳若萱好久，说："我可以跟你单独聊聊吗？苗家吊脚楼怎么样？”

欧阳若萱寻思着，转头望着雷斌。雷斌跟她示意走吧走吧。欧阳若萱便朝香晓青点了点头。平白无故一个不认识的女人来找她，欧阳若萱也觉得奇怪，却又觉得这女人似乎很熟悉自己，因为她说的苗家吊脚楼正是她跟韩岩以前常去的地方，难不成长得跟混血儿似的美女跟韩岩有关？心里一下子提了气。

说起这吊脚楼，她跟韩岩也很久没来了，楼板踩在脚下咯吱咯吱地响，推开门，门也在那咯吱咯吱地响，如果打开窗，还能听到窗下的流水声，若有风吹来，便能闻到从厨房飘来过的苗家饭菜香——这是韩岩喜欢的味道，他总能从这里找到乐而忘返的温馨，找到他喜欢的那种纯属于家的味道。

她俩找好位置坐了下来。欧阳若萱发现屋子里没怎么改变，单是多了一台WIFI。

欧阳若萱正要开口："你……"被香晓青打断："你想问我有什么事？想问我怎么知道这儿？想问我是谁？半年前，我不知道你，你不知道我，半年后，我来找你要人，我要韩岩，把韩岩给我，我爱他，他也爱我，把他还给我。"

欧阳若萱脸色顿时变了，一个"爱"字像针一样刺伤了她。她的脸开始抖，声音也开始抖："你们什么时候开始的？"

香晓青激动起来："有多久没有想过对方，不知道对方在想什么、干什么，有多久不知道他的喜怒哀乐了！有多久没有在一起接过吻、做过爱了？又有多久没有彼此说过一句爱你了？……你们已经有问题了，所以不要问我们什么时候开始，没有必要！也不要问我们在一起做过什么，没有意义！更不要问我们打算做什么，没有希望！我只问你，他在哪？还给我！"

欧阳若萱带着哭腔大声责问道："好，既然你们已经相爱，找我干什么？既然你口口声声说我们有问题了，那么他在哪，应该你最清楚！"她没有多说一句话，也没有像个怨妇似的拉着香晓青要死要活，愤怒地摔门而出。

没想到欧阳若萱态度强硬丝毫没有表现出弱小，香晓青很快放下了刚才的傲慢，死死地拉住她："可是他还不知道，他还没有意识到你们之间的问题有多大，没意识到我对他有多重要……我们已经上过床了，他需要我，无论是精神还是肉体，无论是金钱还是毒品。”

听到“毒品”一词，欧阳若萱愣住了：“他吸毒？是你让他吸上的？”几近绝望的香晓青流着眼泪点点头。欧阳若萱朝她大吼：“你要害死他了！”香晓青悔恨地说：“是，是我，我求你，求你把他找出来，我害他的，我全还他，我治好他……只要他需要我一天，我就在丛岭待一天，永远不离开。”欧阳若萱抬起手，给了香晓青响亮的一耳光，恨恨地指着她说：“我不知道你从哪里来，也不知道你什么时候会离开，但是，你听清楚了——我和韩岩之间的事，我们自己会解决，你要是想掺和才是真的没有必要！没有意义！更没有希望！”

（二）

吸毒女孩兰花已处弥留之际。

这几天欧阳若萱老是听到一些不好的消息，本来心情极差的她，更是近乎崩溃——她没有找到韩岩。

雷斌知道她心情不好，准了她几天假，她去了很多地方找韩岩。新房装修的人说，韩先生给了他一笔装修费就没见过人了，他还等着韩先生来签字买复合板呢；单位的人说韩岩见义勇为摔伤了脚，领导批了他一个月的假在家养伤，还没到收假期；他爱吃的那家米粉店老板说有差不多一星期没见到他了；然后，她又听说南宁的同学有见过韩岩，她立即带病搭长途车坐了七个多小时转来转去来到南宁找他的那位同学，可那位同学见了她却说，是在一次看完电影之后，他和老婆刚从停车场开车出来，差点撞到一个人，那人回头看他时，像极了大学同学韩岩，可是等他喊下了车窗喊“韩岩”时，那人却没有回头，所以，他也不敢肯定那个人一定是韩岩。

为了找韩岩，欧阳若萱连省里的几家戒毒所都去过了，跟领导好说歹说排查了所有戒毒所的名单，都没有查到“韩岩”。“那个人到底是不是他？他去哪了？难道一个人躲起来戒毒了？”

所以，这种时候，当秦宇翔告诉她那个重新又吸上毒的女孩兰花快死了的时候，她连自己死的心都有了。在去往医院的路上，秦宇翔紧紧地握住她的手——这只手从没有这么冰冷过。确切地讲，她全身都在发冷。她睡着了。秦宇翔脱掉外衣，用它包裹着若萱，再把她的头轻轻地放在自己的胸前，双手环绕着她的整个肩膀。

不知道是车内的温度偏高还是秦宇翔的精心照顾，欧阳若萱的体温慢慢恢复，苍白的脸上总算有了点颜色。秦宇翔后悔不该把兰花这事告诉她，可是，照若萱这脾气，若不告诉她，只怕她更会气急交织。再说，有段时间没见到欧阳若萱，他也想知道她在忙什么，别老像有什么事躲着他似的，生日那晚发生的事，他承认自己有点出格，不过，已经过去大半个月了，若萱也不至于这么小家子气吧。

两小时后，他们见到了兰花，她刚刚离开人世，一个花季的年轻生命就这样被毒品带走了。躺在病床上的她氧气管还在鼻孔里插着，看上去一点也不像一个吸毒者，她没有形如枯槁，只是脸色煞青。医生告诉欧阳若萱，她是因为一次性静脉注入毒品过量心肺功能严重受阻，导致肺水肿。“今天凌晨被戒毒所送过来的，注射纳洛酮后，今早意识逐渐恢复过程中，还一时出现了兴奋躁动，甚至对我们的护士有过攻击行为，这可能是纳洛酮引起的低血糖反应所致。下午状态开始变得不好的……”

欧阳若萱生气地喊道：“戒毒所是戒毒的地方，怎么会让她找到毒？他们应该负责！”

秦宇翔向她解释：“是刚从一位吸毒者那里搜到的，放在危险品仓库，还没来得及销毁……是她偷的。”

“那个吸毒者是谁？”

“她男朋友。”

“现在她男朋友在哪？”

“死了。比她先走一个小时。也是同一批毒品，听说是他妈妈受不了他的苦苦哀求，偷偷把毒品带进了戒毒所。”

欧阳若萱看着医生在自己面前给兰花拔掉了氧气管，把白布蒙在了兰花的脸上。这一刻，她无法止住自己的眼泪，任凭它们在脸上像决堤之水一样放肆地流。她边哭边说：“这是为了爱情吗？她才十四岁，十四岁呀！她还根本不知道什么叫爱情……却在为它殉葬……怎么会这么傻？”

秦宇翔的眼泪也连串地往下掉，不知道怎么劝慰伤心的欧阳若萱。兰花的家人们也来了，病房哭作一团。秦宇翔把欧阳若萱拉了出来。

欧阳若萱似进行了一场漫长的跋涉，到达一个站点一样——她哭了，为自己对兰花的不舍，对韩岩不解，对人生的不甘；她也哭累了，她不想哭了，既然到了另一个站点，就该歇息一下。

看来，在这个站点下车的不只有她，秦宇翔让她一个人走在前面，自己远远地跟在后面。除了脚步声，这里便几乎万籁无声。过了一会儿，秦宇翔看出欧阳若萱似乎停下了脚步，他紧跟了几步上前，果然，欧阳若萱像是知道他来了，缓慢又极富伤感地说：“……这里的一砖一瓦，一草一木，其实，似乎跟我没什么关系，可是又像注定了有某种联系，我闭上眼睛，常常梦里会见到它们，这是不是后现代艺术里常说的通感？”

“我不研究后现代艺术已经很久了……我最近研究插花，什么时候你到我这里来指导一下人工插花，我发现这种艺术非要有文学的灵魂。”

“我发现你很有做小流氓的潜质，就是赖皮。”

“错。事实说明，我秦宇翔这个人打小就有做警察的潜质——那就是‘坚持到底’。跟你说个笑话，我们有个警察叫李大头的，你认识，就是大头。他就是我们警察队伍中坚持到底的典型。背后有不满他的人，把他的‘坚持到底’跟他生儿子这件事联系到一起，你瞧，他们是这么么说他的：李大头，你不是抓不住罪犯生不出儿子，就是抓错了罪犯生不出儿子。为了生儿子，李大头老婆甚至叫李大头别再干抓罪犯的工作。李大头不干，说：就是这辈子生不出儿子，我也要‘坚持到底’，警察不抓罪犯、不坚持真相，就跟女人不生儿子一样，是罪过……后来，果然生了个大胖儿子，他给他儿子取了个名字叫李坚持。”

两人大笑。看到欧阳若萱久违的笑脸，秦宇翔心里总算放心下来。

（三）

一大早，秦宇翔被丁队长叫到了办公室，他意外地发现欧阳若萱也在丁队长的办公室。他脸上顿时挂出惊喜的神色，丁队长用文件在他脸上轻轻扇了一下：“我怎么觉得办公室只要有欧阳美女一来，你连魂都找不着了。”

“丁队，话不能这么说，哪个英雄不爱美女，就是历史也解决不了这个问题，何况我们还生活在现代。”

“就你耍贫嘴。”

见秦宇翔来了，欧阳若萱便跟丁队长道别：“丁队，我走了，就按你说的，我同意，有情况我会及时向你汇报。”

秦宇翔听了这话觉得奇怪：“能有什么情况会要你向我们丁队报告，你调我们单位来了？还是丁队调你们单位去了？难不成我们做同事了？”秦宇翔期待着答案。欧阳若萱偏偏一句话不说，只丢给他一个白眼和一个“哼”，走了。

秦宇翔望着欧阳若萱远去的背影：“美女就是美女，连哼哼都这么好看。”他扭头问丁队：“丁队，她要跟你汇报什么情况？”丁队一开始并不想告诉他，经不过他软磨硬泡，终于开口：“我们希望她能从香晓青那里挖点重要线索过来。”秦宇翔一听，炸了，狠狠地瞪着丁队，气得一句话说不出，最后一拍桌子，追欧阳若萱去了。

丁队：“别追了，都答应了，铁板钉钉变不了了。”

秦宇翔指着他直哼哼：“一帮土匪！”

上午的街头在秋日的朗照下颇有点都市的感觉，每个的身上仿佛都披上了一层鱼鳞，发出斑斓的光泽。高大的紫荆花树从头顶横跨而过，落下欢腾的影子。秦宇翔和欧阳若萱似两条一前一后的鱼儿，拉拉扯扯，碰碰撞撞，终于还是保持着一前一后。路人都以为是恋人在吵架，细听却又不是。

秦宇翔：“别以为是小事，这里面太危险了！”

欧阳若萱：“我愿意！”

“我不愿意！”

“你是你，我是我。别跟着我。”

秦宇翔担心被路人听见，小心地放小声，提醒欧阳若萱：“若萱，那可是……毒犯。”

“充其量还只是毒犯家属，况且，没有证据说明她爸就是毒犯。”

“我们线人有很多，卧底也不少，不缺你一个。”

“可是不一定有人能接触到这个女人。”

“你以为你能？”

“我能。我能！”欧阳若萱停住脚步，转过身，凑近秦宇翔，压低声音说：“如果有一个机会给到你，让你直面毒犯，这时，你是拿出枪对准他？还是收手，做个缩头乌龟，你能收手吗？如果你做不到，就别要求我！”

“若萱！”秦宇翔大喊一声，他企图用沉重的喊声可以唤醒欧阳若萱的固执。

欧阳若萱最后说：“你还记得你问过我一句话吗？——如果你来世上走一遭，你希望自己怎么过？……”她停顿了一下，继续说：“我再次重复一遍：我要做一颗子弹，直奔目标，奋勇向前！”

（四）

韩岩在玉勤眼里是典型的凤凰男，可以代表凤凰男的主流趋势：坚定执着、有头脑、有野心、有规则，蒸蒸日上。年纪轻轻为人处世就有做大事的定力，高学历，高素质，能力强，将来肯定是当大领导的材料。而欧阳若萱进入玉勤的生活中，也令她有种说不出的感觉。她发现，这世界还有这样的女子，完全在她的经验之外，像一株神奇的植物，生长在一块她一直向往的神秘之地上，那里内容丰富、情感真挚、质地清新。她喜欢这两个人，也由衷地希望他们相爱，永远在一起。

所以，当一份写着犯罪嫌疑人："韩岩"的口供资料摆在桌面上的时候，她着实被它吓到了。一看落款日期：11 月 10 日。正是昨晚。口供被档案袋封住了，这是要留档的重要证据资料，她打不开。她寻思着：昨晚？不正是钟可抓的那单案子吗？

她急于要明白是怎么回事，这里面的"韩岩"是不是跟她认识的"韩岩"。她等不及办了一晚案子的钟可睡醒这一觉，急匆匆地去敲钟可宿舍的门。钟可红肿着眼睛开了门："我说大姐，人家阎王爷催命也没有像你这么催的吧，我这才刚刚躺下来……你八点上班，我八点下班。"

"韩岩是怎么回事？你怎么把韩岩抓起来了？"

钟可很不解："我管他韩岩是谁！就是天王老子犯了事，我照抓……你不要告诉我他是哪个哪个领导的儿子哈，我最不爱听，告诉你，在别人面前他是老子，在我面前他就得是孙子！王子犯法都与民同罪……"他打了个大哈欠，"困死我了。"

玉勤小心翼翼地问："你抓的这个韩岩是不是丛岭旅游局的公务员？"她心里期待着钟可可以给出不一样的答案，提心吊胆地，声音都带着颤音。

"是！怎么不是！一抓进来就全招了，非说自己是被骗的，难道他傻啊！带一袋冰毒过境，装成上山采药的样子，还搞偷渡！"

玉勤的希望落空，搞不清自己的脑子是清醒还是糊涂，全乱了。她冷静了一下，接着问："石星子山抓到的？"

丛岭只有石星子山与越南十里相接，连绵成片，而且由于山上有稀有药材，不少药农会在这里常年采摘并选种药材。有些毒贩便会利用边界山的地势地貌装扮成药农走私毒品，80 年代最为猖獗，90 年代在此处加强了军队管理，与公安的缉私行动也频频出动，走私日渐消失，这些年，中国经济贸易日益发达，倒是石星子这地方的稀有药材生意发展得越来越好，药农越来越多。不过，近几年，走私又有抬头的趋势，只是行动变得更为隐蔽。

钟可给了她很肯定的回答："对。"

玉勤一时不知如何是好，她想不出韩岩有什么理由会去石星子山，他不是去郊游、旅行、散心，而是去贩毒！"他一个人？"

"嗯！一个人。猫在山上……呵呵，果然傻，单等着人去抓他呢，我平生第一次见到这么傻的毒贩，总以为会找个聪明蛋去接头，害我们派了一组人马，结果他们找了个傻瓜，我们抓他的时候，他叼了根狗尾巴草，躺在地上数星星呢，乍一看，还以为是个失恋的文艺青年。一抓进来，不到半小时就露馅了，什么公务员，是个地道的瘾君子……喂，你发什么呆呢，我睡了哈。"

一席话把玉勤愣在那里，答应着，突然又想起什么似的，再想问钟可，他已经关了门，再听，居然传出了呼噜声。

她迅速把这事告诉了欧阳若萱，欧阳若萱马上来到了丁队办公室打听情况。秦宇翔也闻讯赶来了。他推开丁队办公室门的时候，看到哭泣中的欧阳若萱。

为了稳定欧阳若萱的情绪，丁队泡了一壶茶，其实，这个时候丁队还只是知道前一天钟可搞定了一个案子，并不了解具体情况。欧阳若萱口气强硬地坚持说她相信韩岩，她于上个星期报了韩岩的失踪案，结果这个失踪了一周零三天的韩岩却在石星子山出现，这里面肯定是有原因的。

"韩岩不可能是个吸毒者，更不可能会去贩毒！"欧阳若萱连哭带喊地说了一大堆，却发现丁队和秦宇翔一个字都不说，她急了："难道你们非要等他这么白白地被人冤枉直到被判刑吗？难道非要让一个人被逼迫承认做了根本不可能做的事吗？……我知道你们公安的手段，你们是不是对韩岩搞了严刑逼供，你们是不是打他了！是不是！他怎么样了？你们说话呀！为什么不说话！你们是不是不敢说！"

秦宇翔说了一句："有证据……"欧阳若萱当即打断："不可能，证据是假的，是骗人的，是别人栽赃陷害的……韩岩他……他不可能会做这种事……

一定是哪里出了问题。”

离开办公室之前，欧阳若萱丢下一句话：“我会找到的，我会把它找出来。”然后风一般甩门跑了出去。

这时候，丁队才问秦宇翔：“韩岩的口供怎么说？”

“刚问了记录人刘乐，说是昨晚十一点多在石星子山抓捕的，有强烈反抗，抓回来之后，对缴获的冰毒反应很激烈，说是……完全不知情，被骗了。”

“多少克？”

“998。九九发。”

“中华人民共和国刑法第三百四十七条规定，走私、贩卖、运输、制造鸦片二百克以上不满一千克、海洛因或者甲基苯丙胺十克以上不满五十克或者其他毒品数量较大的，处七年以上有期徒刑，并处罚金……998克，给我们搞了个九九发，这数字还挺吉祥的。”丁队若有所思。

据刘乐所说，韩岩当时的反抗把他都吓了一跳，一个看上去文文弱弱的白领青年突然变得穷途末路似的跟抓捕的公安大打出手，一通拳脚相加，居然也把两个科班出身的公安连连逼退几步，最后还是趁他不小心绊倒，才把疯一样的韩岩扑倒在地。韩岩被抓的时候，一直大喊“救命”，直到确认抓他的人的确是警察才安静下来。他们在他背着的药篓子里，当场翻出了夹在其中的一包纯冰毒。韩岩一路上都在绝望地痛哭。随后，他们立即进行了笔录，录口供不到半小时，他身上出现了毒瘾发作的症状，口供不得不终止，这样反反复复，直到天快亮了才完成。

秦宇翔问过刘乐这案子有什么疑点没？刘乐告诉他，除了觉得韩岩在录口供时意外地跟警察配合得很快很好以外，其他没什么疑点，案件很明了，也很简单，有线人举报，现场抓捕，等于是逮了个正着，虽说有点太顺利了，但以前办这么顺利的案子也不是没有。“就是……”刘乐有点闪烁其词。

“就是什么？”

“就是觉得……觉得韩岩这个人，古古怪怪。”刘乐轻声问秦宇翔，“你说，我们会不会真的抓错了……喂，当我这话没说哈，我只是一种潜意识，

潜意识，你懂的。”

欧阳若萱不相信韩岩会贩毒，开始独自寻找证据。她首先想到的是香晓青，香晓青对此事无法撇开干系。听到这件事，香晓青也很震惊，她跟欧阳若萱一样急于想找出真相，但是在欧阳若萱面前，她依然嘴硬，不愿意把自己所知道的关于韩岩怎么被她引诱吸上毒，怎么被绑架一事说出来。两个女人的交涉最终失败。欧阳若萱无奈地离开了，她依然不知道在韩岩失踪前几天和失踪的这段日子到底发生了什么，导致韩岩走向了绝地。

第十章

——南方潮湿的气候似乎可以加速事物的老化，时间被水汽腌制着，连眼睛看 到的一切影像都露出了发酵过的痕迹，包括人。人生往往因为某一个 拐弯，就走向了不同的尽头。

（一）

从岭独特的热带风光不时从眼前闪现。偶尔，有些写着企业或商品名称的广告牌竖立在椰子树林里、沙滩上，风景既单调又无聊。想眺望城镇街景，但从岭新干线经过城镇时，总是被烂尾楼包围，什么景色也看不见。

欧阳若萱时常肘靠窗沿，看着外墙，眼睛有时半眯着，她并没有睡着，而是在思索。她无心生活、无心工作、无心打理自己。下了班，她到新房里转了一遍，结了一笔钱给装修队，装修队的阿强说，下一步要采办五金电器了，这样才好给电器预留出位置，比如冰箱、彩电、空调，等等，欧阳若萱似听未听。

她回到了她和韩岩以前租住的房子里。她奇怪地发现，灯一直是亮着的。走进这房间，她流下了眼泪，她很怕在这里会看到另一个女人的东西。

她认为，爱情成熟的标志就是相互信任、相互依赖和团结合作。在这里，他们有过一到周末起床第一件事就是装点好自己的行囊，根据行程安排或骑车或坐公车去丛岭各处游历，一连串思念、分别、相聚中，他们终于学会了在爱情中去其糟粕取其精华，她由衷希望这是一场探戈，他们会因为交错纵横的舞步而变得更有质感，充满弹性和吸引力……关上灯，只有窗外的星光，或者连这个也没有，只有雨声，听着舞曲，小蚊帐里，微风吊扇轻旋，她和他悄悄上了床，站在床上，搂着韩岩的脖子，让他从额头、脸、耳朵一直亲吻下来，像是进行一场探索，又来不及发挥，没有丝毫噱头，呼吸也变得诚恳了，手从肚脐摸到细痒处，解甲归山，开始跳舞，跳到面红耳赤，气喘吁吁，再来一次燃烧吧，火鸟！他们有一次差点跳到床下，两人抱着床单蚊帐一起滚在了地上……火鸟燃烧后，两人缩在被子里，听手机里下载的五岁童音唱的《雨花石》。

至今她还记得那词，不由得哼了起来："石对雨的爱，就像蓝的海，虽有万千语，不知怎么去表白，嘿你在哪儿，嘿，我看不见……"歌声一出，她的眼泪也脱眶而出。

桌子上有本台历，上面用铅笔写了一个日期：10 月 28 日。欧阳若萱猜测，[illegible]韩岩离开家的日期。这是一个什么时刻？韩岩在这个时刻到底在想些什[illegible]欧阳若萱似乎能看到韩岩在做这一决定时的表情，能听到他沉重的[illegible]的脚印，他的徘徊，他的犹豫。

她找到了他的日记本，韩岩很久没有记日记了，好多[illegible]

韩岩的枕边，卷着一卷像是用过的纸。她顺手想替他收拾干净，不料那纸里突然滚出一支一次性的注射器，针头不知到哪去了，针管里还触目地残留着少许乳白色的液体。这是什么东西？她茫然了片刻，马上震惊了。是毒品！就是要了兰花的命的那种针剂毒品，上次看到雪茄到现在看到针剂，才短短不到一个月的时间，她不相信自己的眼睛，不相信这就是她所看见的东西，这一刻像在梦里。她对他那么好，那么爱他，尽心尽力，为这个家，她尽心尽力地工作、生活，投入了无数的向往。她一点也没想到他竟会躲过她的眼睛，变本加厉，甚至用上了毒品注射器！如果今天她不是在他无准备的情况下回来，她可能永远不会知道他吸毒的严重程度——如果不是上次亲眼所见，如果不是这次亲眼所见，在韩岩那张像平面模特一样标致的脸上，她无论如何也看不出吸毒的痕迹。

如果不是亲眼所见，有谁会相信韩岩这样一个有着健康的外表、开朗的性格、强烈的自尊和正常的克制力的阳光青年，会在某个时刻变成一个病恹恹的大烟鬼呢？不对，他已经从吸毒迅速堕落成了“贩毒”，一想到“贩毒”这个词，她的心就像被无数根针扎了一样。

那不是她的韩岩，韩岩是从小地方好不容易考上重点大学的凤凰男，他是吃过苦的、乐于助人的、厚道善良的，没有沾染现代城市中种种不良风气的年轻人，他有理想、有抱负，有爱。他绝不会害人，哪怕……哪怕自己真的在吸毒品——她不得不把“吸毒品”三个字很生硬地跟韩岩拉在一起。她跟自己说：对，要面对现实。

她本来就是一个记者，记者的职业就是把调查放在第一线，她暗暗发誓要找出真相！

她去了石星子山。一个人去的。

绵绵大山，依然是暗香浮动，依然是草木紧密。归巢的鸟叽叽喳喳地叫着。没想到进到山里的一个村子会要这么长时间，她带的进山食物不多，一路消耗了过量的水分和热量，她在饥饿中战栗。这里晴天的时候，阳光像水洗过一样的透明，可快要到冬至了，没有太多的温度，些许的温暖给人的感觉反而是一种清澈的凉。堆积的落叶散发出腐烂的气息，仿佛与世隔绝一般，与这个世界的关系也随之模糊了起来，身份也开始混淆，更觉得自己像个……动物，求生的动物，欧阳若萱是这么形容自己。她突然想到走在同一条路上的韩岩应该跟现在的她心理是一样的，那就是：有种步入黄泉般的苍茫感。

为什么要来，为什么要走，为什么要生，为什么要死，为什么要做人……一种超乎自然的虚无，让本来就病着的她彻底击垮了，她倒下了。

睁开眼，是在一户人家。一只裸露的电灯泡在高处发着光，时光似乎在此刻停住了，或许它从来就没有延展过。“这是哪儿？”她不知道自己的声音就像蚊子一样。她问第四遍，或是第五、第六、第七遍时，才有人来了。“若萱。”她看到了秦宇翔。

南方潮湿的气候似乎可以加速事物的老化，时间被水汽腌制着，连眼睛看到的一切影像都露出了发酵过的痕迹，包括人。她眼前的秦宇翔长出了一圈的黑胡子，头发凌乱，脸色灰黑，缺了生气。她又问：“你怎么来了？”

秦宇翔：“你能想到的，我早想到了。”

欧阳若萱没听清：“什么？”

“没什么，没听过有句话吗——遇到困难找公安。”秦宇翔在这种时候还不忘记调侃。

不知道接下来秦宇翔给她[illegible]什么，她又睡着了。

欧阳若萱这一觉睡了很久。树影婆娑，[illegible]的窗子映入她的眼帘。床是洁白的，天花板是洁白的，记忆是陌生[illegible]的。欧阳若萱的身子有种空泛的肿胀，这种感觉难以形容，好像整个人都变笨了。随眼望过去，有一张报纸，到底是做记者的，对新闻有特殊的敏感，里面一行字吸引了她，上面写着：“瞒天过海，毒贩假借他人之手运毒品；天网恢恢，警察慧眼探真办奇案”。

内文中第一段写道：内地毒贩伪装成药材商人，将冰毒藏于自制的竹篓中，并利用一位不知情的采药人，偷梁换柱，企图瞒天过海，最终还是没能逃过中国缉毒警察的“慧眼”。近日，广西壮族自治区 ×× 市公安局披露了“2014 · 11 · 10”特大贩毒案的细节。该案中，中越警方协作，共抓获犯罪嫌疑人 5 名，收缴冰毒 998 克，并顺藤摸瓜，在短短两天时间，就摧毁了一个由境外（越南）至内地的特大跨国贩毒网络。

看到这则新闻，欧阳怎么也睡不着了，顾不上手上还滴着点滴，伸手去就拔，被守在一旁的雷斌给制止住了："别再闹了，行不行？给你几天假，你还翻天了不成。你数数，我手下就这么几个兵：政府搞创文建设，老张借去写政府材料了；三农会在丛岭开，小谢跟踪采访；刘名宣代你搞公安专题；许大炮跟我包了文化和要闻线，你离站出走，我还要派个记者去找你，就连老婆生儿子在休产假的小谢我也把他给叫回来了，人家没守自己老婆，就整晚守着你了，你就好歹感动一回吧，姑娘！"

欧阳若萱时红了眼："我对不起大家了，让大家为我操心。"

雷斌："你男朋友死不了了，有英明的丛岭缉私警察秦宇翔，肯定还他一个清白。你可以安心调养一阵子了。"

欧阳若萱惊讶万分："怎么回事？"

"宇翔去石星子山走访调查，还了解了韩岩在那里的情况。据说韩岩是去那里治疗的，哎，一个男人怎么就吸上毒了。"雷斌嘀咕了一句，"你说，这吸毒到底是什么滋味？连韩岩这样的人都会吸上瘾？"

欧阳若萱一声大吼："不要说啦！……不能怪他，韩岩他不是那种人！他从来不会碰这种东西，是有人害他！"她的一声顿喝，把雷斌吓了一跳。

不过听到这则消息，欧阳若萱总算放下心来。雷斌不让她提早出院，她便整天无事可做，依然一直联系不上韩岩，她想，若按法律流程，即使事实清楚，他应该没那么快放出来，现在还在看守所，下一步会被强制戒毒。

南方湿润的空气和充足的睡眠，把她慢慢滋养起来，加上秦宇翔不时来电话嬉皮打诨，躲在医院才几天时间，欧阳若萱的身材就丰满了许多，虽然还是清瘦，曲线却玲珑了。只是脸色依然苍白，那是没有好好活动的原因。

（二）

"那天晚上，丛岭的夜晚似乎比以往要黑。我离开的时候，窗外还下着点小雨，我觉得这是天意，在雨中，打着伞，我会觉得更安全，因为这时候，人人都回家了，回到他们温暖的家里，没人会注意我，注意到一个……吸毒者。”韩岩抬起头，跟对面的做笔录的警察说。

他面容清秀，衣着干净，只是双目充满血丝。他给站在庭外旁听的秦宇翔的印象是：憔悴了，苍老了。

韩岩要求给支烟。一位警察给他递了一支。韩岩继续说下去，他说话的感觉不像是一个人被关之后急于表白和澄清，倒像是借着短暂的时间和幽闭的空间，在跟人聊聊积在心底的往事，不说反而寂寥。

那晚是这样的：绑架后回到宿舍的韩岩，经过一天的思想斗争，决定独自戒毒，他要找个没有人找得到他的地方，短期完成戒毒。他在网上加了一个私密的戒毒群，群里有人告诉他，有几种药材组合采用疏风化热法最适合戒断早期的毒瘾。由于风邪火毒侵犯经络，积炽肌表，毒气蕴于内而发于外，病人容易出汗，恶寒，涕泪流，肌肉筋骨酸痛，这时可以用五虎汤，常用的药物还有金银花、连翘、麻黄、蝉蜕、花粉等。网友还指出有一些私家开办的戒毒所就常年会诊疗早期吸毒者，像他这种情况最适合去；还有网友告诉他，在丛岭的石星子山就能找到所有的中药药材，那里的药材天然绿色环保，药效纯正，效果一定很好，而且丛岭这地方本来吸毒贩者的人都多，说不定能碰上好运气，在那里就能找到这种私家诊所呢。唯一的问题就是：那个地方山道险峻，有边防部队驻扎，但没有大规模通车，很难走。

痛下决心的韩岩背上驴行背包，装上面包、水、食物，带上一只大号的手电筒，身上套了一件厚厚的旅行装备。临走时，在台历上写下了出走的日期，10月28日。这个日期是写给欧阳若萱的，他想告诉她，他要出趟远门。此时已是晚上七点三十五分，他就是在这个时刻走出的家。他没有关灯，他想，哪一天他戒好毒回到家，看到家里的灯依然亮着，他会觉得很温暖。走到楼下，他特意回头仰望那个家，他不知道还不知情的欧阳若萱什么时候会回来，她可能还以为他们俩可以像以前一样用时间化解一切，十天半个月之后，又重归于好。可惜，这一次，不一样了，他在心里呼唤着：若萱，你要早点回，等你回来了，我就回来了，一切都好了……

在这个夜晚，他离开了灯火通明的城市，毅然决然地向远处那片黑色的大山走去，这一刻，他再一次为自己，也为自己的将来泪流满面。

韩岩抽了一口烟："坐了大巴车、摩托车，总之碰到什么车坐什么车……不敢住店，怕被人看出我有毒瘾。然后就进了山，我是进了山之后犯的毒瘾。什么都碰到了，毒蛇、虫子，我见过八辈子都见不到的奇怪生物，我甚至觉得在那个夜里我还碰到了他妈的鬼！我害怕黑，害怕鬼，害怕安静，我曾一度以为我会困死饿死毒死吓死在这座山里，可是，只有这样最安全，不是吗？哪怕我犯毒瘾也没人看见，我就是要找个没人看见的地方，这种对我来说是最好的……不过，最可怕的是绝望。"

实际上，韩岩没走多久就迷路了。他一直在石星子山的边缘走，有一条小溪跟着他蜿蜒向前，引着他不知不觉地深入其中。原本迎着太阳的他，慢慢地，就看不到太阳，越走越暗，清新的空气也慢慢变成了黑沉沉的森林压顶的气息，他走走停停转了一天，筋疲力尽，不知道怎么天又下起了阵雨，山路湿滑，他摔了一跤，从一个小山坡滚落到山涧处，脚底打起了水泡，膝盖摔伤了，流出了鲜血。他用干净的溪水清洗了伤口，躲在山涧旁边的小山洞里，生了火，睡了一晚。奇怪的是这一晚，他居然没有想吸毒，一觉睡到了天亮。

有一段他没有说出来，就是，那个晚上，他做了个梦，梦见了一个女人，一个他无法抵抗的柔软的身体，温暖的气息和湿润的亲吻，激烈地、翻转着，像一个可以任意折叠的软面包，这是有过良好训练的舞蹈家的身体，让他如痴如醉，他等待着高潮，却又不想高潮这么快来临，他在极度享受这个过程，他是个成熟的男性身体，而她又是如此轻软无骨，山谷寂静，只有心跳声，随后，紧接着他似乎突如其来地闯进了一个极乐世界，他一阵悸动，神经完全瘫痪，全身触电般麻木……这一晚，他梦遗了。

"……我那晚特想回家，我想欧阳若萱，我觉得冷，特冷，一辈子也没有这么觉得冷过。"

有警察问："你就没想过放弃？"

韩岩轻声哼哼，说：“我能放弃吗？如果放弃，我还能回到原来的生活吗？”人生反复无常，仿佛是一按钮，这世界就从美好跳到了万恶的旧社会。

10月30号，石星子山石星子村的村民见到了他，那时候的他正在一个山坳里搭简易木棚，好心的村民以为他是流浪者，询问他，帮他，后来知道他是一个到山中来戒毒的吸毒者，那些村民有的帮他去找需要的那些药材，有的拿来了生活用具。有村民告诉他，在往里走，有个叫石坪的地方，见过一些跟他一样的人。听到此话，他立即整装前往石坪。在石坪，他果然找到了传说中可以用中药治早期毒瘾的诊疗师，一位上了年纪的乡村教师。这个教师姓莫，大家都叫他莫老，是因为村子里吸毒的人越来越多，后面连孩子也吸上毒了，他就开始学习采种药材治毒，慢慢地就传开了。他治毒有“三不”：不治重症，因为无药可治；不治贩毒者，因为不愿意治；不治强迫送来的人，因为治不好。所谓的诊所就是这个乡村教师在小学的宿舍。这个教师热心地帮他安顿下来。

后面不知道怎么的，有人知道他的身份，说是政府里的人。马上就有人把他当作走访民间的县太爷来看了，韩岩发现虽说在搞社会主义新农村，可他们对许多新政策的理解还很不到位。不过，也难怪，像是有些旅游方面的通知还是他撰写的，他们一拿出文件来，连韩岩有时也不知所云。于是，莫老笑他：政策都是务虚的，那还发下来做什么？

韩岩便反问，你娶老婆也很务虚，你还娶？

众人大笑。

石坪村里的小孩们还吃米果，其实是一种干粮，用谷物、小米，或面粉晒干然后用油炒一炒的淡黄色的小米团，也可以用水吞服。村民们没想到，这东西韩岩打小也吃过，因为他说这种米果好吃，一下子跟村民拉近了距离。

现在韩岩说起这味道：“像亲爹一样。”

小学的五星红旗竖得比山高，放假了也没人收，被风吹日晒的很不精神，红旗下有个废弃的大磨盘，在诊疗闲暇时，他就一个人在门前蹲着，像个逗号。戒毒很辛苦，他本来有过几次可以放弃自我戒毒，重新回到城市生活的，但他没有。莫老说他是个努力又勤奋的好学生。

韩岩他人好，心善，到石坪不到三天，跟村民就熟悉了，不少人早早就在托他办这事那事了，他都热心地满口答应下来。他想：只要能在这里偷偷地把毒戒掉，重回过去，他什么都愿意。可能就是这份急切的心情，让犯罪分子有了可乘之机。到石坪的第八天，有个邻居的儿子跟他说有种药材，叫曼地丝，是一种花蕾，如果在中药中加入这一味，对治毒很有帮助。韩岩问了莫老，的确有曼地丝这味药的存在，问题是，这种花偏偏生长在石星子山的山北面，那是越南的地界。不过，邻居的儿子告诉他，他有位朋友在越南会卖这种东西，这东西是国际违禁药材。于是说好在 11 月 11 号凌晨一手交钱一手交货。这个邻居的儿子还请韩岩帮忙顺便把一个从他朋友那借来的篓子还给这个朋友。哪会知道，这是个陷阱，是毒贩分子惯用的伎俩。单纯的他，无论如何可发现不了在善良纯朴的村民中还夹杂着贪欲丑陋的贩毒者。

“我就这样被一个看上去纯朴至极的村民给骗了……我记得我和他还在一起掰过手腕。他嘲笑我，你们做干部的，嘴上有劲，手上都没劲。”

“为什么觉得绝望？”

“我以为我真的要被判刑，我怕说不清楚，会判死刑？无期？还有十年二十年，不管怎样，哪怕只是我吸毒的事被曝光，我的人生都完了。”

后面说了些什么，秦宇翔没有继续听下去，下一步，或者韩岩的单位领导将会有人来交涉此事，或者韩岩会被安排强制戒毒，或者韩岩向往的人生还将继续，一切都有太多未定因素。他没有去了解一个公务员吸毒在法律上是怎么规定的，不过，他只知道这时候欧阳若萱也需要有人安慰。

（三）

秦宇翔没有去找欧阳若萱，而是在等她的电话打过来，他觉得她会需要他的。果然，这一天，他接到了欧阳若萱的电话，叫他来医院接她。

夜里刮起了风，风把树吹得摇摇晃晃。冬至将临，丛岭很久都没有刮过这么古怪的到处乱飘的风了。欧阳若萱在他的车上睡着了，睡得很香。车外风雨交加，她在车里睡得很安静，像个婴儿。

车一开到小区楼下，欧阳若萱就醒了。“这么快就到了。”她下了车，转身问秦宇翔：“要不要上去喝杯咖啡？朱阳给我寄了麦斯威尔。”

秦宇翔随她进了家。欧阳若萱去煮咖啡，秦宇翔便坐在沙发上看书，他平时也读书，偶尔还会买些官场小说或者《三联周刊》之类的来催眠。他也是累了，这些天因为查证韩岩的案子，他跑了不少地方，看着看着，就睡着了。

欧阳若萱端咖啡出来的时候，秦宇翔已经睡着了。窗户还是敞开的，这场风刮得天昏地暗，风中还加了些零星的雨滴，把冬的寒气提前预示出来。丛岭在南方的南方，它的冬天按理是没有这么快到的，看来这场风是想彻底把秋天从丛岭吹走，只是秋天还用些雨水在支撑着。秋天欲走不走，冬天欲来不来，欧阳若萱的心情也跟季节一样，轻松不起来。

第二天，欧阳若萱起床了，来到客厅。发现桌子上已经摆好了早餐，有热粥、煎鸡蛋和烫青菜。她寻思着自己怎么一点也没听见秦宇翔做早餐的声音？

雨越来越小了。

她的确有件事压在心里。在她和韩岩身上发生这么多事，她一直告诉自己要冷静处理，要平静对待，韩岩现在是个需要靠她支撑下去的病人。欧阳若萱跟韩岩见面的第一句话是：“我们有多久没见了？”两人抱头痛哭。刚开始还保持得很好。这两天，她像以往一样照顾韩岩，韩岩也像往常一样当什么事都没有发生。可是，这种沉默是虚假的，是压抑的！他们竭力维持的平衡终究在临界点像火山一样喷发了。

她不清楚为什么韩岩有这么多事瞒着他，恋人之间不是应该彼此坦诚相待的吗？她可以理解韩岩骨子里有种大男子主义，他喜欢自作主张，他喜欢独自承受，可是她无法接受为什么连交往了香晓青这么一个女人也要跟他隐瞒？还有那些钱，那些买新房的钱和出国治病的钱，如果不是香晓青，韩岩就不会一步步走向一个温柔的陷阱，最终被她耍得团团转。她一激动起来，大骂香晓青就是一个恶魔。

当时韩岩很快制止了她，说："你这么说不对！她就是个孩子，是我们自己缺乏定力，整件事我有责任，我向你道歉，我不应该隐瞒，不过，我当时根本没觉得这是多大的事，没想到会发展成这样。"

"可后来呢？吸毒，治毒瘾，这么大的事，你也需要瞒着我吗？"

"是，我能想到第一个要瞒着的人就是你。"

"为什么？"

"你自己知道为什么。"

听到这话，欧阳若萱第一次在韩岩面前摔了东西。她哭喊着："我不知道！我不知道！为什么你在想什么我就必须要知道？为什么你总是让我自己猜、让我自己消化、让我自己拷问自己……"

"我们相爱不是吗？难道不爱了吗？""我不是这个意思！你知道我不是这个意思……我们这是怎么了？我们的信任呢？我们的坚持呢？我们一直以来的默契呢？这些东西什么时候一点点地消失了、不见了？韩岩，你这是怎么了？"

"我没有变。一直在坚持着的是我！一直在苦苦支撑的是我！一直在建设这个家的也是我！是你在变，是你离我越来越远……"

"你就没有一点点喜欢过她，对她动过心？你一次次地见她，你们在一起都做了什么？！"

"这是我的问题，我会解决。"

"不是事事都能按你的想法来处理的，不是事事都能在你的掌握之中的，你难道还不明白吗？你已经掉进香晓青的温柔陷阱里无法自拔了！"

"你简直不可理喻！"

他们彼此埋怨。

那些天接连不断的争吵声至今还在欧阳若萱的耳边徘徊，挥之不去。她似乎看到了一份甜蜜的爱情慢慢走远的声音，这里面没有逻辑可循，她感到某种虫吹针刺般细密的痛苦。还好看到了桌子上温暖的早餐，把一觉醒来的索然和乏味去除了许多。

桌子上有一张秦宇翔写的字条：你有时间睡觉，还不如给山姆朗村的孩子搭个石头房子。明天上午 8:00，心灵公社，去不去？

欧阳若萱想起秦宇翔曾经跟她说起过秦宇飞未完成的愿望——为丛岭边远山区的孩子搭建一个石头房。

（四）

第二天，她赴约了。

又是个雨天。她打着伞顺着泥泞的山路好不容易到了山姆朗村，找到了秦宇翔，心灵公社的一帮子人都在，楚芯也来了，个个都卷起了裤脚，身上溅满了泥点子，笑呵呵地瞅着她，一身干干净净的她被瞅得有点不好意思。一同搭房子的还有村民和几个大一些的孩子，挑不动石头的小一点的孩子，便在一边敲石头，一位看上去比较有经验的老者在跟秦宇翔说着些什么，应该是这里的总指挥了。

钱是心灵公社募集的，数目并不多，可是在这里足以建个面积较大的石头房了。山姆朗村是贫困村，三个乡村老师，二十五个学生，这里本来还有一个体育老师，但是来了一星期就受不了这里的恶劣生活环境，跑了。这里的老师不具备完全意义上的教师身份，教育局里没有档案，甚至没有反映他们基本信息的一张表格，但是他们确确实实做着和正式教师一样教书育人的工作。

让山姆朗村骄傲的是，这里还走出了自治区最美的乡村教师于丽香，一位把自己全身心的爱洒向每一个学生心田的女老师。学校的一位小学生由于母亲去世，父亲外出打工，年幼的他无人照管，是她把学生接到家中，吃住在自己家，上学放学也带着她，不知情的人还误以为这是她的女儿，一住就是五年；山区路况不好，她怕孩子们在放学回家的路上出现安全事故，每次放学她都把学生们送到村口，坚持了十年；她还主动承担了一个特困户三年的学费及书费。她的名字，欧阳若萱早就听说过，她的照片，欧阳若萱也早就看到过，她的第一篇报道就是雷斌老站长写的，她的事迹也是《新明快报》力推出去的。这次终于见到本人了。

今天的于丽香跟平时一样，见人便点头微笑，尤其看到来了一群的志愿者帮忙搭石头房子，更是开心，只是隐隐中能感觉到一些不一样。“你不舒服吗？”欧阳若萱把她拉到一旁问。

“没有……今天上课时，有学生发现了我计算的错误。这段时间常常讲错，算错，我已经老了，记忆力也差了。”蓦地，一种仿佛已经陌生很久的感动袭击了欧阳若萱……一批又一批的学生来了，又走了，每一批走进教室的学生都是崭新的，而老师呢，他们会衰老，会凋谢，总有一天，他们会承接不了日益求新的教学任务，带不动那些永远天真烂漫的孩童。

听着于老师缓慢的讲述，欧阳若萱仿佛重新坐在一片青草地上，有许多来自心灵深处的东西需要重新检查和回忆……

于老师看了看手上的表，说：“快下课了，我得在学生们下课之前赶到教室，告诉他们下午还该带一本什么书。我担心有一天，连我也不记得要带什么书，连我也不记得走进课堂要教什么内容，太多了，太多要教了……”心灵公社只是来盖一所石头房子，而这里需要的远不止一间房子。

加入搬石头、搭房子队伍的欧阳若萱特别卖力，她就想把自己累到动不了，那就可以什么都不想了。

楚芯指着拼命干活的欧阳若萱跟秦宇翔说：“她干一天了，要歇歇了，这么干下去，会吃不消的。快，你去拉她，我叫她，她不听。”

“没用，这时候谁劝她也没用。”

已经停了的雨到了傍晚时分又淅淅沥沥地下了起来，所有的人停下了手上的活，跑向旁边的茅房躲雨，只有欧阳若萱还在调石灰。

秦宇翔过去叫她，她也不回，秦宇翔只好强拉她，这一拉，一不小心腿在石头上蹭了一下，揭了一层皮，血“噗噗”地直往外冒。这回欧阳若萱也终于知道错了，回来的路上，像欠了秦宇翔几百两黄金似的，一会儿问他疼不疼，一会儿问他要不要喝水，还不时用从村民那儿借来的棉球给伤口蘸血水，老是担心地问：不会发炎吧，可千万别发炎。

秦宇翔特享受这一刻，还故意装作一副特疼的样子求照顾。惹得同车的男人们个个舔着嘴笑他："我要吃奶奶""我要喝水水""我要抱抱嘛""我要亲亲嘛"……众人哄笑。

不管怎样，这次活动的确让欧阳若萱的心情好转了起来。她和韩岩在一起这么几年，往前的道路都是单向的、没有回旋余地的；心灵公社的存在让她寻找到另一种快乐，好比开车行驶了漫长的路，从一条道走到黑的、一往无前的、九死不悔的心境中，突然出现了一个拐弯处，可以歇歇脚，看看景色，至于下一步要去哪，再说吧。

——兴许是因为心灵公社，也兴许是因为秦宇翔；也兴许就因为这一个拐弯，人生就走向了不同的尽头。

第十一章

——谁能想到呢，这个经千般努力考上了名牌大学又如愿以偿抱得美人归，很 快就会踏上新的征程的凤凰男，是经历了怎样的人生大拐弯、怎样的痛定思 痛，然后推翻了一切理念，一切信仰，最后竟然选择了一条完全不同于以往理 想的道路，像个斩断后路的英雄，如此决绝而悲壮；又像个混沌麻木的懦夫，如此胆怯而不自知！

（一）

韩岩被单位停职了。根据行政机关公务员处分条例第三十一条：“吸食、注射毒品或者组织、支持、参与卖淫、嫖娼、色情淫乱活动的，给予撤职或者开除处分。”可是经过组织调查，韩岩的情况确实属在不知情的情况下被人下毒造成，只是未主动向组织汇报情况，加上韩岩有多次见义勇为的行为，故组织给予了“留职察看”处分。

可是偏偏单位领导还嫌事态不够严重，暗中组织几个人，开始寻找韩岩新的证据，看他有没有贪污、有没有受贿、有没有包二奶和其他什么见不得人的癖好，总之，越多越好。一时间，那些曾经活跃在韩岩身边的人物敏锐地理解了政治风向，迅速掉转了车头，不管是称兄道弟的同人还是与他平时没什么太多交道打的人，在这件事上都做到了“心往一处想，力往一处使”，大有痛打落水狗之势，有人透露，武柏为了把韩岩的吸毒事件做成铁案，达到证据如山、坚不可摧的效果，连为韩岩沐足过的足疗师都请进了他的办公室。

到如今，躺在病房里的韩岩已经意识到——他的这场雪，冬天才刚开始就已经下得纷纷扬扬了。韩岩一边戒毒、一边背英语单词，桌上放着美国医院寄过来的信，信中同意了他延期手术的申请，但只此一次。

韩岩戒毒的治疗很顺畅，这事在丛岭已经传开了，反而打消了韩岩的顾虑。他一门心思等着治好了毒可以东山再起。

“韩岩。”

有人叫他，韩岩回头一看，是香晓青。不知为什么，他对这个女人依然还恨不起来。虽然所有的事是因她而起。香晓青一叫他，他心里一阵悸动。看香晓青美丽的眼睛里都是眼泪，他突然也想哭，鼻子一酸，忍住了，没有流下来——他不能原谅这个女人，也不应当原谅这个女人的，不是吗？可是，真实的感觉是：他甚至还有点儿想她。

他居然没有骂她，也没有轰她走。当香晓青说“我帮你削个苹果吧”时，他居然还同意了。香晓青拿出水果刀，取了一个苹果，慢慢地削。韩岩看见她长长的眼睫毛直发抖，她又瘦了。

她有一句话要问：“我可以不爱你吗？”

这话问得韩岩不知如何回答，他愣了：“啊？”

香晓青话出之后，泪如泉涌：“我问你，我可以不爱你吗？为什么我这么没用，为什么我无时无刻都在想着你……我以为爱一个人是快乐的事，可是我很痛苦，这几个月我真的很痛苦。我爱了一个不爱我的人。”

这世界有日久情深的爱，有一见钟情的爱，有白头到老的爱，也有转瞬即逝的爱，有贪婪的爱，也有知足的爱。也许对韩岩来说，对香晓青的情感所代表的就是贪婪，对情欲的、金钱的……或者说是对另一种生活方式的贪婪。

香晓青走近韩岩："抱抱我，可以吗？最后一次。"

没等韩岩抱住她，香晓青已经紧紧地搂住了他的脖子，灵活而柔软的舌头在他的脸上、嘴里、脖子上、耳根处滑动着，那感觉很快速、很轻俏，他很快要融化在香晓青的舌尖上了。说不清是害怕还是激动，韩岩额头上渗出了许多的汗，心头涌起隐隐的烧灼感。香晓青的脖子，细细长长，解了围巾，粉白粉白，胸前一粒黑色的纽扣，再往里面就是春色满园了。当香晓青拉着他手解她的衣服扣子和乳罩时，他还有点不知所措，全部是心跳声和急促的喘气声。他这时候才知道自己原来是如此热爱这个身体，他无法不喜欢这个柔软的舞蹈家的身体，它是丰满的、玲珑的、光滑的、白皙的，它主动、野性、激情、诱惑……像一张无边无际的网，把他网在中央。

他享受着无边的舒服，甚至有点因快感而痉挛。

谁也看不到，谁也想不到，在医院的尽头，一张小床上，时间很短的，他们会像一对小偷似的做爱。

"你是爱我的？对吗？"

韩岩目光回避，这对香晓青来说，等于是认了。

韩岩叹口气："……我已经穷途末路了。"

香晓青："别这么说，等你戒了毒，就不去上班了，到我爸爸的企业里干，一年工资比得上你在国家单位干十年的。"

"我能戒得了吗？"

"戒不了就算了，有什么了不起的，没有那么可怕，我身边的人都吸，也没见他们有什么事，这东西只要供应得上，对身体没什么很大危害，那些宣传都是用来吓人的。我带了这个，如果实在受不了，你就吸，越来越少吸就行了。"香晓青拿出了一盒烟。

刚刚运动一场的韩岩，正进入毒瘾发作的前期，香晓青话语如同在他身上注射了一针腐蚀剂，顿时将他与毒瘾殊死抵抗的意志腐蚀干净。他从床上起来，打开香晓青递过来的金盒，好久没见到这种模样的金盒子了……

他几乎是不假思索地迅速取出烟，如饥似渴地抽起来。抽完一支，意犹未尽，又吸了半支。全身立时感到血脉通畅，筋络舒展，皮肤不再痛痒，头脑也爽然清醒起来。但清醒之后的自责和矛盾又袭上心头，他克制不住哭了起来。香晓青问他怎么了，他压抑着发自肺腑的号啕，万念俱灰地说："我这辈子真的要全完了，总有一天，会有人发现的。我要完了。"

"不会的，我安排你离开政府单位，到我这里，一切安全。你不必成天伺候那些政府官员，不必成天加班加点的还没有加班工资拿，为了那点工资累死累活，买个房还都买不起，你见义勇为这么多次，留下的伤有谁管？倒是犯了点错误，个个抓着不放，巴不得置你于死地，这种单位有什么好去的。"

这些话如醍醐灌顶一般——因为有一个念头随之产生：辞职，一切从头开始，他为之惊吓得打了一个冷战。

没有任何人商量，半个月，韩岩顺利完成戒毒出院后，辞职了。所以，当欧阳若萱提出要跟他正式分手时，韩岩也没有说话，他像个木头似的，久久凝视着窗外。他的侧脸显露出欧阳若萱未曾见过的晦涩阴凉。

谁能想到呢，这个经千般努力考上了名牌大学又如愿以偿抱得美人归，很快就会踏上新的征程的凤凰男，是经历了怎样的人生大拐弯、怎样的痛定思痛，然后推翻了一切理念，一切信仰，最后竟然选择了一条完全不同于以往理想的道路，像个斩断后路的英雄，如此决绝而悲壮；又像个混沌麻木的懦夫，如此胆怯而不自知！

（二）

时光荏苒，匆匆地走到了下一个春暖花开的季节。

欧阳若萱到丛岭的第一年就这么快速地翻篇了。这个时节，丛岭还是清凉湿冷的。自从跟韩岩分手之后，这几个月时间，欧阳若萱老是反反复复地感冒，就像一个恶性的循环，把她困住了，一直没怎么舒展开来。

而韩岩不一样，离开了政府单位的他在华鑫合资公司干得如鱼得水。短短几个月，华鑫合资公司的董事长应如海对这个干练、沉稳的高才生刮目相看，委以重任，毕竟在政府干过的韩岩对丛岭政府这些领导和干部的办事方法、思维方式和各种处世门道还有很有心得的。韩岩也与以往颇有不同，当年的同人们发现，华鑫合资公司的宏图大计是在丛岭建设一个农、林、渔、疗养度假、旅游观光、海滨浴场一体化的现代化渔村，取名为“龙凤海滩”。香金雄在这个公司里就像一个遥远的传说，大家都知道他才是最大的当家人，“香老板”这个称呼，就像一个牌位一样，被华鑫合资公司的员工们在茶余饭后膜拜着。

韩岩的新房暂停一段时间之后，依然在继续装修。韩岩业余时间不时会过来转转。他和欧阳若萱现在形同陌路。不过，作为一个男人，他觉得不管这个新房有没有女主人都应该继续完成下去，新房就像他人生的一个阶段，具有标志性的意味，搞定了，就上了一个台阶。他可以跟自己说：我也是有家的人了。很戏剧的是，他从没有让香晓青来过这个新房，虽然他们常常同住在香晓青的私人别墅里，同吸毒品，同享鱼水之欢，但他从不带香晓青来这个新房，这间新房属于他的一个私密的存在，他不希望被她侵占、觊觎，在他心中，这个秘密的存在跟香晓青半毛钱关系也没有。

毒品已经成了韩岩生活中跟“爱马仕”箱包、欧米茄手表、阿玛尼皮鞋和万宝龙眼镜一样的奢侈品而已。他对毒品从恐惧慢慢到淡定享用，再发展成驾驭自如。现在回过头想起，就在不久前的某天，自己居然会因为这个东西把自己折磨成人不像人鬼不像鬼就觉得好笑。就像有句歌中唱的：“有过多少往事，仿佛就在昨天，有过多少朋友，仿佛还在身边……”

而对香金雄的调查也在紧锣密鼓地进行中。根据梁处长的批准，首先对华鑫公司的应如海总裁挂了外线，每天跟踪他的出入。一连跟踪了一个多月没有结果。他除了生意上的会见、谈判之外，几乎总是蜗居在他的郊外别墅里，看不出任何反常和不轨。秦宇翔每天坚持等在办公室看当天的外线报告和照片。就像欧阳若萱一样，也总想在缉私报道中能发现点什么，追踪出一些事，每天对公安外线的跟踪工作，同样抱有奢望，总盼着能有什么重要情况发生。欧阳若萱每天下班也是很晚才走，她老是等着秦宇翔那边可以来一点消息。雷斌先是劝她，说这外线的报告第二大一早看也来得及，如果外线侦察员真有重要发现他们会随时报告公安的，等公安报到记者站再追踪也来得及。雷斌的话当然没错，公安外线的工作日报一般不会记载重要情况，只不过是监控对象一天出入的流水账而已。其实欧阳若萱每天坚持坐等，倒不是认定外线方面真会有什么突破，她更主要的心情，只是希望一个人待在办公室。

于是，欧阳若萱素性会去到缉私队，跟秦宇翔一起做饭，聊天。

这天刘乐走后，外线的报告就来了。秦宇翔看看表，才六点半钟，心里对外线这几日收工过早隐隐不快。但毕竟外线侦察员不归刑警队指挥，所以不便指责。秦宇翔照例仔细地阅读着字迹潦草的外线日报，把他认为应当留意的一些人物和地点记在自己的小本子上。刚看到一半，身边的欧阳若萱突然叫出声来："嘿！你看这是谁呀！"秦宇翔看见欧阳若萱手里拿着外线侦察员昨天拍下的一张监视照片。他接过照片一看，不由大吃一惊。照片上，华鑫公司的总裁和一对青年男女正站在一部轿车的旁边，从那女孩的相貌和年龄看，像是香晓青。而那个男的，却是非常的面熟。

"这不是你那个谁吗？"秦宇翔问。

不错，那男青年正是她的前男友——韩岩。

欧阳若萱呆呆地看着那张照片，暗暗感叹着天下真小！她想不到离开了政府单位口口声声对她说会离开丛岭的韩岩，到最后居然会继续留在丛岭，而且还去了华鑫合资公司，还跟这种三教九流的毒案扯上关系……也许至今未破的9·10案山重水复的此刻，会不会因为韩岩的不期而至，而从此柳暗花明了呢？

更没想到的是，丁队很快找到了欧阳若萱，要她做韩岩的思想工作，为公安提取情报。这次的欧阳若萱显得特别勉强，她说："你们公安还真会见缝插针，香晓青、香金雄……他们跟我有什么关系，韩岩……跟我，又有什么关系。"

“我们不勉强，只是你还记得兰花吗？记得秦宇飞吗？还记得那个申奇斌的儿子吗？每次我问那个孩子，你将来想做什么，他告诉我，伯伯，我要当警察，专门抓坏蛋。”

“你们怀疑香金雄贩毒？他们很有钱，有钱人需要贩毒吗？”欧阳若萱也有自己的疑问。

“我们现在就是怀疑他那些钱的来源，他在洗贩毒的钱，利用中国西南大开发的好政策，在边境开实业，把它们合法化。香金雄除了越南的一家化妆品公司外，没有具体的其他的实业，哪来这么多钱养保镖，开游艇，住别墅？还有韩岩，自从进了公司之后，他完全换了一个人。”

“那是因为香晓青。”

“香晓青的钱从哪儿来？没有钱，怎么能吸毒、养毒？一克冰毒辣在黑市上卖500块。你要救救他，他已经在悬崖边了！”

他已经在悬崖边了！他已经在悬崖边了！与丁队长分开后，他的这句话一直萦绕在欧阳若萱的耳旁。跟韩岩分手后，她似乎获得了某种无法说明的安静，对待一些身边的事，旁观似的，让一切顺畅地发生着，无所谓制止，也无所谓坚持。这时候，她发现原来她还活在过去，还没法让韩岩从她的生活中彻底消失，她还关心着他。

于公于私，她终于鼓起勇气去约了韩岩，在华鑫公司，她第一次听到了韩岩在这个世界的另一个称呼：韩总助。那秘书用甜甜的声音回答她：“我们韩总助约你晚上八点到阿约克西餐厅。”

阿约克西餐厅。抬头可以看到一张大幅的半裸女子油画。女子斜躺着窗边，裹了一床大毛毯，长发遮了大部分的脸，脸色有些泛青皮、疲倦，裸露的皮肤洁白，一副美梦将醒的样子，带着浓浓的城市味，一种莫名的高贵感与这间小房格格不入，与窗外的景色更是气质迥异。她心头突然想起那个名字：香晓青。

韩岩进来了。她还是那么敏感，当碰到韩岩的目光时，自然地收回了自己的期盼。

刚开始说了一些无关紧要的话，当欧阳若萱说到请他帮助提取情报这一正题时，韩岩很是惊讶："你怎么还是这么幼稚！我还以为你能变一变，若萱，时代不一样了……"他松了松西装领带，推开门窗，外面一股清凉吹了进来，他轻咳了几声。欧阳若萱关心地问："别感冒了。"听她这话，韩岩有些感动，把激动的声音放缓慢了说："我现在真的看不懂你了。我记得小时候，我们家对面的山顶上老是在太阳升起的时候会有某个地方发出一种特别璀璨的光芒，远看就像一座宝藏，那时候还小，大人们说，我还不能上去，上面有老虎、有蛇、有熊，我就想，有一天，我大了，一定要去找到那个宝藏，于是，在十四岁那年，我实在等不及了，一个人在太阳没出来之前上了山，可笑的是，我既没有遇到什么蛇、熊，也没遇到老虎，我到了山顶，太阳出来了，我到处找，找那个宝藏，结果……我发现，那些光芒是一堆被人废弃已久的烂玻璃……怪不得每次总是要有太阳，它才会发光。"

欧阳若萱冷冷看着他，像个陌生人，她不知道韩岩为什么要跟她说起这个故事，但她知道她跟他再说下去也没有什么话可说了。她心疼，是那种在冰冷的水里冻到没有知觉的、淋漓至极的疼。

面对窗外的美景，韩岩继续说："……人生就意味着各种意外和戏剧性，我们总是要跟一些看起来根本没有关联的事物打交道，最终，原本在这条道上的人而不在那条道上，我们便要想，只要不在这里，就当它是虚空的，就如同我们曾经经历过的往事、故人、情义，还有信仰……"

他感觉到有什么东西动了一下，回头一看，原来是欧阳若萱走了。

（三）

不知出于什么原因，队里每次重案组的活都没有派给秦宇翔，这次他又被派去保护9·10案的一个证人，他总觉得这对他是很不公平的。

证人老高是个中年男人，离了又结，结了又离，一离一结足足四次，现在刚离婚不久，新的恋爱又在酝酿中，所以老爱泡吧。他养了一只波斯猫，为了这只波斯猫，他亲自去菜场买猫食，专门配营养餐，有太阳晒太阳，没太阳打扫猫窝，弄得一只猫比人还肥。他还趁秦宇翔跟着他的这几天好好对秦宇翔进行了一番人生的调教，还说秦宇翔一看就是对人生不太从容的人：“都长大成人了还这么感性。”

“我可没办法像你那样真把婚姻搞得像在大街上上班赶公车。”

“哪个爱情到头不都成了普普通通的公车，麻木地坐下去，痛苦，想下来，又没胆子跳车，最后公车没得坐了，还怨司机不给力。现代社会特价婚姻遍地开花，爱情唾手可得，离婚率堪比 GDP，大家谁不是撇着嘴角，大喊着青春无价。”

“有那么严重吗？我看这世界挺美好的。”

“不，是你期待美好。我看你就是失恋了。凭什么要为失掉一个女人而痛苦不已，没听说吗，你会因为失掉一棵大树而赢得一片森林。”

“可是……”

“不公的时候，告诉自己，社会就是这样，社会不是大学，它除了残酷的现实，什么也不会告诉你……你怎么还那么单纯，你看，我这都来几天了，认识的女人比你多多了。知道我为什么要离婚吗？主要是：没有一致的价值观，无法交代我的人生啊。”

这个胖胖的老高在秦宇翔面前提到价值观很让秦宇翔惊讶，好像有好几年没人跟他说过这个话题，他很感兴趣：“那你的价值观是什么？”

“有酒喝吗？只有酒才能让我畅所欲言，清醒的人一般不说这个，你说是吧？”

酒吧街放眼望去，霓虹灯下男女混战、杯光蛇影、错落有致，按姓名喝一圈，按年龄喝一圈，再按星座喝一圈，男配男一圈，女配女一圈，还觉得不够 high，酒吧老板又每个桌子抱来一桶啤，说这桶由他请客，全场不分圈里圈外一律五折，音乐声一浪高过一浪。凌晨两点人逐渐散去，酒吧门口堵着很多人，外面不知道从哪里打起来的，像是拦的士出的事，一打都乱了，有人躲进了酒吧。秦宇翔不敢大意，酒喝了一点，但还保持着高度警觉，出门时身体挡在证人的外侧。

后面一大扎啤正向旁边一男人砸，胖老高酒醉身体一扭，那扎啤正要向他的头上砸来。秦宇翔一冲一顶，把胖老高顶向一边，扎啤恰打中他的头顶，胖老高眼睁睁看着秦宇翔被扎啤打中，头上鲜血直流。“快走。”

秦宇翔也拿起了一酒瓶，正要对那个砸他的人下手，那人却直呼：“哥们儿，对不住了，我没醉，是刚才那人砸了我朋友，我才砸他的，没想到砸你头上了。真对不住！纯属意外！纯属意外！”

秦宇翔听到这种混乱的要翻了天的时候还有人跟他道歉，也愣了。不过，他很快反应过来，接受那男子的道歉。这时快速开过来一辆黑色大奔，冲那男子喊：“安弟，上车。”

“安弟”这名字在讨论案件时，秦宇翔多次听到过，他顿时反应过来，看这身打扮、身形和气质一定是香金雄的贴身护卫安弟。一把抓住安弟的胳膊，笑着说：“哥们儿，交你这朋友了，再坐坐。”谁知道安弟对他这一抓很是敏感，反手一挡，用的是自由搏击的那一套，还用了个四两拨千斤，秦宇翔也没想到这一抓对方会有这样的反应，差点趔趄跌落，好歹有些身手，总算平常也是个散打手，他也急了：“嘿，哥们儿你……”本能护卫自己，打出一个穿心拳正中安弟的前胸，安弟却突然发力，抓住他一只手，转到他后头，一把箍住他的脖子，他很机灵，就在安弟刚箍住他脖子，重心未稳的刹那，用腾出的另一只手的肘关节往后一顶，正中安弟的腹部，安弟一时猝不及防，身体剧烈地颠了一颠，紧接着踉跄几步，秦宇翔一拉才避免了安弟的尴尬，安弟顺势起来。他俩的一系列身手，时间不长，四五分钟，可足以看得周围人都不打架了，因为他们俩都高大帅气，来回几下，身手甚是漂亮。夜店几个妩媚妖娆的女子还冲他俩吹起了口哨，店伙计带头起哄，于是全场为他俩鼓起掌来。刚才的一场扎啤乱战就此消停了。随着电吉他的强劲音乐，霓虹灯又开始转动，夜场的气氛被瞬间点燃，三个三点式女子在舞台上钢管旁边，各自站好，歌舞升平的夜晚又重新开始。

那辆大奔也在安弟的示意下悄然开走……

（四）

俗话说不打不相识，秦宇翔跟安弟就算是认识了。秦宇翔介绍自己是跟着胖老高一起做生意的，生意做得一般，还在学习中。胖老高连连点头。安弟说：“现在国内经济形势很好，什么都好做，随便做点什么都能赚钱。”秦宇翔故意瞪大了眼睛，问：“哥们儿，还别说，我是怎么做怎么赔钱，这一年就没顺过，倒霉透了，女朋友前阵子跟人跑了，连今儿朋友带我来泡吧，还碰上砸场子。”

安弟对他的身手很感兴趣，问：“你这身手是正规军吧？”

“我部队出来的，刚工作那阵子，还当过领导的司机兼保镖呢，后来就不干了，伺候人的活，不好干。”

这话安弟有点感同身受，但却没有说话，抽着烟盯着他，似乎要从他脸上捉摸出点什么来，过了一会儿才说：“我好像认识你。”

秦宇翔心里一惊，回答：“看来，我这脸挺大众的，来了这里才几天工夫，就听到好几个人说认识我了，我现在很怀疑我爸是不是播种机，回头别真的跑出一个同胞兄弟来，我靠，我还担心他妈的来跟我争财产呢，这些年我在我爸面前可没少装孙子。哈哈。”几个人跟着大笑。

自从这一晚认识之后，秦宇翔连续几晚都带着胖老板跟安弟一帮人见面，一起喝酒、泡吧。他也把跟香金雄的保镖认识的经过和自己的想法跟丁队做了汇报。

其实丁队也一直在考虑内线的问题，自从李大头做了内应之后，一直没有什么重要消息出来，他怀疑没有收获的原因跟李大头在香金雄队伍中所处的地位有关，李大头毕竟是刘乐的哥哥刘东介绍的，香金雄这人疑心大，他会相信刘东，却不一定会相信他介绍的人。丁队说：“的确要抓紧，李大头再挂一阵我看必须停了，不能总是这么硬盯着。盯到什么时候是个头啊，我们总的出路还是要把内线侦察搞起来，要有一条有效的内线，不能依赖他。而且，上级给我们的时间不多，我们不能这么耗下去，要联动起来，取得最有效的内线，调动一切可以调动的资源。我看，只要有可能性，就冒一下险，争取尽快收网。”

丁队话里透露出对现状的不满当然是清楚无疑的。这个案子进展艰难，主要是没有布置一条有力的内线。秦宇翔也明白，涉毒案缺了内线，仅靠外线跟踪和一般查控是很难取得效果的，这也是一条规律。所以当他们意外地发现韩岩居然和香金雄的家庭有一点交往之后，他和丁队、欧阳若萱都不约而同地意识到这是一个契入的良机。可惜，这么一个天赐良机，却是掌握在一个对社会毫无责任感，只在乎个人得失的年轻人占据着。为此，他只能感叹：“太可惜了。”

秦宇翔的行动很危险。首先，他并不知道安弟对他是否起了疑心？在交谈中，会不会出现他所料未及的情况，毕竟他对做生意那一套并不了解。还好，安弟跟他在一起时，很少谈论生意场上的事，对他的来历也没有做过多的询问；再者，他现在还不敢非常肯定眼前这个帅气的、皮肤黝黑、开朗大方还挺绅士的阳光青年是不是香金雄身边那位传说中的金牌保镖，在他想象中，似乎应该更多一点沉稳、更多一点谨慎和大牌的脾气；还有，他始终觉得这次的接近有点太偶然了，不过，除了偶然，似乎也找不出什么破绽，一切都在情理之中，他担心也许就在这情理之中，蕴藏着什么危机。

还好，事情并没有往不好的方向发展，秦宇翔顺理成章地成了安弟朋友圈中的一员，因为他生意失败，钱不是太多，安弟每一次都揽下了一帮人喝酒寻欢的钱，还跟他说，缺钱就找他。

那天晚上，在安弟包厢里，秦宇翔发现桌子上摆着几套类似化学器材的东西，原来他们要抽大麻。胖老高以前也抽过，所以，当安弟递给他的时候，没怎么拒绝就大大方方地接了，跟着一起抽起来。秦宇翔以前收缴过大麻工具，但他没有使用过。当有人把吸大麻的工具递过来时，他也大大方方地接了过来，心里盘算着如何应付。他示意要安弟给他找个妞一起进房间抽，安弟以为这是他的个人爱好，笑他“咸湿”，摆摆手，让身边的女人跟秦宇翔走了。秦宇翔抱着女人的腰摇摇晃晃地进了包厢旁的侧屋，用脚把门一顶，关上了。

他装模作样地把吸大麻的工具塞进了女人的嘴里，挑逗着，那女人用烟斗抽完后，随即失控傻笑，行为及其怪诞。他怕有人突然闯进，把门反锁了，自己冷静地抽着烟，听着门那边的动静，等待这一幕尽快结束。他担心：如果从今天起每天这个安弟都组织人员吸大麻，就很麻烦了。

不知道是哪一根神经刺激了他，他突然想起了他要保护的证人胖老高，他打开了一丝门缝，发现胖老高不见了，他赶紧打开了门，还好在包厢大门角落里看到了他，蜷缩着，似乎睡着了，他拍了拍他的肩膀，没有动静，他又推了推，胖老高庞大的身体像滩泥似的瘫软了下来，他紧张地用手在他的鼻息处探了探——死了。

他很快意识到，自己犯了严重的错误，他不敢肯定胖老高的死亡是吸食大麻过量致死，还是被人有意谋杀。

他马上装作胖老高是吸食死亡的样子，紧张地跟安弟报告，安弟带着他们很快从一条暗道逃跑了。有人打了 110，警车来的时候，这个包厢只剩下胖老高孤单的一具尸体。

胖老高的死亡造成一系列问题，导致一桩涉毒案件无法通过检察院的审理，丁队严肃批评了秦宇翔，要他停职反省，向队里作深刻检查。

他语重心长地跟秦宇翔说：“别把对手当傻瓜，缉毒是一场战斗！缉毒战场是一场没有硝烟的战场！这里无时无刻不上演着《无间道》。佛经里说，无间是八大地狱之中最痛苦的一个，进入无间地狱是没有轮回的，只有永远受苦，作为一个成功的卧底，就要寻求轮回，去不到终点，就只能回到原点。”

“明明我已昼夜无间踏尽面前路梦想中的彼岸为何还未到……明明我已奋力无间，天天上路，我不死也为活得好，快到终点才能知道又再回到起点，重头上路……”十字路口一块巨型的电子屏，正在上演《无间道》的预告片。丛岭是被海环抱的城市，一片在夕阳下极尽灿烂的金黄色刺痛了站在十字路口的秦宇翔，他把自己关在屋子里待了三天三夜无法入眠，今天终于出了门。

一片光线扑面而来，像一片汹涌的、金黄色的海水，专为刺激他而来。而他是颓废的、哀伤的，被光线陡然催眠了一般，他闭上眼，深深地叹了一声，睁开眼，蓦地看到十字路口的对面，站着欧阳若萱，也有着跟他相似的颓废和哀伤。

真是难得的相逢，他倏忽觉得她就是他生命中无法摆脱的阳光，总是刺激着他与空气发生光合作用，不停地生长，再生长。他们在十字路口站着，相视而笑，很有种宿命感。

第十二章

——夜，带着魔幻的现实主义色彩。如果你在意，往往无 功而返，如果你不在意，它便在你睡着的时候，打开它的魔法，带着你一起环 游世界，夜夜笙歌，把威士忌当水喝，吸引各式型号的情人，过着实验性的 生活

（一）

秦宇翔和欧阳若萱一起吃了一顿饭。把欧阳若萱送回记者站之后，他重新走回到街上，街的左边是后续资金不足的烂尾工程，一些发霉的石头堆得到处都是。这种地方在丛岭到处都有——谁都不知道这城市发生了什么，反正它总是老铆足了劲想弄点生机勃勃的样子出来，却搞得像小宝宝要出齿，顶着牙龈长点新肉非惹着自己不舒服，全家人也都跟着不舒服，又是添了疫病添了抱怨添了哭声，结果还是左右不是、千疮百孔。

可他却在这个城市——这点很重要，因为他要为这个城市去奉献自己的青春和理想。现在很少有年轻人谈及“理想”这个问题，觉得太马克思，他们更喜欢用“做我想做的事”来表达自己。就好比秦宇翔，他就觉得在丛岭亲手抓住那个杀了他哥哥的毒贩就是他想做的事，这辈子若不完成这件事，他就憋得慌，他就难受，他就过不好！就这么简单，跟上一代人所倡导的信仰无关、跟理想无关。现在似乎离他抓住那个人越来越远，越来越远……而有关哥哥的记忆也在越来越模糊，在无法得到一点关于他哥哥是怎么死的线索之前，哥哥的记忆就开始模糊，这让他无比心慌，他担心若有一天这个信念不在执着了，那下一步他该怎么走呢？

走在灰尘中的他努力想回忆起一些有关安弟的事情，但奇怪的是，居然只能想出一些模糊的大概，整个脑子仿佛被灰尘吹成了糨糊，一切都在意识以外的地方，甚至他认为：一切都没发生过，现在只是在公休，他不过是在无聊地闲逛——可是，那个他保护的证人的确真实地死了，这个世界少了一条生命，那个生命在前几天还跟他一起喝酒，还劝他说“长大成人了，别那么感性”。不知道为什么，一想到这个死掉的胖子高，他就想哭，他不希望身边任何一个人像这样无端地、突然地走掉。

鬼使神差地，他上了公车，回到了岩城。桑青带着笑笑在小区里跟一帮大妈们在跳广场舞，看见儿子回来，一脸的高兴。笑笑刚刚吃完了一根粗大的香蕉，用一种奶奶的、香蕉般的声音跟秦宇翔说：“翔子叔叔，我的蕉蕉刚刚吃完了，你只要早来这么一会儿，我就可以给你留一口了。”

“蕉蕉好吃吗？”

笑笑伸伸舌头：“哎呀，简直太美味了，我还想吃。”

秦宇翔摸摸他耳边的助听器问：“这个好用吗？听得清楚吗？”

笑笑说：“简直好用极了，它现在是我最好的朋友。”

对于这个时间点秦宇翔回到岩城，桑青感到奇怪，她担心地问：“出什么事了？”秦宇翔若无其事地回答：“没什么，休假。”

“休假？你什么时候开始休假的，我怎么不知道，哪一次休假你不会早早就跟我打好招呼。快说，发生什么事了？你不会是停职检查吧？你……违反纪律了？还是你的失误造成了队里的重大损失？翔子，快点说！”对公安战线的工作有着深厚生活体验的桑青能从秦宇翔微小的变化中感受到问题的严重性。

秦宇翔知道自己瞒不住，把事情经过跟桑青说了。桑青也觉得事态严重，她分析：“缉私的队伍我中有你，你中有我，你这是被人盯上了，所以，既出于对你的严肃批评，也出于对你的保护，你们丁队才让你停职一段时间的，你要理解。”

“我很没用，自以为是。”

“需要过程，你还不是特别了解这条战线的复杂性。”

两人讨论着，往家里走，迎面楚芯也开着电动车过来了，见到秦宇翔也很惊讶，也问了一声：“怎么事前没打个招呼。”

这时候，有一对老夫妻经过，冲着秦宇翔说：“哎呀，终于见到小秦了，我们也刚来一个月，这是有一两年没见了吧，这是笑笑吧，哎呀，都长得认不出了。”笑笑被老两口抱在手上，被他俩逗得笑个不停。

秦宇翔马上意识到这对老夫妻把他当作秦宇飞了，他笑着，不好答话，望着楚芯。没想到，楚芯展开笑脸说：“陈伯伯，认错了呢，这是宇飞的弟弟宇翔。”

“哟，小秦还有个这么像的弟弟呀，宇飞呢？没见着他，又出差啦？”

楚芯从老两口那接过笑笑，依然保持着笑容答道：“是，出差，出差呢。”

“你们家小秦可是好人，上回，才回家几天时间，还花了半天帮我们清下水道，真不好意思。”

“没事，没事，他这人闲不住。”

“上回就没好好谢谢他，这次一定要逮住他一起来我们家吃顿饭。”

楚芯应和着。

老夫妻走了。楚芯牵着笑笑和秦宇翔、桑青一起回到了家。楼道上很安静，大家也都不说话，只传来了笑笑的一句问话：“小秦是爸爸吗？”

桑青帮着楚芯答：“是。说你爸爸是个好人呢。”

“当然，我爸爸不单是个好人，他还是个大英雄。”

他们转过采光不好的走廊和一些房间，正对着楼道最通亮的窗口，四个人的身体便被一层夜光罩住了。很快，进来了一个妇女，那个妇女上了年纪，但皱纹不太多，白净净的，一抬头看见秦宇翔一脸疑惑，跟楚芯打了个照面，说：“回来了？”楚芯说：“是，回来了。”不知出于什么原因，楚芯又加了一句：“宇翔，宇飞的弟弟。”那妇女一听愈发打量秦宇翔，她像是这层楼的主人，冲着秦宇翔满脸堆笑，堆笑之后，就摸狗毛，狗很安静，只是感觉它跟人时间长了，长得也有点人样，两只弹珠似的眼睛居然闪着狡黠的光，在这里，秦宇翔唯一很不习惯的，就是这双狗眼，像个便衣密探。

进屋时，楚芯想，这一幕之后，单位又不知道会生出多少闲话来，嘴角露出了一丝笑。

进了自家的屋，秦宇翔就感觉好多了。晚上，楚芯有事找他。两人进了屋。楚芯翻出一叠钱，拿出其中一叠对他说：“这两万是今天收到的，这里一共十二万。”

“一分没用吧。”

“没用。”楚芯边思索边说，“……每次两万，应该送了六次。”楚芯拿出了用微型摄像器材拍出的图像。“由于是在夜间行动，这个送钱的人有极强的反侦查能力，对这一带和我们家门口的情况非常了解，而且对我们的作息也非常了解。就今天，我录到了他的侧脸。你来看。我打印出来了，这应该是最清晰的一张了。”

秦宇翔拿起照片研究。照片里是个戴着大口罩的男人，一张侧面影像只占画面的四分之一，小了点，但那个侧面他有似曾相识之感，不能准确辨别。难道是……刘乐？

就在秦宇翔停职一周后，一场针对南宁地区毒品的严打正在紧锣密鼓地展开，他被自治区公安厅组织的特别行动组紧急召回。

（二）

“天气预报说，明天降水概率百分之五十，是带伞好还是不带伞好？”

“从未雨绸缪的角度说，晴天还是准备一把伞比较好。你怎么知道哪块云层会下雨呢？”

CCTV六频道正在重播冯小刚的电影《手机》，美新公司经理乔安东晚上七点多才坐下来吃晚餐，难得回家吃一次晚餐，他老婆吴妮要给他做点好吃的，被他拒绝了，现在摆在桌子上的无非是一碟炸花生、腌制的萝卜皮和刚刚在南宁流行起来的新疆大盘鸡。“东哥，明天天气预报有雨，记得带伞。”老婆总是细心又贴心的，但乔安东始终还是有外心，无心地回答老婆的问话：“小事小事。”

手机里又有短信打来，他猜是女秘发过来的，不用看也知道，无非是催他赶紧从家里出来陪她的话。乔安东就是那种“家中红旗不倒，外面彩旗飘飘”的男人，不过，他对吴妮还有一点敬畏之心，他们属于患难夫妻。他没有急着看短信，坐在儿子和老婆中间，满满一张桌子上都是一个很和睦的家的感觉，他不想被一条短信打破。

没多久，短信又发了过来，振动的声音很大。儿子忍不住提醒爸爸：“爸爸，你的手机在振动。”

他依然没翻开看，而是故作镇定地说：“吃饭，吃饭，有什么事比吃饭重要。”

吴妮夹了个鸡块给儿子，说：“多吃点。”

他马上把鸡块夹了回来，有点生气地说：“太胖了，要给他多吃青菜，你总是惯着他。”

他吃完了，去了阳台。身后留下老婆在劝儿子多吃蔬菜的声音。三十二层的复式高楼，空气很好。夜，带着魔幻的现实主义色彩。如果你在意，往往无功而返，如果你不在意，它便在你睡着的时候，打开它的魔法，带着你一起环游世界，夜夜笙歌，把威士忌当水喝，吸引各式型号的情人，过着实验性的生活……

他突然想起短信的事，让他想起漂亮的女秘。她总是可以送来一股淡淡的午夜飞行香水的味道，这种东方香型，少了来自世家贵族特有的奢靡气息，多了自由的梦想和对未知的世界强有力的摄取的香味，柔软的声音，若无即有，最动人。他深深地吸了一口气，把手机拉到短信一栏，不看不要紧，一看，脸色顿时煞白。

短信里连续写着几个字："走、走、走、走。"

这是通知他东窗事发了，要他逃出中国。他脑子反应很快，几套出逃方案迅速在头脑中制定。想好后，一连几个电话拨了出去……

晚上，躺在床上，吡吡作响的香精灯把屋子照得阴影深沉，吴妮把面膜贴在脸上，像个鬼一样，她看出乔安东身上有一种不同往常的心事重重，让她极为不安，她无心覆膜，扯掉了，问："东哥，公司有事？"她压根儿不知道乔安东利用化妆品贩毒的事，更不清楚，乔安东已经在南宁铺开了一条密密麻麻的贩毒吸毒网。

乔安东额头上渗出了汗，愣愣的、呆呆的，全然没有了往日机敏的模样。吴妮更是急了："快说，你急死我了，出什么事了。"她嘤嘤地哭了起来："我们破产了吗？还是摊上什么经济案子了。东哥，你放心，不管怎么样，我跟儿子都支持你。"

乔安东："我们美新公司让公安局给抄了。这么多年惨淡经营的家业，全没了。跟人合作的夜总会、美食城，还有一条街……我们马上要离开这里。我就知道，那种钱不是那么好赚的。"

吴妮抹了一把眼泪问："什么钱？你干什么了？你要吃官司吗？"

"岂止是吃官司，要出人命。"

吴妮害怕地箍着他的脖子："为什么，你犯什么事了？"

"你不要知道更好。"

"行贿受贿？被人告了？东窗事发？……你杀人了？"她用力搂着他，他被搂得有些心烦便抽身坐起来。吴妮在他背后用双臂环绕着抱着他的腰，死死不松手，说："不行，你不能走，这些年你有太多秘密没有告诉我，东哥，你不知道我和儿子多在乎你吗？我们可以没有钱，但不能没有你。"

三月是残忍的季节。

拉丁文里的"死亡"意思是"到多数人那里去"。当乔安东的毒品世界被一网打尽的那一刻，他逐渐意识到"死去"仅仅是这种另类生活的同义词，他太沉迷于毒品带来的金钱享受了。一种欲哭无泪的感觉侵袭全身。"我完了。"

"先别说完不完，你能把命保住就万幸了。警察肯定现在在到处在抓你？！"吴妮不敢肯定地、带点疑问式地说了这句话，结果，乔安东点了点头，看到乔安东点了头，吴妮顿时意识到这事情没那么简单，关乎老公的生死了，她惊出一身冷汗。"你杀人了？"

乔安东生气地说："我没杀人，我没杀人！……是毒品。"

"贩毒！你们公司贩毒！从越南，利用化妆品进出口贸易从事贩毒，对不对？"吴妮快速地把公司的生意跟毒品联系在一起。

乔安东不得不佩服女人的第六感。他又点了点头。他的第二次点头，让吴妮彻底崩溃了。她不由地冲乔安东大吼："你在找死吗？！你活得不好吗？我们什么都有了，你还缺什么？！是不是她，是不是她让你做的！"

"你说什么呢？"

"你那个女秘书！别以为我不知道你们的事，这几年她来了公司之后，你就变了，变得贪得无厌，变得目中无人，变得不可一世，你以为你是谁！你想驾驭你完全驾驭不了的东西，贩毒是什么人干的？！那是黑道白道通吃的人才干得了的！你呢？你不过是这天底下的一只小蚂蚁，跟平头老百姓一样，我们只能是靠自己的双手赚一碗饭吃的普通人。"

乔安东一串眼泪流了下来，后悔自己不该走上这条不归路。但事已至此，已无挽回的余地了。他懊丧地说："我对不起你们，放心，如果是死路，我自己走……我给你们留了笔钱……"

没等他说完，吴妮狂吼："不要说！不要说！如果你已经没有活下去的路了，那我跟儿子怎么办。”

儿子还不知道发生什么事，看见爸妈的异常举动，也冲了进来，三个人抱头痛哭。

（三）

汽车穿过南宁凌晨冷清的街道，路灯依稀，星月宛然。一辆幽灵一样的标致跟着前边那辆仓皇鼠奔的白色宝马，驶过一条条大街和小巷，一直开上了去往机场的桂北高速公路，很快就把南宁的星空甩在了身后。

沿着桂北高速公路向海的方向行进。当天色泛白，浓雾散去，前面的白色宝马便离开高速路向机场方向驶去。当东方天际出现了一片华丽的红晕时，他们驶入了一片望不到边际的像滩涂一样的盐场。汽车顺着一条冻土小路颠簸着向盐场的深处开去。两边是井字形的一畦畦整齐划一的晒盐池。冬天的土地是黑色的，除了偶尔能看到一两堆小山一样的盐堆在远处被晨曦点染着，泛出一些娇柔的粉色外，整个儿滩涂只能看见几片匍匐在黑土上的白亮亮的冰碴。

此时的视线所及，除了前方不远出现了两辆轿车之外，竟再也见不到一个人影，前方出现的那两辆汽车因此而给人几分神秘和恐怖。伏击在机场附近的侦察员说：“他们来了！”声音中显然透出一丝紧张。那两辆汽车已经停了下来。这是一处晒盐池之间的空地，从远处飘来的阵阵腥气中，可以衡量出大海的距离。两部车里的人几乎是同时拉开了车门，这时候伏击的大队警察围攻了过去。“乔安东”和他的两个下属还在往机场旁的绿地亡命奔逃，随着几声枪响，他们最终被逮住了。

刘乐还留在车里，他紧张地数着对方的人数，观察着整个场面，右手紧紧地在下面握着枪柄。

这是秦宇翔在停职之后，第一次被组织允许参与的抓捕行动，在完成抓捕任务的同时他一直在观察着刘乐的神情。抓捕回来之后，经确认，果不其然，真正的乔安东跟他们玩了个“金蝉脱壳”，乔装打扮的乔安东已经坐在去往加拿大的飞机上了！

此时的乔安东望着窗外蓝天如海，白云朵朵，只是因为一夜未眠，他的身体一下子像病了好几年的人一样，连头发也有些花白了起来，事实上，在他逃离南宁，上了飞机之后，他曾经无数次在短暂的梦里战栗着，即使那梦里混杂了刀刃一般凌厉的恐惧和孤独，以往的不可一世和一往无前的欲望，此时都被惶恐控制着、切割着。他一次次地梦到自己的身体被毒气包裹，一双双绝望的眼睛躲藏在其中，随时要被这些目光吞噬。

发给他预警短信的，正是“刘乐”。

缉毒大队所在地是坐落在丛岭市城中村的一片平房。日头升起不久，淡蓝的薄雾在风中拂荡着，在平房后面的山上，每到春季就会长起郁郁葱葱的草，当地的村民赶来了牛群，放牛的都是些老人家，汇成了一群，秦宇翔看着他们执着牛鞭撩拨着晨霭中的雾气，觉得有趣可笑，叽叽咕咕地偷笑着。

在山上，牛儿们静心吃草，尾巴悠闲地扬动着。丁队也坐在山石上，眯缝着眼看山下仅存的城中村，有时也看着那条蜿蜒的小路和隔了不到十米远的丛岭大道，看着连绵的远山和柔和的日头，不知他在想些什么。

这一天，阳光和煦，参加过省厅特别行动组的成员将小组成员的总结会开在了后山的山石旁，这不像个正经八百的会议，倒颇像几个邻居茶余饭后的小坐。在秦宇翔的感觉上，与自己原来对公安机关森严不苟的想象，谬之千里。秦宇翔坐在刘乐的旁边，自从楚芯给他看了那个侧面脸，他现在怎么看刘乐都觉得刘乐就是《无间道》里的刘德华。以往关于刘乐的一切，对秦宇翔来说都是混色的，颜色也都是灰暗低调，他们接触并不多，许多画面因频繁切换而支离破碎，他甚至想都想不起来，而就这么一个本来在秦宇翔眼中毫不起眼的、看似单纯的小人物，突然变得无法看透，他一下子不得不服气人心之复杂。偏偏刘乐还是那个平凡的小人物样，在他的生活和工作中，没有任何破绽可言，所以，秦宇翔很清楚，像刘乐这样一个人物，你绝对要屏住呼吸，盯住他的任何举动，这样才能抓住有关他的任何一点剧情，抓住了就是你赢，否则，就是他赢，而且，他会赢得很漂亮。

他故意晃荡着样儿，不经意地问："刘乐，买新表了？"

刘乐："老婆送的，我前阵子的生日。"

"生日也不请哥儿几个聚聚，可怜我还惦记你的蛋糕。"

"谁爱过那生日，过一年老一岁。"

"有得过就过，干我们这行的，还怕哪一年哪一天过不了呢。"说到这儿，秦宇翔发现刘乐神色有些变化。

丁队打断了："翔子，你说这叫什么话，我们这行怎么了，为人民服务！"

秦宇翔赶紧敬礼："是！首长，人民的利益高于一切！"这时，他听到刘乐嘴里小声地嘟嘟了一句："只要关键的时候不掉链子就算为人民服务了。"

对于乔安东的案子，刘乐认为这里面很可能是我们的线人有问题，有些线人为了生计黑白道都给情报，两边不得罪。这话被丁队严厉反驳："这个线人不是你们所能想象的线人，确切地讲，他是我们公安队伍培养的忠诚战士，他政治坚定，立场可靠，为缉私事业屡建奇功，可以说是编制外的克敌能手。"

刘乐："那为什么不直接纳入公安队伍算了？"

"有很多原因，也是我们特殊战线的特殊需要吧。"

秦宇翔："是我们的卧底吗？"

丁队吸了口烟："不是。他很特殊，不要说他了。"

会后，丁队把秦宇翔叫到办公室，再次提出了他心中的疑惑："你觉不觉得乔安东这个案子有我们的人的影子在从中作祟？"

秦宇翔佯装不知："不会吧，都是无产阶级队伍中忠于祖国、忠于党、忠于人民的公安战士。"

丁队起身在他头上给一个响槌："说正经事！这次的抓捕为什么会在最后一刻出现主犯外逃……我们那天在接到线报之后，抓捕时间、抓捕地点都是到最后一刻才确定的，当时，只有我们四人在场，公安调兵也是我们四人同时行动，公安那边不知道我们抓捕的是什么人物，而且警察加入我们的整个行动前后不过一个小时，一个小时乔安东能飞了？所以，如果是公安那边有问题，根本来不及，除非是我们四人有问题，你、我、刘乐和钟可，才有可能在去公安之前通知到他，他有一个晚上的时间准备，足够了。”

听到丁队也对内部起了疑心，秦宇翔马上把嫂子家里每隔一段时间会收到一笔钱的事告诉了丁队。手机中翻拍的“送钱人”的侧面照更是引起了丁队的重视。丁队严肃地批评秦宇翔：“这么重大的事，楚芯和你居然不报告！不反映！不请示！把组织当成什么了？！你们太目无组织、目无纪律了！”

“按你的意思来做，这张照片还有机会能拍得到吗？这个送钱人有极强的反侦查能力，你又不是不知道。而且……”秦宇翔压低了声音，嘀咕了几句：“我怎么知道你可不可信？”

“说大声点！”

“我说的是：怀疑一切！”

丁队虽然很生气，但也默认了秦宇翔的说法。这时候，欧阳若萱敲门进来了。她一脸激动和兴奋地问：“听说你们逮了个大毒贩子，在南宁的叫乔安东？”

的确，为了迷惑乔安东，丁队要求媒体放风出去，就说乔安东已被抓捕。丁队点点头。欧阳若萱：“这个人我认识，我以前是他的下属，我在他那里实习过，虽然很短，但对他们公司和人员还是比较了解的。”

秦宇翔马上知道欧阳若萱要说什么了：“没你什么事。”

欧阳若萱接着说：“你知道狡兔三窟吗？哼，雁过留声，马过还留屎呢！我打听过了，美新公司总部还在老地方，乔安东的办公室也在美新公司的总部，你们肯定已经抄过他的办公室了，只是他的办公室你们什么也找不到，嘀，你们也肯定料不到他有一个移动硬盘，他的移动硬盘放在他女秘书娜娜的办公室里，他这个女秘书跟他有好几年时间，此人美艳狡猾，是个正宗地道的美女蛇。”

三天之后，有了欧阳若萱的线索，已被抓捕的娜娜心理防线被迅速攻破，秦宇翔取得了乔安东的移动硬盘，利用解码技术，调出了大量有用的资料。从这些资料里，越来越多的线索指向了香金雄的贴身保镖安弟，很有可能，筑起乔安东在南宁这个巨大毒品网络的背后人物就是安弟。经过进一步的调查，安弟正是乔安东那位在越南生活的表叔的儿子。

那，谁是安弟巨大的毒品来源呢？只有香金雄。也就是说，经过南宁地区的毒品严打，翻出了乔安东，也翻出了隐藏在这个地区身后的毒枭魔影香金雄。

——香金雄贩毒集团的大尾巴已经露出端倪！而且，乔安东的贩毒路子一旦被破坏，新的贩毒通道就要被重新开辟。为了确保稳、准、狠和执行过程中的万无一失，梁处长、丁队对全局进行了重新布局和规划。一张已经拉开的大网在针对香金雄贩毒跨国集团逐步进行收网计划了。

（四）

这天下午3时许，秦宇翔获得一条可靠消息，说是阿男在“HOTEL”银座秘密接见一对讲云南口音的男女，45分钟后，这对男女匆匆离开丛岭，乘坐一辆红色出租车驶往郊外东南石星子山方向。秦宇翔心花怒放，他认为这两人肯定是为开辟地下贩毒通道前来投石问路的。他不敢怠慢，立即化装成一个满脸络腮胡的莽汉，然后从苗寨酒家，拦了一辆的士在市内转一圈后，接着乘上另一辆的士朝丛岭东南方那片原始森林飞驰而去……

其实，阿男确实不知道那位供货给他的“大姐”已在郊外那片原始森林里建立了地下贩毒通道，秦宇翔跟踪发现的那对男女，就是“大姐”派来告诉阿男有关地下通道这一消息的。“大姐”将地下贩毒通道设在石星子山里，是因为这里是越南与广西分界山，大片原始森林，地势复杂，只要选择的位置隐蔽，从仑河对岸上了石星子山，再将毒品贩入广西境内就会更加得心应手。

阿男迅速把消息报给了集团总头领香金雄。虽然香金雄布线多条，但始终只有乔安东这条线通过化妆品带货最为隐秘，走货量最大，且风险小，这一两年赚足了钱。那些利用人体走货的，在边防和缉私力量的打击下，已经急剧减少，所以，乔安东一出事，对他中国毒网建立的打击巨大。这次，重新对接上外国贩毒力量开设新的贩毒通道对他来说真是雪中送炭。

第十三章

——信仰？就比如爱情。一个男人原本很痛地爱过一个女人，接下来他发现 还会遇到其他的女人，慢慢地，靠近某个女人成了男人的一种习惯，一周，还 是一个月，总之，随着环境的变化对女人的需求也在变化，想要的爱情成了一 种习惯，这太可怕了！……信仰也是这样！

（一）

早晨，跟踪了一晚上的秦宇翔冲完澡出来，边用浴巾擦头发，边翻看手机。欧阳若萱从厨房端着水果出来，插了根苹果肉放进自己嘴里，笑着对他说：“你也有今天，谁让你老说我们记者站条件差，现在轮到你们公安宿舍也停水停电了吧。”

“你们停水停电是纯属意外，我们就不一样了，那叫支援地方。”

她笑了笑：“凭什么？”现在的欧阳若萱正处一个无以言状的过渡期，像是漂泊在一条河的中央，河的两岸，一边是纯情的过往，一边是执着的现实。她在水面上踟蹰，被秦宇翔的情感世界包裹了进去，仿佛目前的这种生活就是应该如此的，没有力量对之产生怀疑。的确，在与韩岩分手后的日子，是秦宇翔使她在持久的麻木中感受到那么纯洁的美，感受到清新，感受到健康、朝气和一种未被修饰的倔强，一种毫不做作的浪荡和粗野。而欧阳若萱的完美也给了秦宇翔从未体验过的激动和向往，让他惊喜地意识到当自己一直冷藏在无意识中的那种激情一旦被发掘和释放，它所焕发出来的能量，无人可以阻挡，包括身边的任何人，也包括他自己。

此时的欧阳若萱穿着一件短袖的套头衫和一条青灰的牛仔裤，发际上不知道从哪儿沾满了露水，一副像是从将要散去的晨雾中赶来的样子。他对着站在窗帘边的她露出灿烂的笑，这笑容在薄雾的清晨显得格外单纯。他俩接吻了。

似乎就是吃了水果之后，欧阳若萱胃里有一些不舒服，胃像着了魔一股翻江倒海起来，赶紧跑到厕所吐了起来。吐完之后，她看见镜子里的脸，触目的惨白，眼圈围了一层黑晕，她想起昨晚跟香晓青在 KTV 相处的一点一滴，心存疑虑。秦宇翔关心地问了好几遍，她没有说出来，只是简单地把这种呕吐归结为前一晚上回来时受凉了，秦宇翔也没有继续问下去，说：“做个女汉子有什么好的，一点也不温柔，连生病了都还要硬顶着。”

欧阳若萱急了：“还不是为了你们的革命任务。哼！”话中有话，秦宇翔赶紧问，欧阳若萱被逼来逼去，终于说出来了。原来，前不久，她利用采访香晓青的机会，把丁队交给她的窃听器塞入了香晓青办公室上的那台座机里，心中窃喜之余，晚上还找香晓青一起吃了顿饭，后来，两人喝了点酒，之后，她为了走近香晓青，又以采访为名，约香晓青出来一起喝过好几次酒。今天一早起来，胃就不舒服了。

秦宇翔：“这个老丁，他的人生只有一件事，就是缉毒！”

“我挺愿意做的。谁让我是你的革命同志呢。”

“貌似因为我的原因？”秦宇翔听到这话挺开心的。

“也不算吧，因为……你们这一类人。”欧阳若萱说了实话。的确，欧阳若萱比起秦宇翔来说似乎有更多的英雄情结，而秦宇翔只为了想做成一件事，找到凶手，他看得更为实际。

秦宇翔说："你有英雄情结，从这点来讲，你比我更像我的哥哥，看来，他对你的影响很大。"

"你归结为英雄情结的这个东西在我这里通常会被说成是无聊。"

"据说人类行为的动机可以分成三种：希望自己快乐，希望他人痛苦，希望别人快乐，分别概括为利己、恶毒、同情。"

"那你对我，现在是哪一种？"

欧阳若萱想了想："只能选同情。"

秦宇翔笑了："某一天，有个朋友叫我喝酒，他说他失恋了，他让我约那个女主角出来，我叫他冷静，其实也是叫我自己冷静。我想每天都会 TMD 的死很多人，至少今天我们都还活着，我们喝酒叙旧而且表情生动而且眼神婉转而且情感丰富而且心思细腻。在我看来，这就 TMD 很幸福。"

欧阳若萱附和："对啊，你一直很幸福。"

秦宇翔张开怀抱："当然，有你在，我就很幸福，来，过来，我这里永远有敞开的怀抱。别假正经了，到了咱们这个年纪，就是真的有英雄主义存在别人也以为是装的。"

"你现在还相信信仰吗？"

"信仰？就比如爱情，一个男人原本很痛地爱过一个女人，接下来他发现还会遇到其他的女人，慢慢地，靠近某个女人成了男人的一种习惯，一周，还是一个月，总之，随着环境的变化对女人的需求也在变化，想要的爱情成了一种习惯，这太可怕了！……信仰也是这样！……现在很怀念我刚刚毕业的时候，那时候，人都单纯。"

"英雄人物是有的，但是少数，而且是在特定的环境下和特定的条件下产生的，如果你不处于这个环境，不具备这些条件你无法做到，如果硬要去模仿，那根本是哗众取宠。"欧阳若萱说完，胃里又一阵泛呕，一阵呕吐，直吐得昏昏欲睡，全身还有些发冷。秦宇翔由不得欧阳若萱硬撑着，立即把她送往医院。

医院的检查报告出来了：欧阳若萱的尿检呈阳。

“我怀孕了？”

“真实的情况是……你吸毒了。”医生严肃认真地说，“当然，也有可能吃了其他药品导致尿检阳性，回忆一下你最近有没有吃火锅或者卤制品，有些不良商人在里面添加罂粟吃了也会是阳性，此阳性非彼阳性，你能明白吗？。”欧阳若萱震惊得说不出话来。

回去的路上，秦宇翔问她：“想想，你最近是不是吃了添加罂粟壳的火锅？”

欧阳若萱不承认。她对自己这段时间的事前前后后想了个遍，自言自语道：“难道是她？”

“谁？”

“香晓青。”

（二）

闻香识女人。

香晓青的房里弥漫着香精的气味。她向韩岩的身上匍匐过去，两条胳膊正好绕着韩岩的肩膀，将自己身体支撑着与他保持一些距离，这让她看上去像是在做俯卧撑，也像是在韩岩身体的上方搭起一顶帐篷。韩岩本能地将她向自己的腹部拉。这时候，电视打了开来，一些少儿不宜的画面浮现出来，然而却是似是而非的，点到为止的，韩岩的脑子里只在乎一种情绪，被那种情绪拉扯着，无法回到现实。香晓青在他的身上挺立了半天，越往后越有一股无聊的情绪生出来，最终也无心力了，一切似乎不是她所预计的那样，只好作罢。

韩岩突然有种饥饿感，拍拍睡在一边的香晓青说：“吃点东西吧。”

听到吃东西，香晓青的胃像涨潮一样地泛起了酸水，酸得连整个嗓子里都是，她好久没饿感了，胃里的东西巴不得快点消化掉。

“去吃夜宵吧。上次那家‘蚬皇王’就不错。”韩岩道。说完他就从床上起来了，在黑暗中，脱光了的身体依然很有型，衣服和肌肤在干燥的空气中摩擦出一串“噼啪”的静电。

香晓青想起海鲜的腥味，怎么也止不住恶心的感觉，来不及冲到厕所在厕所门旁就吐了出来，吐完一阵眩晕。韩岩赶紧把她抱上了床，叫保姆上了一杯温水。这时，韩岩收到一条短信，是秦宇翔发过来的：“欧阳若萱出事了。她找过你吗？”

韩岩躲到阳台回复道：“没有。出什么事？”

“明天见面聊。”

这城市是有个大钟楼的，据老人家说：以前这个古老的大钟几十年如一日，15 分钟响一次，正点报时前还放一段音乐——英国歌曲《威斯敏斯特》，多年不移。对于生活在长堤一带生活的老人来说，大钟楼的钟声，就是生活起居的计时器。因为当年身上有表、家里有钟的人极少。当年大钟楼还是丛岭的最高建筑，加上那时的仑河的江面比现在宽得多，钟声在数里之外都听得清清楚楚，更有不少人干脆将钟声当作约会的信号。现在一张钟楼的门票要 15 块。

韩岩来到这城市的第一个出租房就安在大钟楼附近，他受够了大钟楼的声音污染，钟大声音大，住的地方是七拐八拐的小巷子，没办法，自己去买了副隔音耳塞戴着。现在住高档小区久了，还真有点想那个地方。走在大钟楼附近的路上，狭窄的街道被两边老树掩盖，老树后面，是一栋栋看上去并不十分漂亮，但都刻着岁月痕迹的破陋小楼。他现在还会一大早去苗寨茶楼喝喝早茶，然后步行经过大钟楼，耳边传来小鸟的叫声，居民起床刷洗的水声，还有小巷里响起的单车铃声，生活了三四年了，这城市对于韩岩来说，已经是近乎故乡的感觉了。

他和秦宇翔约好，就在大钟楼附近的一个早茶馆子见。在韩岩的心里，不知道从什么时候起秦宇翔的名字总是和欧阳若萱的名字平行在一起，容不得半点虚构，也不是他自己的杜撰，就是事实的一种存在，这让他很不舒服。感情是什么？它在生活里只是一种点缀，一旦遇上时间机器，它总是最先被牺牲掉。所以，在早茶馆子韩岩第一眼看到秦宇翔的感觉是：又见桃花源。

城市早茶馆很闹，大人小孩吵、杯盘碗碟闹，个个都是被走在时代前沿的生活滋养得很好的样子。桌子上摆满了韩岩事先点好的各式茶点。秦宇翔来了，一看："哇，想撑死我。"秦宇翔眼里的韩岩似乎除了衣服高档了很多，一切还是老样子，依然对他不冷不热的，神情上更是多一层恍惚。

韩岩没有跟他做多余的寒暄，直接问起欧阳若萱的事。秦宇翔如实回答："她被迫吸毒了，是香晓青在酒里多次下了毒品，可能是香晓青知道若萱在她的办公室搞窃听。"

"你确定？"

"我们带她去了医院，尿检呈阳性，她的状态很不好，昨天发现失踪的，她在记者站的宿舍里留了张字条，说她想休息一段时间，叫我们不要去找她。"

"那你来找我干什么？"

秦宇翔笑道："不聊欧阳若萱，我们还可以聊聊别的嘛，比如说生活，或者理想，我们好长一段时间不见了，想看看你过得怎么样。"

"我很久不聊这些了……当然，像你一样，偶尔也会想想。我曾经把理想和现实分得很清楚，可是当以为一辈子会陪在身边的朋友某天某月突然都不见了，当午夜醒来发现从来只有自己一个人，当所有爱好简单到只有睡觉、睡觉和睡觉，当想打麻将混日子又发现麻友们全在忙的时候，当害怕过生日害怕别人说自己成熟了不漂亮了脸上长痘了害怕上不了 QQ 玩不了游戏，但泡在网上又不知道干什么的时候，现实就已经把我的理想分解得支离破碎了。"

"那么你还对爱情有信心吗？"

"爱情光靠信心有什么用，既赚不来婚姻也赚不来未来。"

"一点退路都不给自己吗？"

"有退路，怎么会前进？"

“那么若萱呢？”

“若萱……和所有地球上可能发生的爱情一样，我们在一起只是因为相爱。可是，有时候就是这么奇怪，最简单的逻辑往往最容易产生歧义。还记得那首歌吗？爱了就爱了，忘了就忘了。”

“看来，分手后，你心情调整得挺不错的。”

“心境安然胜过良药，心境可以把地狱变成天堂，也可以把天堂变成地狱。”

秦宇翔冷笑了一下：“你可以做哲学家了。”

韩岩也冷笑了，自嘲道：“一个人没有了向往，还哲学个屁呀。”

时间过得很快，随便聊，三言两语的，韩岩往嘴里送了一口粥，又提到了欧阳若萱：“她是初期，应该很好治，这玩意儿不能陷进去。”

“那你为什么偏偏陷进去了？”刚说完这话，秦宇翔马上当作没说什么似的，紧接着说，“我会帮助她。你说她会去南宁她自己家吗？说说你的想法，我要去找她。”

“朱阳！她的一个闺密。”

要的就是这个，得到这个线索，这顿尴尬的早茶算是成功的了，秦宇翔心里大舒一口气。

他向队里打报告要求回南宁，正好顺便摸摸乔安东的动向，丁队答应了，还让他去找那个神秘的线人，碰碰头。

（三）

那天，当欧阳若萱背着大背包出现在朱阳面前时，着实吓了朱阳一跳，来龙去脉一说，然后再来一句：“现在只有你能救我了。”更把朱阳吓坏了，好半天才回过神来。朱阳马上把欧阳若萱安顿好，把自家待出租的一间一房一厅的房子收拾了一番，让明显体弱很多的欧阳若萱住了进去。

两人选了一家酒家吃晚餐。吃饭的时候，朱阳不安地问："吸毒不会传染的吧？"欧阳若萱苦笑道："不会。不过，听说一起共餐的话，会传染。"

朱阳笑了："讨厌，那就先毒死我吧。"

"来点小酒吧，这么久没见面了。"

"你行吗？男人喝酒是说明他们的强大，女人喝酒，是为了武装自己的弱小。你不会是对自己戒毒没信心吧？"

"单挑。"

听她这话，朱阳来劲了，又要了一瓶，服务员拿来了，朱阳又叫退。欧阳若萱很疑惑："怎么了，怕我酒量不行。"

"不是……"

"噢，担心花钱呀？"

"……不是。"

"担心开车？"

朱阳说："心疼你。"

欧阳若萱愣了，一行眼泪流了下来。

洗手间的镜子照着她，像个魔鬼，头发是散乱的，脸色蜡黄，皮肤如干草，着实吓了她一跳。她有些东西没有告诉朱阳——她决定来朱阳这里之前，她有过一番挣扎。

那时，当知道自己被吸食了毒品之后，她突然很想了解毒品的世界，想打开它的神秘诱惑。她极力地回想她所看到过的那些吸毒者吸毒毒品的画面，甚至打开网页搜索各种毒品的吸食方法。然后她装作一个很有经验的瘾君子一样，走进了丛岭的"劳动街"。

她还记得一年前她跟着玉勤来到这条街时见过的一个女孩，叫溪溪？西西？或是希希？她打听这个名字，以为能凭着名字很快能够找到，结果，这条街那些衣着短小，性感妖艳的女子一下子不知道从哪儿消失了。她身上那种极不舒服的感觉又开始了，走路都有点不稳，胃里翻江倒海，吐了几次，连黄胆水都吐出来了。还是一位老人家见她这副失魂落魄的模样才给她指了指路，用她听不太懂的当地话说："那条巷子里有货。"

她掏出了所有的钱，差不多有一千块，才拿到一小包的粉末。其实，她这第一次在劳动街上买到的白粉，不过是少量的海洛因和大量的面粉掺和而成的次品，值不到二百块钱。

从劳动街回来，冒着虚汗的她，哆嗦着打开纸包，从厨房找来一只可乐瓶的瓶盖，从纸包里倒了一些白粉在那铝制的瓶盖里，然后用筷子夹着，用打火机在下面烧，烧出一些青烟来，她学着吸了一下，接着又吸了一下，最后一缕不漏地全吸进了鼻子里。这是她在电视里见过的方法。

那一晚上她间隔很短连吸了两次，才觉得稍微舒服了些。

她靠那包被大大稀释了的白粉只坚持了三四天，就又回到了痛不欲生的边缘。每天不但要和毒瘾做殊死搏斗，还要竭力躲避人们的注视。她只能藏在厕所、树林和一切无人可及的肮脏角落里，忍受着涕泪交加、四肢奇痒，甚至万虫啮心的疼痛。每天晚上，她都不在记者站的宿舍里留宿，而是一个人找一家残破不堪的旅社，躺在床上独自呻吟。那些天她害怕见人，害怕别人问她为何消瘦，为何苍白，为她总是一副睡不醒的样子，不去采访。她每天苦思冥想的，只有一件事，就是要怎么乔装打扮、掩人耳目地去到劳动街找那个枯瘦如柴的男人买白粉。

她不止一次地为自己、为韩岩痛哭过。"原来韩岩就是这样子陷进去的，我知道了，我终于知道了。"

不过，欧阳若萱不是韩岩，凡事不过三，她没有再买过第三次白粉。毒瘾发作时，她告诉自己，就是立马死掉，也不会再去劳动街！谁也不知道，在决定来南宁找朱阳之前，她经历了怎样的毒瘾阵痛。

她发现毒瘾不是三五天可以戒掉的，所以，她像当时的韩岩一样，决定独自躲到一个地方去戒毒，她选择了朱阳，是因为朱阳会为她保密，在必要时可以给她帮助，在心理上也可以得到一定安慰。她现在完全理解了韩岩的心路历程，她就是要戒给韩岩看，戒给秦宇翔看，戒给所有人看！只要心存希望，毒是一定可以戒掉的！

秦宇翔来到了南宁，他没想到他要见的那个被丁队说得神乎其神的卧底，居然是一个身陷戒毒所的瘾君子，而且比他想象中要年轻很多——他想，一个生经百战的卧底怎么也应该是个两鬓斑白的中老年人。可是，出现在他面前的那个人，模样顶多也就三十刚出头，只是出奇的瘦。

唯一跟其他戒毒者不同的是，他有一间自己独立的房间。

“知道你来，我做了点香肠烩饭。吃点吧。我现在不太方便。”那人转过身换上了干净的T恤。秦宇翔注意到，他换下来的旧衣服上有血迹。

“我在这里算是老人家了，资格老，年纪大，叫我老瘪吧……我以前就很瘦。”

房间里还有一副西餐用的刀叉，更让他的身份显得不寻常。“你以前是老板？”

“老板、董事长？说出来你可能不信，我只是一个品酒师。”他翻开一个木箱子，从里面拿出了一瓶红酒，“只剩三分之一了。”他将剩下的红酒倒入两个杯子，酒瓶正好空了，“为我们相识，干一杯。”

两只酒杯发出轻轻的碰撞声。秦宇翔忍不住问：“你怎么吸上毒的？”

老瘪给他讲了一个故事，说的是一个刚毕业的警察以品酒师的身份深入毒潭，由他发出的线报成功破获多起惊天大案，战功显赫，而他自己却因为各种原因也吸食了毒品，成了名副其实的瘾君子，从此，他的生活再也回不去了；一方面为了掩护他，一方面也是工作的需要，他经组织批准选择了戒毒所作为长期生活的地方，在这里他可以获得大量其他场所掌握不到的信息，为组织贡献许多有价值的线报，由此，戒毒所也就成了他的人生新战场。

“看您的表情，像是卸下了千斤重担。”秦宇翔问。

“这里比外面轻松。很多东西都离我远了，比如，有关情义、有关争斗、有关隐藏……别小看‘藏’这个字，它会让你失去一切。我现在还在藏，不过，是我心甘情愿的。藏久了，不藏，就觉得没法见天日，所以，有时候，一觉醒来，都不知道自己是谁，是人还是鬼……”他笑了笑，“人一旦熟悉了不人不鬼的日子，想做人做鬼，反而很难。”

秦宇翔想起了哥哥：“你认识秦宇飞吗？”

老瘪盯着他看，不禁叹了口气：“我们是一样的人，只不过，他死了，而我现在还活着。你是他的……弟弟？”

秦宇翔点点头。

“杀他的那些人，迟早也会来杀我，所以，我必须比他们快，不，是你必须比他们快，错了，错了，是我们，是我们必须比他们快。”老瘪说最后这句话时，竟流露出近乎猛虎下山般的眼神。

是这样的，所有的正气都必须奔跑在邪恶的前面，比它们更快，才有可能取胜。

秦宇翔含着一口红酒，鼻子用力吸了一口气。窗边半点着鲜花，窗外正是亚热带气候的夜景。

欧阳若萱会比老瘪好一些吗？快一些吗？他心里着实放不下。

秦宇翔先跟朱阳联络上。是朱阳把他带到了欧阳若萱的住处。从窗子里刚见到她时，鼻子一阵发酸。朱阳告诉秦宇翔，欧阳若萱没有借用任何药物，只是在用自己的意志力把自己关起来戒毒，她相信一切药物只不过是辅助，只有靠自己发自内心的强大意志力才是治病良药。所以，欧阳若萱看上去非常虚弱。房间里有一副手铐，朱阳说：“每次毒瘾要发作时，她就自己拷着自己……她只吃白米饭、蔬菜和牛肉，不吃别的，而且只喝白开水，我会给她熬中药……有半个月了，没出过门。不过，看来，效果很好。”

见到秦宇翔的欧阳若萱如获新生般地跟他紧紧拥抱着。

欧阳若萱没有马上回丛岭，而是让秦宇翔一个月后来接她。秦宇翔信守承诺，一个月后把欧阳若萱接回了丛岭。他见的欧阳若萱是这副模样：戴着黑框眼镜、穿着明显宽大的运动衫、牛仔裤，打扮毫无女人味，但是，看到她展开笑容的样子，他知道，她重获新生了。

重获爱情又重新恢复了健康的欧阳若萱到丛岭后，一下车便直奔他俩以前常吃的那家河粉店。两个人都没有过多的言语，只是在吃河粉时，欧阳若萱再一次被煮得恰好的河粉那种嫩滑的口感触动了麻木的味蕾，吃着吃着，就被热泪遮蔽了眼睛，在她的嘴里，眼前的这份牛肉河粉比记忆中的更加鲜美，她的舌头上像流淌着酸甜苦辣一般地流淌着那些备受毒品折磨的艰辛岁月。

秦宇翔把欧阳若萱病愈回来的消息通过短信传给了韩岩，但是迟迟没有收到回信，他想，也许韩岩果真不再牵挂欧阳若萱了，这也未必不是一件好事。

（四）

其实，欧阳若萱回来的这天，正好是韩岩在去往南宁的路上，华鑫合资公司派他去西安参加一个国际会议。他丝毫不知道香金雄指使安弟在他的手提箱的底层里放了满满一层的海洛因，这次会议本身对华鑫来说并不重要，重要的是，华鑫的董事长应如海的合伙人将在这次会议上跟韩岩交换皮箱，而且是在电视直播中直接进行。也许对于贩毒者来说，最危险的环境也是最安全的。

没有不透风的墙，韩岩刚离开丛岭不到一小时，有人发现香晓青便匆匆开着保时捷出门了，向105国道急驶而去。一辆豪车的飞奔，不免要引得路人驻足侧目。保时捷开出去没多久，香金雄就叫上安弟坐上了他的宾利追了上去。他没想到女儿对此事反应会如此强烈，他以为一个吸毒的人，而且是一个几乎等于寄生于他们家的男人为他们香家干一件事没什么了不起，况且，用这种方式可以让韩岩对香家、对女儿的依附性更强，他也就用不着担心韩岩在关键时候会出卖香家、出卖自己。他打算等这事完成之后，他要直接告诉韩岩：你身上已经不干净了，不仅吸过毒，还贩过毒了！从此，我香金雄会罩着你。他无法想象一个不涉毒的人怎么可以走进香家？是的，这种人带给他的不安全感，只有他自己能体会，任何人也无法体会，包括他的女儿。

两辆车你追我赶，一前一后，出了市区，绕了个弯，直奔105国道。旁边一望无际的麦野，美车美景美人，本该是赏三月春光美景的日子，料不到，良辰美景奈何天，一出市区，宾利车开始疯狂，加大马力几次要抢保时捷的道。

他要我死吗？香晓青第一次感受到恐惧。不过，她没有放弃，她的目标依然是追上华鑫公司载着韩岩的那辆标致车。韩岩此时关了机，在车里睡得正香呢，哪里知道香晓青这番寻死般的追逐。

就在保时捷就快要超上标致车时，终于被宾利撞上了，一次，二次，三次，晓青的惊骇声不断，吓得苍白如纸，额头和鼻子却已经渗出了血，用手一擦，一张美貌的脸顿时变了模样。前面拐角有棵树，树下是一大片水田，刚施下去的青青秧苗整整齐齐。她没怎么想，就往稻田里冲了进去，好吧，想我死，我就死给你看！就在要倒插进稻田的这一瞬间，宾利一扭车头，把保时捷的车头顶偏了过去——两车的三分之一都悬在稻田边。田里劳作的人看见了，尖叫不断。

父女俩的矛盾由来已久，此事更将矛盾推至白热化。香晓青惊魂未定，却极其愤怒，她拉开车门，没想到香金雄比她更快地走到她的车门外，指着她喊："不要命啦！早知道你这么喜欢这个冷面狼还不如让你跟了那个大傻狗。"

"大傻不是狗！韩岩也不是冷面狼！我爱谁是谁，那是我的自由！"

"他不干这事，就别想进我香家的门！"

"我从来不稀罕进你的门！我从来就后悔是你香金雄的女儿！"

"你……"

香金雄气得说不出话来，看见晓青又要重新启动车子，赶紧问："你什么也阻止不了，这档任务他做也得做，不做也得做！"

香晓青这一刻才感觉到自己有落败的可能，她突然号啕大哭起来，哭完，她默默地走近父亲，带着祈求地口闻对他说："……香金雄，我知道你目中无人，你至高无上，在你的世界你就是王，可是，韩岩是我的世界的王，他不仅是我的王，还将是我孩子的父亲，我……怀孕了，我怀了他韩岩的孩子，知道他为什么不想娶我吗？为什么我跟他说起我怀了他的孩子，他第一反应是叫我打掉吗？因为我们家太有钱了，钱多到他觉得害怕、恐惧，他从一开始就怀疑香家的一切，我现在要让他知道我们香家是正常做生意的家庭，我是一个普通人家的女儿，这样，他才会娶我，才会要我和我们的孩子。现在，你让他去做这档事，我们就毁了，你不但是毁了他，你还会毁了我！如果你真的爱我，就不要管我们了，就当没有我这个女儿，让我自生自灭。要不然……”香晓青抄起一块砖头，向香金雄狂吼：“要不然……我砸掉我肚子里的孩子！”

又一辆车开了过来，车上下来一位男子，正是香晓青的前男友大傻，他眼明手快地一把夺了香晓青手上的砖头，推推搡搡地把她往他的车里拉。香晓青好久没见大傻，这会儿见了，一阵心酸，对着他一顿乱打：“我讨厌你！你滚开！滚开！”

大傻也骂开了：“你活该！你的事跟我半毛钱关系都没有，别自己受了情伤，就找人撒气，别成天抱着你那丁点大的爱情搞什么悲惨世界，受不了你就撞墙、抱油罐、钻车轱辘，谁也不拦你。还有你那爹，自以为老子天下第一，你走你的阳关道，我走我的独木桥，成天吊着脸子，一张脸拉得比马脸还长，别说你看着恶心，我看见他都吃不下饭，他这种人活着什么劲呢，就那点点臭钱，呸！你们家也就臭得只剩钱了……活该！”

你一言，我一语就这么一路在骂战中回去了。

说实话，香金雄看见女儿举起砖头的那一刻，着实吓得不轻，还好那个他说的大傻狗居然碰巧路过此地，看到此情景把女儿硬拉走了，要不然，这场面他还真不知道如何收拾。他叫来安弟：“给华鑫那边打电话，把这事交给其他的人办吧。”想了想，又说：“这样，叫应如海代替韩岩亲自出席这个会议吧。”

而这里发生的一切，韩岩丝毫未察觉。

在大傻的陪同下香晓青去医院做了简单的处理，虽然觉得自己的举动会引起父亲的重视，但心里始终还是放心不下，直到芳罗苏给她发来短信说韩岩已经在返回的路上，这才跟叫大傻送她回家。分别时，大傻递给她一张名片，上面写着某某公司经理。她笑了：“天上掉个小石头在中国都能砸死上百个经理。”

大傻却很认真地说：“这是起点，不是终点，你知道吗？曾经，也就是很久以前，long long a go，不仅是你，连我自己也把我归纳为搞艺术的，我自认为是被艺术搞的那一类，别走啊。你知道，我的主谓宾定状补常常会混乱。反正被艺术搞来搞去之后，我就自己开公司了。你现在的这位知识青年是搞什么艺术的？”

“我们准备结婚了。”

“意淫吧你？”

香晓青扭头就走，又被大傻一把抓住：“听我说完，我明白一份爱情走了，需要一份爱情来覆盖，这种爱情来得快，去得也快。不过，我相信这种爱情可以平衡生活中的很多东西，社会的新旧更替，新的意识形态开始形成，出轨也一样，意识形态往往从床上开始……听我说完，有些人明明是无耻之徒，还意切言深意味深长意犹未尽把玩弄感情说成是文学性的自然磨合、艺术境界的深度发展……再听我说一句：我以前也是文青，现在懒得矜持：文青个屁股啊。”

香晓青气走了。望着香晓青的背影，大傻心中无比怅惘：“一年多都过去了，我们可以不理智，但不能不成熟吧！要让我等到什么时候？”

香晓青一路小跑地进入华鑫公司，到了第四层，是韩岩的办公室，她收住了步子，茫然于自己不知所措的行止。她不知道为什么要来。看见韩岩拿着一个文件夹飘扬而去，拐过一个街角，消失在自己的眼中，她一时有些气息难定，胃里一阵翻涌，跑进厕所吐了一番，看着镜子中的自己，她喃喃道：“只要你安全，我什么都愿意。”

一个人走出去华鑫公司，想哭哭不出，一种哽咽的滋味。

世界于她，不过是一个梦到另一个梦。

第十四章

——他们的恋爱是自在的、享受的、轻松的，不是苦苦的、煎熬的、提防的。他们可以打开音响，把车停在一片荒芜的芦苇荡边，把坐椅放倒，静静地看云，空气中包含南方春季独有的湿润水分，远处大大小小的积水，倒映着青色的天。

（一）

如果说香晓青不是一个多愁善感的人，不如说她不喜欢被那种愁肠百结的辛苦所控制，她不愿意自己一个人去承担那些可怕的捆绑。可是，当下，她似乎只能自己承担。她坐在镜子前面看着自己为了追韩岩的车子所受的伤，里面的每一个细节，只要稍作回想，就令人不寒而栗，她害怕了，她怕自己真的连一点幸福都没感受到就离开了人世，她在想韩岩于自己以及自己于韩岩到底有什么意义。她突然觉得自己对韩岩没什么益处，她是韩岩生活中的负能量，而韩岩却是她全部的生活，她甚至至今都不知道韩岩是不是爱她，而她还剃头担子一头热地固执地为他服务，以至准备为爱做出一切牺牲。

又是一阵泛恶，却吐不出来，从厕所出来，一抬头突然看到韩岩的脸，透过一条门缝映在镜子里，正目不转睛地盯着她。不知为什么，虽然常常在一起，可是每次见到韩岩，她的心还是像初次见面那样，心跳得突突。“怎么了？”

韩岩捧起她的脸认真地、一字一句地说：“今天的事，阿芳都告诉我了。我想好了。我可以为你父亲做事。无论什么事……我们结婚吧！”韩岩十分主动地抱紧了她，她能感觉到他发自内心的、沉重的内疚。只说了这一句话，前一天为了孩子的事与韩岩大吵、今天为了让韩岩不走进贩毒圈与父亲大干一架的香晓青泪花一下子汹涌而出，马上两眼什么也看不见了，像个瞎子似的靠在韩岩肩头大哭。两只嘴唇在此刻才真正进入了毫无障碍的境地，它们是冰凉的，却又是温暖地贴在一起，从冷静到激烈，唇舌往复，激烈痛苦。香晓青在来回往复中第一次感受到韩岩如此不一样的心跳。

就在半小时前，韩岩从芳罗苏处得知今天香晓青与父亲对抗的疯狂一幕之后，许是良心发现，他主动找到香金雄，跟他说自己其实已经知道香家的一些事情，他愿意为了香晓青替香金雄做事。香金雄跟他握手，欢迎他加入他的大集团，成为香家的一分子，用半生不熟的普通话问他：“你知道什么叫投名状吗？”

韩岩迟疑了一下，然后点点头。

香金雄：“好，就看你的了。”

韩岩的新房装修完毕了。一个下午，韩岩瞒着香晓青一个人去了他新装修好的房子。新房空空如也，家具电器都还没有买，落满白色的灰，不由心生空落。

不知什么念想，他又转去了以前跟欧阳若萱租住的那个房子，他的记忆从未远离过那个夏天，一个粉色的、疯狂的夏天，它来得迅捷又轻悄，树叶的新绿被浸泡在蝉鸣里发亮，紫色的藤花谢了，傍晚的昏色被万家灯火点燃，归家的鸽群之后，天空分外辽阔与空旷，而心里对欧阳若萱的思念却折磨得自己要发狂，于是，在梦里走遍了每一条黄昏的街道，去寻找她的身影……还想起那时欧阳若萱刚到这座城市，两个人早出晚归地赶公交车。遇上雨天，到处都是屋檐，欧阳若萱的身子瘦小，随便往哪一闪，就闪进了可以躲雨的地方，无论在哪，他都跟着进去，兜着一袋蟹粉小笼包，两人笑着，嘴里吃着，眼巴巴地看着雨水在青石板上溅起的水花……

可是，记忆总归是要散去。

房间的门没有关。他推开虚掩的门，走进那间堆满书籍的小房间，准确地说这不是房间，这只是他跟欧阳若萱从阳台里用书柜隔出来的一个小空间，他一下子看到了那件灰色的衬衣，这是欧阳若萱买给他的。一切还保持原样，只是物是人非。这里像是他心中一块永远的伤疤，他有点不敢去揭开它，而伤疤又点儿发痛发痒，那种要撕破点什么或者还原什么的愿望这一刻变得异常强烈。就这时，那件灰色的衬衣被扯动了，他心一跳。欧阳若萱从书籍堆出冒出了头，扯下了那件衬衣。欧阳若萱也看见了他，有点尴尬，说："我来找几本书……"

韩岩嗫嚅着，开了口："你其实可以一直住这里，又不贵。"

"不想。"

他们只相距一米不到，心却已咫尺天涯——想到这儿，欧阳若萱突然鼻子一酸，想流泪，又忍住了。再想，不做恋人也可以做朋友，她还有秦宇翔，于是，换了一种心情，也换了一种表情叙述着："你可能想不到，就在前不久，我也吸毒、戒毒过……这要拜香晓青所赐。"

韩岩愣了一下："你们之间不应该这样。"

"不过，我体会到了你那时候的滋味。"

"你现在还好吗？"

"我和你的区别在于：我走过来了，你却还在里面。"

韩岩痛苦地皱了一下眉，这时候，他很想有支烟抽，环顾四周，找了一下，没有。欧阳若萱洞察到了他的举动，从卧室那个他曾经偷偷藏烟的地方拿出来一支雪茄，递给他。“哦，不，不，我不抽这个。”韩岩一脸尴尬地拒绝了。

“你打算一直待在华鑫公司？我听说这个公司不太干净。”

“不，我准备辞职了，辞呈已经写好，星期天一早就走。”

韩岩说这话的神情决绝而执着，像是做好了一切的准备，没什么可以阻挡他——对，欧阳若萱眼中的韩岩就是这样。虽然韩岩的举动有些突然，但欧阳若萱还是相信了他，没有多问什么，只是说：“这么突然，那我……送你。”

听到欧阳若萱这话，韩岩有些突然，马上反应过来说：“哦，好，好啊。”

“下一站是哪里？”

“从哪来回哪去。”

听到这个回答，欧阳若萱露出了一丝笑容。

等欧阳若萱走后，韩岩重新拿起了这支雪茄，点燃，抽了起来，随着烟圈不断吐出，他的眼泪不受控制地流了下来，从抽泣到哭出声，再到号啕大哭。

此时行走在小区小路上的欧阳若萱少有的洋溢着快乐的神情，只是风中消瘦的肩膀显得更加嶙峋了，苍白的脸更如白纸一张。正值日落时分，一轮橘红的太阳烟烟袅袅地下沉，作为背景，将天边的丛岭市衬托得宛如海市蜃楼。

（二）

周六，公安的教研室在上培训课，秦宇翔和钟斌跟一帮新进的警员在讲他刚刚完成的一次漂亮的卧底经历：“知道什么是卧底吗？卧底就是一个人的战争，面对那些穷凶极恶、阴险狡诈的涉毒人员，我这边不能暴露身份，对外又不知道我做什么，又不能解释，丁队还说我快活风流，天天去那种地方，哥们儿，千万别以为是享受，是活受罪。”

钟斌不以为然：“呵呵，拉倒吧，什么时候让丁队也让我活受罪一次。”

秦宇翔“啧啧”有声：“你还别不信，我是多么洁身自好的一个人。”

“那是有了欧阳若萱，要说洁身自好还数我，我现在的业余生活，洁身自好到只会加班和打麻将了。如果我爸同意，我巴不得跟麻将结婚，生一堆的二饼子、幺鸡或者发财，它们总能够在我失意的时候找到活着的乐趣。”

“你堕落的速度真够快的。”

“要不然怎么赶得上中国经济增长 GDP，你以为像我们钱袋子——它自始至终也没赶上过我的精神生活。”

“就别提你那无聊的精神生活了。”秦宇翔指着脸上几道血口子，神神秘秘地说：“经验证明，你离鸡最近的时候其实就是鸡离你最远的时候。”

这帮人还连连点头，都被他忽悠傻了。有新来的警员问：“那你吃过海洛因吗？什么味？”

秦宇翔拍拍那人的头说：“问对了，说话这么没谱，怪不得还长胎毛。”

“我这是胡须！”

秦宇翔伸手一照：“嗯，那得用放大镜。”

“那吃过还是没吃过？”

“给你们讲讲故事：2013 年，有一个女毒枭，估计看我长得帅非要邀请我‘吸一口’，话说到这，我要提醒我们一些同志，很可能美色加毒品就坏自己的定力，从此走上万劫不复的道路。继续，那一次，我拉了我们一个女警组成小组去跟踪两个嫌疑人，电话时约好了交易地，见面时，他们却说没货，要去拿货，结果这一等就是四个小时，就这四小时，可要了命了，打乱了我们整个抓捕计划，晚上 7 点拿货的女毒枭才回来，死活都要我尝一口，实在没法推脱，我只用指甲刮了一点放嘴里。”

“怎么样？……什么味，有头晕吗？有没有出现幻觉？”新警员问。

“就你这样，最容易被无间道！”钟斌指着新警员训道。

“对待新同志，我们应该春风化雨般地教诲……就那一点我的半边舌头麻了一个多小时，到现在还时常没有知觉。但是，面对任务义无反顾，坚持到底，才是我们的态度，才是我们的决心！这时候的你，要做一颗子弹，直奔目标，奋勇向前！”

课堂响起一片掌声。这时，嘚瑟的秦宇翔戴上了墨镜，神采奕奕中，突然感到某处投射而来的锐利目光。循着感觉找过去，他看到了立在窗边的欧阳若萱，穿着件灰格子的衬衣，正微笑着看着他。

虽然秦宇翔从来就不是一个会把什么都搞清楚搞具体的人，在感情上也从来都不善于表白和澄清，但这次约会，他也能感觉得到欧阳若萱有种特别的轻松。一天时间，他们吃了丛岭米粉，玩了过山车，还去了海边，这是一种迎难而上、破釜沉舟的快意，他在等欧阳若萱做出解释，但欧阳若萱丝毫没有亮出底牌。欧阳若萱甚至在高兴之余，偷偷地在他的脸上吻了一下，说："你还记得你说的话吗？比如男人和女人，在一起的原因往往就是合并同类项，知道什么叫合并同类项吗？合并同类项实际上就是乘法分配律的逆向运用，也就是将同类项中的每一项都看成两个因数的积，由于各项中都含有相同的字母并且它们的指数也分别相同，故同类项中的每项都含有相同的因数。合并时将分配律逆向运用，用相同的那个因数去乘以各项中另一个因数的代数和……你听懂了吗？我为你感到骄傲。"

秦宇翔突然有些感动得想哭。他紧紧地、紧紧地抱住了欧阳若萱。

"我有时候也害怕自己的心，可是……那对我和他的爱情来说太残忍了。不过，只要他慢慢好起来，我就不怕了。韩岩，他辞职了，他应该会重新开始自己的人生。不知道为什么，我有一种前所未有的轻松。"

"因为你们爱过。"

"是'爱过'，但不再是'爱着'了。"欧阳若萱和他相视而笑。为了她这个回答，秦宇翔用额头轻轻地点了点她的额头。

星期天，不是个特别的日子，但欧阳若萱调好了闹钟，所以闹钟轻轻一响，她就按了停止键，秦宇翔睡得正香，发出轻微的鼾声，这种可爱的睡态，让人禁不住要伸手想做点小动作，他有韩岩所不具体的可爱的、率真的一面，就是这一面让欧阳若萱很心动。

她早早地来到车站，似乎来得有点过早了，车站被晨曦笼罩着，她想起屠格涅夫《猎人日记》里的文字：从清早起天空就是明朗的；朝霞不是像火一样燃烧，而是泛着柔和的红晕。太阳——不是像炎热的旱天那样火红，灿烂可爱的——在一片狭长的云彩下冉冉升起，迸射出明丽的光辉，随即进入淡紫色的云雾中。长长的云彩上部那细细的边儿亮闪闪的，像弯弯曲曲的蛇，那光彩好像刚刚出炉的银子……本来很好的晨曦，没从久，却下起了绵绵的雨，阳光不因有雨而退缩，还照着。慢慢地，人开始多了起来，欧阳若萱的感官也充分调动了起来，她在捕捉人群中的每一个响动，车站的每一扇门，希望可以看到韩岩推开门的身影。她从六点半等到八点半、九点半、十点半，她突然意识自己可能被韩岩忽悠了，某种虫咬针刺般细密的痛苦慢慢滋生。这时，她收到一条短信，韩岩发来的：见不见，都是分别。我走了，若萱，我爱你。收到这条短信不到五分钟，手机上又来了一个电话，是香晓青！

电话那头，晓青情绪很激动地问她有没有见到韩岩。欧阳若萱心有不安，很配合地回答她："没有，出什么事了？他有跟我说过他辞职了，办好了辞职手续，周日会离开丛岭，但是我来车站送他，却没有见到他。"

电话那头急得直哭："快帮帮我，谁来帮帮我，不管怎么样，你要阻止他！别让他离开丛岭！"

"他去干什么？"

"你别问，总之，阻止他，你不行，就叫你们的公安。"

顿时，欧阳若萱一种不祥的预感袭上心头。秦宇翔恰到好处地赶来了，欧阳若萱把整个事情和盘托出。直觉告诉秦宇翔："他可能在从事犯罪活动。"

"那怎么办？"

"查一下他坐的是哪趟车？"

他们查了购票记录，显示韩岩买了一张去往南宁的直通大巴。其实，明明买了车票的韩岩并没有上车，而是坐上了三轮车，去了另一条去往越南的通道。

（三）

走出不远，前方突然传来“哗哗”的流水声响，韩岩抬头，看见有一条湍急的河流正划开浓绿的密林出现在眼前，河的上游大概刚下过一场豪雨，浑黄的河水涨满了河床，正在汹涌激荡地奔流着。

有一棵粗大的枯树倾倒在河床，树干正好横跨了河身，走到近前仔细观察，才能看出，这原来是座精心伪装过的小桥，桥面很狭窄，最多只能容两个人并行，他在桥头停下，湍急的流水在伸手可及的桥底下奔涌着，发出骇人心魄的吼声，在韩岩听来，这吼声却仿佛是一声声急促的呼喊，每一声都在催促他义无反顾往前进。

像是有千万双眼睛在看着他，他却不敢往周围看。桥中间有个木制的桥墩，走到那儿时，韩岩猛然用力跃起，先一个后蹬腿，几个路人还没弄清怎么回事，他就“扑通”一声跳进了河里。接着他全力向上游方向一跃，一头就扎进了奔腾的浑水。身子被重重地撞在一个什么东西上，韩岩知道这就是木头的桥墩，他连忙伸出双腿，一下子死死夹住那根细细的桥墩，湍急的流水撕扯着他，但他拼命屏住气，夹着桥墩稳稳地隐藏在桥底。等到实在憋不住气时，才悄悄伸出脑袋呼上口气，幸好这天洪水很大，从上游冲来的枯枝乱藤乱七八糟全挂在桥桩上，正好遮掩住了他的脑袋。过了好一会儿，才听见杂沓的脚步声和人声从桥上消失，韩岩这才松了口气，他用力挣脱身上的绳子，松开已经近乎麻木的双腿，奔涌的急流一下子挟着他冲出了很远很远……

他又一次消失在中越边界上。

秦宇翔和一帮警察在从岭通往南宁的多个地方进行了设卡拦截，一个多小时过去了，没有任何消息。欧阳若萱焦急万分，紧紧地拉着秦宇翔的手，一缕被雨水打湿的头发贴在额头，秦宇翔帮她轻轻抹开，劝慰她：“没事的，应该能拦住，再说，他韩岩能干出什么坏事？跟咱们一样，都是根正苗红的贫下中农。”

“还要贫嘴呢。”若萱的脸上分明是一种纯属于恋人之间的娇嗔。

虽然秦宇翔和欧阳若萱正式在走在一起时间并不长，但他却像跟欧阳若萱在一起有几十年一样，他了解她，懂得她在想什么，他一点也不嫉妒韩岩，因为欧阳若萱正是在她爱情的空间里放下了韩岩，才可以在秦宇翔面前如此放松地表现出对韩岩的关心。

跟秦宇翔在一起的欧阳若萱也感到了一种从未有过的安然，她不需要去揣测什么、防备什么，甚至为了对方的感受而刻意要去做点什么或者不做点什么，他们的恋爱是自在的、享受的、轻松的，不是苦苦的、煎熬的、提防的。他们可以打开音响，把车停在一片荒芜的芦苇荡边，把坐椅放倒，静静地看云，空气中包含南方春季独有的湿润水分，远处大大小小的积水，倒映着青色的天。

果然没有等到韩岩的出现。队里有消息，说安弟很神秘地一个人开车出来了。秦宇翔决定独自跟踪。

安弟的进口标致一头扎进了一条隐蔽的山间小道。秦宇翔的跟踪车辆是辆临时征用的小齿轮，经过七拐八拐，已经受伤不小。前面又到了石星子山。以前他调查韩岩的事时，就曾到过这里。小山的山头上，有一座看上去已荒芜了百年的寺庙。庙里还残存着一些破损的塑像，那是一些造型优美的观音和罗汉。倒塌的罗汉头部的表情依然清楚，圆睁怒目，剑眉倒竖，大张着呐喊的嘴巴，让人看了触目惊心。

安弟要去什么地方？

自从上次秦宇翔保护的证人被安弟设计杀害后，秦宇翔对安弟就一直十分留心，安弟却再也没出现了，似乎他就是为了将秦宇翔设计陷害一通而出现的！回想当时的愚笨，秦宇翔愈发懊丧，暗暗发发誓，一定要将安弟绳之以法。

安弟把车抛在一个隐蔽处，转过一个废弃的土房子，身影就消失不见了。秦宇翔没敢跟得太紧，在几十米开外的地方上下跳动、埋伏。他在安弟消失不见的那个土房子转了几圈，几经摸索，在土房子的厨房干枯的水池处，发现了一条暗道，他没作多想，跳了下去，走了不久，又滑了几米远，看见了通往地面的一条阶梯，眼前顿时豁然开阔，他看到几间类似厂房的建筑，当然第一眼绝对不会认出这就是厂房，因为那些厂房的屋顶上一律铺盖着厚厚的绿色植被，连那些纵横交错的传送带和管道也都被漆上了草绿的伪装色。每逢夜晚，车间里就会垂下厚厚的门帘，遮蔽起那些微弱的灯光。秦宇翔是在长时间的观察后，才从那些偶尔掀起的门帘后面发现这一秘密的。

又经过认真的观察，秦宇翔发现，这些厂房组成的是一条现代化的毒品生产线。那些看去黑黝黝的鸦片烟膏从这一头进去，经过一系列复杂的生产工艺，最后在一个车间机器的喷口里，缓缓地喷撒出一种细细的白色粉末结晶。别小看这种纯白的粉末，那其实就是会令全世界瘾君子们神魂颠倒的四号海洛因，是毒品中的名牌产品，在欧洲北美的市场能卖出极高的价钱。

进到另一车间的门口，秦宇翔看到里面有一台小巧的机器正在“咔咔”地响着，白色的药片一串串从喷嘴里吐出，然后被分装进一个个精致的小玻璃瓶里，外面再被贴上普通药品的标签。这就是最近流入我国的新型“安非他明”毒品了。秦宇翔想，自己终于抓住这条毒蛇的尾巴了。沿着这块草地细细观察，秦宇翔发现这儿其实是一个伪装得十分巧妙的直升机场，茂密的野草下面是一片碾压得十分坚实的土地，机场一角紧靠成品车间的地方，此刻正停放着一架小巧的法国制造的“小羚羊”直升机。

这是毒品制造基地。他快速地利用隐形相机把图像传了出去，谁能想到在千里绵绵的石星子山会藏着这么一个毒品制造基地，这个基地规模在国内也算是排得上号的了。找到基地，就算完成任务，他想，今天获得的这个线索是安弟给他的最好回报，上次欠他的，就算还了。正准备高兴地返回，一扭头，一注光线向他投射过来。

似乎就是被强光刺激的同时，他的头也一阵发晕，整个人瘫软了下来。

再次醒来，已是深夜。

（四）

正逢江南的黄梅雨季，常常有丝丝不断的雨布满每一寸空间，水对木器是最致命的伤害，它将改变其内部结构，让它在经过不得已的膨胀以及收缩后，变得歪歪扭扭十得不体面，因而也一钱不值。

周围到处是木质霉变的味道。秦宇翔睁开眼感受身边的一切，慢慢适应环境后，他看到了昏暗的灯光，不远处有几个人围着一个妇女，她在教吃东西，准确地说是吞东西。他旁边还蹲着一个男孩子、一个瘦瘦的年轻人和一个一直被长发遮着脸的女人。也许是异性相吸，他更留意这个女子，这女子穿着时尚，吊带衣加粉色外披，丰满的胸把外披的一粒纽扣扯出了不雅的开口，在胸前显出若隐若现的曲线。这女子直到不远处的妇女吃完东西用广西话说了一句："好滑，不难吃。"之后才抬起了头。对于这张脸，秦宇翔的第一反应是：漂亮！这女子倒没有什么紧张，更谈不上不知所措，反而有种天经地义的味道在里面。

更多的惶惑是出自于旁边的那个男孩子，天气并不冷，而他却有点发抖。秦宇翔想起刚到丛岭不久他抓获的第一位体内贩毒者，她在被抓获前是在加曼德芦勐弄卖猪肉的，今年二十一岁，已怀孕七个月，身边还带着一个不满八岁的孩子。他记得当时作笔录时的情景：

他问那女人："读过书吗？"

女人回："没读过，不识字。"

"你知道自己在哪里吗？"

她点头。

"知道为什么在这吗？"

"我帮别人带东西。"

"给你多少钱带东西？"

"没给钱，就是帮我出路费去保山。"

当他问到是否明白自己行为造成的后果时，那女人一脸木然，沉默了十多秒后颠三倒四地说："我咋个晓得那是什么东西……我们太穷了……我要到保山找我娃娃的爸爸，娃没钱就上不上学，我们没得钱就活不下去，娃跟着我，一年没吃得一斤肉……"据另一个同案犯王某交代，这女人在勐弄卖菜时，有一女子经常找她买菜。彼此熟悉后，得知她的丈夫在保山打工，她想去保山看看但又没钱买车票，就提出替她出路费，条件是帮她带点"东西"去宝山。她答应后，她们一起出发来到潞西。该女子把包好的毒品交给她并让其吞下，之后送她坐上前往保山的长途客车，让她到保山等她。6 月 12 日晚 10 点 40 分，她经过山元站时被查获。而后，在公安的监视下，她排出了吞入的全部毒品，共计三十八颗。

看到这个男孩，秦宇翔就想起了那个女人，后来她被判处有期徒刑十八年。当时她被公安带走时，八岁的男孩对着他一阵拳打脚踢，那种愤怒的目光他至今还记忆犹新，他曾经还想过去找找这个男孩，他不知道这个没有了母亲，又找不到的父亲的孩子会游荡到哪里，毕竟法律无情，而人有情。他一度觉得法律更应该惩治那些知法犯法的人，而不是这种生活在底层，不懂法，被人左右愚弄的弱势群体，没有什么法律可以撬动人们对生存的渴望。而他还曾见过另一体内带毒者芗梦（化名），二十五岁，她带着四个月大的儿子从缅甸果敢刚入境，仅仅为了毒贩承诺的四百元酬金，就吞入用塑料膜包好的毒品四十九颗。从潞西市出发前往大理市，途中被木康检查站官兵查获。秦宇翔见到她时，她吞入的毒品还有部分尚未排出。

事实上，体内带毒者每人体内都有十几颗甚至几十颗"定时炸弹"，而对孕期妇女来说，一旦"炸弹"爆炸，失去的将是两条生命。丛岭的木康公安检查站曾查获一名体内藏毒的孕妇。经耐心开导，晓以利害，孕妇答应配合卫生员将体内毒品慢慢排出。可是四十多个小时过去了，二十八颗毒品才排出二十六颗，还有两颗未排出。木康边检站立即将其送往医院。刚住进医院，孕妇腹部剧痛，全身发抖，直冒虚汗。经诊断是包裹毒品的塑料膜破裂引起中毒。"医……医生，救……救救我的孩……"话没说完，她就停止了呼吸。医生立即对其胎儿进行剖腹抢救，可是为时已晚，胎儿也死在了腹中。医学证明，一旦海洛因在人的腹中发生泄漏，会迅速致死，只需一克，就足以夺去一个人的生命。而毒品一但在体内破裂，即使是最快的手术，最好的医生，能救活的概率也不会超过百分之一。

未成年人也成了贩毒活动的牺牲品。2004 年 9 月 21 日，云南公安边防总队德宏边防支队执勤官兵在一辆客车上例行检查时，发现一名小男孩脸色苍白，表情难受，惊恐万状。当执勤官兵问及他的父母时，小男孩不由自主地向后排座位上一名 30 多岁的男子看了看。执勤官兵遂上前盘问，而这名男子却极力否认与小男孩有关系。小男孩随后告诉执勤官兵，他吃了一些圆圆滑滑的小东西，吃完后肚子就开始疼了。于是，官兵们立即将小男孩送往医院，在医生采取措施后，从其体内成功排出了二十六粒共一百零六克海洛因。经讯问得知，小男孩刚满六岁，是被客车上的男子从贵州骗到云南的，吞服了毒品准备携带至下关。这个小男孩是我国目前查获的年龄最小的人体藏毒者。

夜晚的空气变得滑爽透明起来，有一股清风送出，如清凉的塘水，如果不是眼前这一幕，世间的一切纷纷扰扰似乎都已远去。关于运送毒品的案件一个个像情景剧一样的在秦宇翔的大脑里飞速运转着，想不到自己即将成为其中的一员，他盘算着对策，有那么一刻，他在想，如果这时候是哥哥在这里，他会怎么做?

可能是安弟那帮人给他注射了什么药物，他依然难以抵抗一阵阵袭来的晕眩，在这种情况下，居然还做了个梦。梦见秦宇飞在轻轻叫他，起床了，起床了，跑步啊！然后，他似乎看到了两个年轻的身影，在树林间迎着晨光向前跑去，朝日阳光从巨大杉树覆盖的山顶透射下来，两个年轻人渐渐消失了。

就在两个年轻人消失之后，他看见了长大的自己，在树林里，脚步坚实地踏着每一寸土地，发出树叶彼此挤压的声音。一直走着，走着，似乎在走着一条永远也不会结束的路。

第十五章

——车把他带往一个完全陌生的世界，待蒙眼布揭开，他的眼里只见到玻璃窗 外的雨水，看上去好像熔化的哥哥的脸，或者看到的就是自己的脸，一时分不清。

（一）

果实悬挂在树挂上，坚硬的外壳成熟了，开始炸裂露出果肉。它们在等待着，春天来了。有一双手穿过这些果实，掂量着它们的重量，拨弄那些嫩绿的树叶，然后理顺了一些被雨打乱的枝条，果实在她手上便像一串银铃在树枝上摇曳。这只手伸向春日暖阳，指缝里的太阳光，金光闪闪。

金光在眼前开始旋转……

欧阳若萱晕倒在地上，被同事快速送往医院。自从成功戒毒之后，她不止一次地出现过这种突如其来的晕倒。她认为可能是戒毒后的贫血反应，没有过多在意。但这一次晕倒，她出现了流鼻血的现象。雷斌让她在家休养两天。

这天，按医生的话，她本来应该好好地卧床休养，但是，秦宇翔一走就是两天没见人，队里也没有他的消息，她无法让自己安心休养。而且，最近有个一出生就因血液染上母亲艾滋病毒的孩子老让她写个故事给他看，她又提起笔，趴在桌上，熬了一夜，给那男孩编了个故事：

故事讲的是有个孩子得到一个魔法杯，这个魔法杯需要用快乐的笑声，笑出来的眼泪滴进杯子里就会变成金子，可是，孩子父母双亡，靠着一贫如洗的奶奶生活，上不起学堂，要放牛，要干很多活，还吃不饱，他不快乐，一年到头也听不到几句笑声，更别说笑出眼泪，于是，他想办法让自己快乐，听到鸟叫，就想象自己在飞翔，他笑；听到孩子们的读书声，就好像自己也在里面读书，一边读，一边背，每记住一首诗，一句话，他都笑；渐渐地，他看到公鸡飞到树上会笑，看到老榆树上拴着一条破船会笑，拾到一条别人丢的鱼儿也会笑，听到水鸭从绿波中跃起的声音也笑，甚至见到奶奶的皱纹也笑……后来，他坐在一条船上，发现大大的天，小小人，天大了，心大了，宽了。再后来，过来看他的人发现，这男孩变了，会笑了，生活很囧，他却很乐观，笑得很开心。最后，他的乐观精神被人们广为传颂，他终于上了电视，站在电视舞台上，他笑得更开心。他真的笑出了眼泪，魔法杯里果然变出了金子，成了他的财富。

写了足足五六页纸，搁笔之时，从鼻子里滴出几滴鲜红的血，血印在了纸上，她赶紧用吸纸巾擦了，正寻思着要不要重新抄一遍，便接到了丁队长的电话。

……

没人听到丁队和她之间的谈话，当钟可拿着一叠报销单进丁队办公室的时候，只听到欧阳若萱回复丁队说：“我同意。等我消息。”

丁队一口接一口地抽着烟：“可能有危险。你再想想。”

钟可感觉气氛不太对，赶紧退出。

时间一秒一秒地过去，而一秒与一秒之间，似乎隔着永恒。空气变得沉闷，甚至凝固，欧阳若萱丝毫没有要变的意思，她苍白的脸上露出一丝笑容：“这不算什么，任何时候，任何地点，我都愿意做国家需要我做的事。”

钟可在外面偷听，说了一句："哎呀妈呀，又不是双规，在规定的时间，规定的地点交代问题，我们这叫什么，双任？"

简短的交谈之后，欧阳若萱领下了重要任务，她回到宿舍做了简单的收拾，把自己好好打扮了一下，叫了快递员，收了那封写给艾滋男孩的信，信寄出之后，她看上去浑身轻松。不久，接了楚芯的电话，电话里，楚芯让她问问宇翔什么时候回来，他妈妈的生日要到了，联系不上，问他什么时候回来。就是这时，欧阳若萱眼睛蒙上了一层阴影，她迅速调整自己的心情，用毫不造作的轻快口气回答楚芯："他这人就是贪玩，出差到南宁两天了，连我也没接到他一个电话呢，估计是跟朱学斌他们那帮老同学玩疯了……放心，等他回来，让他妈揍他去！……别担心哈，会回来的。"

接下来，她就要面对真正的挑战了。这次她要挑战的是香晓青。被香晓青偷偷下毒染上毒瘾之后，她再没有正面接触过香晓青，她以为她们俩不会再见面，爱恨情仇从此一笔勾销，没想到在命运安排之下，还是要见她。

从岭的边贸一条街。

起初，欧阳若萱朝贩卖处走去，然后在卖衬衫的摊位转。在那儿，只消花 5 块钱，便可以在白色的尼龙衬衫上印上耶稣、猫王或者邓丽君、成龙的头像，或者把喜欢的明星头像一起印，凤凰传奇的音乐在头顶上回响，她闻到黄瓜和烤羊肉串的味道。不时有灰色的货车从眼前穿过。她在这里仅有一家的轻音乐酒吧看到了香晓青。晓青单身一人，在翻一本书，她穿着长及脚踝的白色越南民族服装，凉鞋露出脚趾，头发朝后扎，梳成郁金香形状的发髻，即使在女人的眼中，她也是美的，极美的。这女人放在任何一个男人身上也很难逃脱，欧阳若萱想。

香晓青越过白色桌布边，盯着欧阳若萱一步步走过来，绿色镶银的手镯从她的胳膊肘上滑落下来。彼此都在感觉一场重创后带来的反刍。

"你好。"欧阳若萱先问。

"你好。"

“我不是故意打扰你的。我们必须见面。”

香晓青并不在乎欧阳若萱要跟她说什么，她抬头就问：“我的韩岩怎么样了？你们抓了他？”

欧阳若萱这才想起，除了她，没有人会跟香晓青沟通韩岩的情况，她心里不由对香晓青产生了怜悯，对啊，眼前这个女人爱着自己昔日的恋人，而她却要从这个女人身上套取救自己现任男友的情报。“事情从哪里说起呢？关于他，关于我们俩……”

“他在哪里？别老是一副假惺惺的样子，你知道我为什么讨厌你吗？因为你不善良，怎么看都觉得你在装，韩岩怎么会爱上你，到走的那天，还……”话说到一半突然戛然而止，刹那间，觉得边贸市场里所有的眼睛都朝她们看来。人们转过头，饶有兴致地眯起眼睛，那无数双眼睛似乎都在说：“哇，这两个女人在吵架。”“哇，这女人在争男人。”

香晓青不管这些，她没有注意到众目睽睽之下欧阳若萱的害羞。她情绪起来了就要说话，而且一定要说到痛处：“告诉你，我怀孕了，是韩岩的孩子，你一定要把他还给我，他是我的！是我孩子的爸爸！不然……我就炸了你们政府！”她情绪激动，双手紧握，全身发抖。

欧阳若萱肺部一阵发紧，引发剧烈咳嗽，一口血吐了出来，带黑色。自己刚刚坚持站稳的身体也软了下来。香晓青也紧张地问：“你怎么了？”

欧阳若萱轻轻地哼了一声：“拜你所赐。”

“你不也想抓我吗？不，我这也算是你们俩平等交往的机会，反正你也吸毒，他也吸毒，彼此都知道是什么感觉，爱还是不爱，爱的是谁，站在一条平行线上，就会清楚很多。”

欧阳若萱淡淡地说：“无耻。”

“你们才无耻，吸不吸毒是明明是自己的事，谁想吸谁就吸，你们凭什么要管这么多？这是个人的自由，又没有危害到别人，韩岩害人了吗？害你了吗？你也吸了，你害人了吗？”

欧阳若萱想说她“天真”，想了想，这样吵下去没有结果，于是，她换了种语气："你想他吗？"果然，香晓青的脸色顿时柔和起来。她继续说："我认识的韩岩是一个有坚强意志的男人，他沉稳严谨，有思想、有追求，虽然不善言辞，但一旦用情，就很专一，他是个好男人，你选对了。"

香晓青眼泪流了下来。

"那天你给我电话，我就去了，公安也到了，但是，我们没有拦截到他，他失踪了。我也想找到他，不是为我，是为你。而且，我也需要你的毒品，跟他一样，我现在也不再拒绝这个东西，也许毒品真的没有想象中那么可怕，只要在可控范围，不会有太大危害，我需要它。"言语中，欧阳若萱觉察到晓青的脸上露出了一丝不经意的微笑。"它……也不是那么坏。你现在能给我吗？我们在电话上早就说好的。"

香晓青带着那么点儿鄙夷的神情丢出了一小包首饰一样的东西，欧阳若萱一摸，摸到里面的粉状物，她赶紧收了起来。对于香晓青来说，眼前的这个欧阳若萱无非变成了一个被她玩弄的要毒品不要恋人的可怜女人。

欧阳若萱假装全身开始发冷，露出些毒瘾的症状，还咳了几声。

香晓青有点不忍心，关心地问："身体不好，就不要吸了，多吸了会死人的，别说我没提醒你。不过，你只要需要，我可以长时间供应给你，当作……回报吧。"

欧阳若萱点点头："知道。谢谢你。对了，我跟我的新男朋友要结婚了，这几天都没见到他，还等他去看房呢，听说，他跟安弟在一起，他俩有段时间常在一起玩。他叫秦宇翔。"

香晓青不认识秦宇翔，倒是听韩岩说过欧阳若萱身边一直有个公安的男人在追她。安弟怎么会跟公安的人在一起，香晓青第一反应就是"不可能"。难道安弟是公安的线人？那父亲就危险了。香晓青心里一阵惊慌，欧阳若萱都看在眼里。香晓青说："秦宇翔？我问问。"

"安弟不在你家？"

"不在。"

"那他们肯定在一起玩牌了，这两人最爱一玩就玩通宵，真讨厌。"

“不可能。他去厂里了。”

“厂里？在哪？”

“不知道，反正不可能跟你男朋友在一起。你男朋友是干哪行的？”

“跟安弟一起干你们这行。”

香晓青一愣，一头雾水，支支吾吾不好回答。

欧阳若萱分手时，把这事作为一个重要的事托付给香晓青，让她一有安弟的消息就告诉她。香晓青不知是计，一口答应了。两个女人的恩怨似乎到此便告一段落了。

（二）

为了获取秦宇翔的消息，欧阳若萱一次次地去求香晓青，将秦宇翔说成是一位与安弟合伙做生意的商人，现在眼看两人要结婚了，结果人失踪了，让她务必帮忙找一下安弟。被欧阳若萱问急了，香晓青也向父亲打听安弟的下落，香金雄却闭口不谈，问了几次，香金雄也觉得奇怪：“你打听他干什么？”“不干什么，芳罗苏找他。”“他老婆什么时候不找他，他有几天能乖乖待在家？我看是你在找他，你找他干什么？”“他有个生意上合伙的朋友的老婆在找他嘛，不是我。”“谁？”“你管不着。总之，你告诉我，安弟为什么这几天没见到人？”“这不是你该问的！”

这次，香晓青急了：“好！安弟我可以不问，那韩岩呢！你把他怎么样了！”

面对心烦意乱的女儿，香金雄语重心长地说：“晓青，韩岩这个男人比你清醒得多，在这条路上，他知道自己要什么，而你，什么都不知道，净给我添乱。”

“哼，至少我不违法犯纪，至少我懂保护家人，至少没有了一切我还拥有韩岩。”

“你能不能拥有他，还要看他韩岩的。这事情，不是你说了算，也不是我，是韩岩他自己。”

“你还我韩岩！”

香金雄被晓青一阵拍打，被阿男拦了下来。父女相争，情伤之至。

“会不会安弟、宇翔和韩岩都参与了同一个项目呢？查一下，他们会不会是去缅甸、云南还是新疆？”欧阳若萱提醒香晓青。

刚过一天，欧阳若萱就接到香晓青打来的电话，说是安弟回来了，出现在“梦芭蕾”，叫她去看看安弟的那帮人中，有没有她要找的秦宇翔。

线索一到，一场抓捕随即展开。梁处长指示，集中省和市的相关线索，现在收网时机成熟，先逮到安弟，根据秦宇翔传过来的照片，他已有明显的贩毒证据，抓到他，再抓香金雄就容易多了。

可是“梦芭蕾”场地很大，于是，欧阳若萱打电话给香晓青时，假装自己在梦芭蕾怎么也找不到安弟，急得直哭，香晓青告诉了她房间号，果然是个极其隐蔽的房间。在欧阳若萱提供的线索之下，安弟一干人很快被公安成功抓捕，被连夜提审。

这是一次非常成功的抓捕，公安没有一人受伤，因为安弟完全没有任何防备，他压根儿也没想到会有公安能找到这个地方，当公安出现时，他连走入暗道的机会也没有，傻在那里。在现场搜出了几把手枪和两公斤毒品，单凭这，安弟就足以坐穿牢底，连梁处长也高兴地说：“这样的抓捕再多几次就好了。”

“事实说明，人民群众的力量是大于一切的。”

“对，我们就是要善于发动一切可以发动的力量去打击违法犯罪。”

针对安弟的口供并不顺利，他一切都不承认，只承认自己是去嫖娼、吸毒。丁队让钟可把一叠秦宇翔从现场拍的照片摊在他面前，这里面有制毒厂房的照片、有工人制作毒品的照片，一幕幕真实而触目惊心。他知道自己逃不过了，向门外站着的丁队露出了诡异的微笑。

丁队走向了安弟，一把揪住他的领子问："你们抓住了他？"

安弟哈哈大笑起来，笑得喘不过气，好不容易停下来之后，他说："哼，你们说的是那个自以为是的笨蛋吗？一个笨得连自己保护的证人都会被人杀死的蠢驴？这种人怎么当得了公安？我真没想到，跟我作对的居然是这么一个大笨蛋。哈哈哈……一个跟他哥哥一样，笨得只会玩命的蠢材。"

"啪！"丁队恨恨地给他一个大耳光，还想再打，被钟可拦了下来，气得血直冲上头。

"明月几时有，把酒问青天，不知天上宫阙，今夕是何年……"安弟不顾嘴角流出了血，朗诵起诗词。待他兴尽之后，笑嘻嘻地说："知道猫捉老鼠的游戏吗？你说，现在谁是猫，谁是老鼠？"

钟可也急了，一巴掌下去："你们是不是杀了他？！"

"跟死也差不多了。"

"他在哪里？"

安弟直翻白眼，理都不理。

直到把"芳罗苏"也抓了进来，安弟才表现出了合作的态度。当他看到芳罗苏手被反铐着推进了一间房时，他马上提出要求争取宽大处理。其实，他所看到的芳罗苏是玉勤根据芳罗苏的特点乔装打扮的。

"你对你老婆还是有感情的嘛。"钟可说。

"你们要拿她怎么样？她什么也不知道，她就是一良家妇女！要是你们敢抓她坐牢，我就什么也不说！"

"那要看你的表现。"钟可知道，每一次录口供就是斗智斗勇的时刻。

"他吞了 40 颗，是第二批。现在他们应该上了达基墚果路，来不及了，他只有两个下场：要不，死了；要不，贩毒成功。"

"你个王八蛋！"钟可忍不住破口大骂。

（三）

依然是夜。秦宇翔多希望再次睁开眼的时候，可以看到光明。可是，还是弥漫着木质霉变的夜。只是那个漂亮的女子不见了，他尽可能让自己的视力在夜间发挥作用。

他没想到这地方会出现一个火盆，只有在脑子还清醒的时候，他会寻思这个火盆是用来干什么的，他更多的时间是在做梦，做各种各样的梦，梦到很多东西，而醒来之后，他所记得的，只有大杂烩的影像，栩栩如生的记忆碎片如同旋转架上的名片，不断在他的脑里闪过。妈妈为他十三岁生日腌制的腊肉，他跟初恋女友初尝云雨，太阳从东边升起，他耳旁仍有哥哥婚礼音乐的袅袅余音，欧阳若萱跟他十指相扣，还梦到去世已久的父亲，他带着他们兄弟俩去摘草莓——农场主人告诉他们，摘多少都行，最后他们兄弟俩吃得肚子痛……哥哥的血从胸口流出来，滴在草地上，渗进了石缝里，看上去那么暗，呈黑色。“这是血缘，孩子，他是哥哥，你是弟弟”，这是母亲桑青的话语。

有那么一刻，他想流泪，他觉得这一次他会死。眼前迫在眉睫的厄运，是为了某个崇高的目的……是的，他本来不必在这里，不必在丛岭，不必在缉毒队。他咬着拳头，咬得紧紧的，指节间渗出血来，他意识自己还有别的东西存在，比如说，眼泪。就在这时，传来了一个女子仓促而有节奏的呻吟，是那个漂亮姑娘。

她疼倒在地上，在跟周围的人喊：“我的东西破了，我的破了，快点叫人，求求你们。”

行程还没开始，还有半数的人没有吞毒品，就出现了状况，男孩吓得直哭，要往外逃，秦宇翔想拉住他，没拉住，男孩刚逃到门口，就被不知道从哪打来的一枪，毙命倒地。再扭头看那个漂亮女人，短短不到一分钟，已经死去，睁大的眼睛惊恐万分，秦宇翔一阵恐惧侵袭，全身发冷。刚吞食完毒品的人中有人认识她，直呼她的名字：“西西，西西。”

“你们认识？”秦宇翔问。

“我们在一条街上干，是她怂恿我干这个的，说来钱快……她说干完这次就有钱寄回家给她爹妈过年了。西西，西西，你这骚货！你怎么死了！”女人哭得很伤心。

毒贩带吞货的人出行还要看路上的情况，所以不是天天可以成行。第一批吞货的人已经出发，没有轮到秦宇翔。他要逃跑。他没有太大把握，这三天以来，除了见过给他们送吃的人和那间昏暗的灯光下攒动的身影，他没有见到其他的人，更见不到安弟，手机和手枪在被抓的第一时间就被搜走了，所幸，他成功发出了几张照片。他希望手机里的定位系统可以让公安尽快找到这个地方，可是从这几天的情况看，公安那边毫无反应。不能再等下去，他只能自救，现实状况危机四伏，多待一刻就多一分危险，他随时有可能会被抓去吞食毒品。

逃跑的线路在头脑中酝酿成熟，趁着守门人熟睡之际，他用一根小铁丝打开了门，有人发现了他逃跑，但无人跟着他，也无人举报，如果说他们都是多一事不如少一事的人，不如说是长时间积累形成的极端冷漠。还好，他还记得原路返回的路线，约莫隔了十五分钟，他听到人声，还有脚步声，求生的本能，让他第一次面对穷凶极恶的毒贩有了一种恐惧，他强迫自己镇定下来，趴在茨草中，等脚步声渐渐远去，他回到坑洞里，让自己的眼睛尽快适应环境，顺着极黑的坑洞爬了许久，完全失去了方向感，他纯粹靠着嗅觉，通过体会洞外的潮湿空气来寻找出口，时间如此漫长，他觉得自己爬了有一个世纪，终于看到一个微亮的去处，他欣喜若狂，二十米、四十米、一百米，他出来了。外面居然是大白天，只是遮阴蔽日，看上去像是傍晚，而他栖身的那个木屋竟是深藏在地底下，他猜，每晚能感觉到的那股清风，应该就是往地底送氧的送风箱了。

从坑洞爬出来，他站在阳光下气喘吁吁，汗水直流，可是，还没来得及高兴，在河边一棵光秃秃的桦树下，他和安弟相遇了，安弟的手里拿着一副扑克牌把玩着，那是秦宇翔第一眼看到的东西。四周还有安弟带来的荷枪实弹的毒贩者，一群玩命之徒。他的逃跑失败了，他被当即押往吞食毒品的地方。

这是安弟和秦宇翔之间玩的一场游戏。就是以前他们俩夜夜在一起玩时最爱玩的扑克游戏：梭哈。安弟约定三张扑克牌，谁拿到的点数为大谁赢，输一次，吞十颗毒品。盘子上满满装了五十颗。很遗憾，秦宇翔总是拿到点数小的牌，他一次又一次输，一次又一次地被安弟骂成笨蛋、蠢驴，他豆大的汗从额头上渗出，这其中有恐惧，有不甘，有怒火，五味杂陈，心阵阵发痛发紧发凉。

五盘游戏，他只赢了一盘。吞食四十颗之后，他双眼被蒙上黑布，推上了车。他感觉到车上有不止他一个运毒者，有个女人每逢汽车急刹或颠簸过路面的凹陷时，她就会出声祈祷，每一次汽车的高低起伏总伴随着她的“菩萨保佑”。

车把他带往一个完全陌生的世界，待蒙眼布揭开，他的眼里只见到玻璃窗外的雨水，看上去好像熔化的哥哥的脸，或者看到的就是自己的脸，一时分不清。

（四）

达基堞果路，沿路设了两个边防检查站。载着秦宇翔一帮运毒者的车已经顺利通过了第一个关卡，正向第二个检查站驶去。而第二检查站在获得安弟的口供之后，已经排兵布阵完毕，单等瓮中捉鳖。欧阳若萱不放心，以随行记者的身份，跟着丁队一干人等在这条路上梭巡来往车辆。

此时，另一辆同款同牌的货车也向这条公路驶去。车上坐的是韩岩。香金雄的安排非常老到：在制毒工厂完成的毒品，由人体运毒者运出丛岭，在达基堞果与缅甸的交界地点将毒品排出体外后，整理得当，跟国际毒贩在缅甸的秘密地点进行交易。韩岩就是拿到排出体外后的毒品，并与国际毒贩交易的关键人物。

可是车并没有直通第二个边防检查站。在离它还有十多公里的地方，有一路极不易察觉的岔道口，开往中缅边界的一个鲜为人知的地点，这地方因地况恶劣，人口极度稀少，却被香金雄偷偷开辟成了一个排毒的秘密地。所有人都在这里下了车，秦宇翔也往前走，发现前面几米处站着一个人。被依旧蒙了眼低着头走路的他只能透过眼底仅有的几毫米缝隙看到对方的脚，但他凭直觉知道了那人是谁——韩岩。待眼罩摘除，他抬起头。穿着短外套的韩岩正站在那里注视着他，手上拎着一个黑色的小提箱。

秦宇翔再次垂下视线，微妙地改变了前进的方向，打算从他身边走过。心里一直在犯嘀咕:“他怎么在这？”韩岩假装不认识他。跟秦宇翔一样，他也问着同一个问题。也许是心领神会，两眼神无法避免地对视了一下，韩岩似乎在问：你吞了？秦宇翔眼睛眨了一下，似乎也在回答：吞了。

两人就此擦身而过。

韩岩被香金雄委以重任，他知道只要办成了这件事，他就名副其实地成了香家的一员，也就成了香家走私贩毒国际集团中的一员，也就成了毒品里的一个魔鬼，从此在毒的世界里醉生梦死，最终化为腐朽，被人永世唾弃。对于这事，韩岩有自己的想法。他看得出香金雄对他还没有完全信任……

又来了，这个韩岩又去上厕所，没走多远，阿男就注意到了。

韩岩周身一阵颤抖。自己的皮鞋敲击在地板上的声音听起来分外刺耳。在那声音的间歇中，能感觉出夹杂了一个低低的声音，他的脚步加快，那个声音也会加快节奏，如果放慢速度，对方的节奏也会放缓。而他只是去上个厕所而已。阿男是昨天才到他身边的，可是就是他来了之后，韩岩感受到一种从未有过的恐惧和焦躁，他猜可能是香金雄那边出了什么大事，要不然，不至于阿男会亲自来他这里压阵，或许是贪玩的安弟出事了……

似乎是不经意地回头，一个黑影迅速地隐藏在转角处。韩岩解开了裤子拉链，裤裆的左侧他安了一个很小的定位装备，他看看它是不是还在起作用——在，有极其微弱的红光在闪。他脑子里浮现出香晓青的脸，极美的混血儿的脸，那是一张哭泣的脸，离开她的前一天晚上，她对他说：我怀孕了，我有你的孩子了。他晃了晃脑袋，让自己镇静下来。他努力告诉自己：不，还没到时候，还没到那个关键的时候，一切都先别慌。

这一批负责人体运毒的一共五个人，最多的吞了四十颗，最少的二十颗，还好，没人出事。卸下肚子里的四十颗“定时炸弹”的秦宇翔感觉如释重负，伺机大干一场的想法又在脑子里活跃起来。其他几个人卸完肚子里的货很快就见不到人了，而他，还被死死地关在一个狭小的空间里。晚上，似乎那些毒贩们有所行动，他又被蒙上了眼罩，被重重地推到一口像枯井一样的地方，然后，他听到一阵直升机发动和飞远的声音，这声音之后，周围的一切又都安静了下来。

他不知道自己这一路以来不断丢下的草标会不会被公安发现。尤其是今天下了雨，唉，讨厌的雨，会把他丢下的一个个结了箭头的草标给冲掉，那他的生命也好，这些亡命之徒也好，都将无法被绳之以法。草标，曾是他跟哥哥从小就爱玩的小玩意儿，还会有谁知道呢?

这些人有太多让他死掉的方法，但他们选择了活埋。秦宇翔被丢进枯井，枯井的顶上盖上了沉重的铁盖，铁盖外还填上了荒草和土，从外面看，这里毫无疑问就是一块荒地，无空气，无水和食物的他很快就会死亡，死得无声无息。

时间一分一秒地过去，欧阳若萱心急如焚，一刻没有见到秦宇翔，秦宇翔就多一分危险，就向死神多走了一步路。梁处也万分焦急，反而是身旁的刘乐十分镇定。其实梁处对运毒货车不经过第二个关卡早有预备，当货车通过第一个关卡时，他就已经收到货车通过关卡的消息，他只是要给刘乐一个公安已布兵在第二关卡假象而已。真的队伍已由丁队亲自组队与缅甸军方组成了跨国缉私队前往了缅甸的木姐县，这个事只有梁处知道。

而刘乐一切都还蒙在鼓里。他自信自己又在大毒枭香金雄那里立了头等大功，这回的奖励肯定又不是小数目。梁处的焦急他看在眼里，他抽出一支烟给梁处递了过去。梁处冲他点点头，笑了笑。倒是这一笑，让刘乐心里七上八下的。

雨还在下，开着窗想从外景中发现一些情况的欧阳若萱头发和衣服全淋湿了。经过这番折腾，她的身体更加虚弱，胸口烦闷，要下车。梁处同意了。她下了车，在路旁一阵呕吐，车灯亮起，在雨中照出两道灯光，梁处也走了下来，劝她回去，准备招一辆警车送她，被她一口拒绝。“我一定要找到他！他肯定在等我。”欧阳若萱的眼泪和雨水混在一起。

也许一切是命中注定，就在她要返回车上的时候，她发现了路边有几根被结成草标模样的草，她顿时想起秦宇飞在那次她终生难忘的围捕行动中跟她说的话：

“猎人们进入丛林为了不让自己失动方向，他们会结上这种草，每走一段路就放一个地方，这同样也是一种求救信号。记住，如果有一天你在某个地方看到这个东西，说明有人要用它带你去找他。”

她很肯定：这个标记一定是秦宇翔借机留下的。

她兴奋地对梁处说：“我找到他了！我找到他了！”

（五）

丁队带领的队伍到达了缅甸木姐县。县城很小，且破烂不堪，位于中心区的丁字路口，一座年代久远的法式风格的钟楼耸立于此，仿佛在述说着那段不堪回首的殖民历史。街道泥泞，污水横流，没有看见大商场，路边地摊卖的生活用品和服装倒是生意不错，很多都是中国的物品，所卖衣服当然在钟可看来是老土老土的。天逐渐黑了，县城没有足够的路灯，即使在钟楼一带也是昏暗的，依稀借着路边店里的灯光前行，偶尔也能见到几家旅馆，当然是算不上什么档次，一些妇女在街边进行着缅甸币和人民币的兑换交易，其实在木姐，两种货币是通用的。

旁边有一条夜市街，相对灯光明亮，依然是卖衣服、生活用品之类，依然几乎都是“中国造”，人群拥挤，很是热闹，突然有那么一刻全部灯灭了，一片漆黑，原来线路出了问题，几分钟后又恢复了秩序。

钟可问丁队：“线报可靠吗？”

丁队坚定地回答：“可靠。”

另一边缅甸的缉私哈木队长也冲他们打着手势，以示他已做好充分的准备。

可是，在木姐县蹲点一天多的丁队，具体的接头地点到这一刻还不知道。

凌晨一点多，丁队的手机响起，他手机定位警报与韩岩放置的定位器已秘密联通。接到提示的他立即通知下去：交易点为木姐县的帕格曼花园。

说是花园，却是一处被主人废弃的房子，韩岩从直升机下来，手提着黑色小提箱，里面满满一箱的毒品。他走进了那栋满是尘灰的房子，房子里散发出木质的霉味和猫粪混杂的气味，虽然有月光，但此处光线阴暗，愈发有种阴森恐怖的气氛。韩岩的服装在昨天被阿男全部换了，他这次穿的是件运动外套，显得格外引人注目。还好，韩岩早料到阿男会在交易前检查他的所有衣物，所以把定位器趁人不备，偷偷别在了阿男的衣领褶皱处。阿男怎么也想不到会是自己把公安带进了交货点，同时，也把自己送进了地狱。

关键时，秦宇翔、欧阳若萱同时出现在丁队的面前，秦宇翔行了个军礼：“秦宇翔前来报到。”丁队拍拍秦宇翔的肩膀，怜惜地说：“欢迎归队，回来就好。”

对秦宇翔的解救颇费了不少工夫，尤其是顺着草标找到毒贩们的中转地点之后，丁队和欧阳若萱就失去了目标，许是天助宇翔，雨越下越大，井盖上的茨草和黄土被一层层冲刷掉，欧阳若萱一眼看出了这个枯井盖不寻常，在几人的合力之下，秦宇翔终于解救成功。秦宇翔没有停止行动，迅速要求投入战斗。

一伙荷枪实弹的贩毒分子就在对面，中间坐着一个黑人和一个白人，一直潜逃在外的毒贩乔安东居然也身在其中。韩岩走在最前面，后面跟着阿男和其他几个跟班，个个都手握枪支。韩岩的身上也有一把枪，是阿男刚刚他给的，可是，这对他来说，没有任何意义，因为他从来没有开过枪。他是抱着一死的决心来这里的，他没有想过要活着回去。当他执意要挖出这一个国际贩毒集团时，他就没想过要活着回去！

事情是这样的：那天，当香金雄把贩毒任务交给他的时候，他的内心有太多的挣扎，他本来是想一走了之，离开丛岭，重新开始生活，但是，走，改变不了一个事实：他是个瘾君子！他摆脱不了毒品，也摆脱不了香晓青的爱，他的生活在遇到香晓青那一刻时就注定了一个彻头彻尾的改变！他痛苦！他悲伤！他自责！他以为辞职去了华鑫公司可以有一个新的开始，他像个鸵鸟一样把自己埋葬在各种繁杂的事务中，可是，香金雄不会放过他，香晓青也不会放过他，他们只会一步步地让他在“毒”的世界里越陷越深，离自己要的生活越来越远。他们应该消失！是他们的存在让他永远记住了自己是瘾君子，是毒品集团里的一个恶魔！终于在痛定思痛之后，他决定要反击！他要向那些让他陷入毒品地狱的所有人反击！一个念头在大脑里慢慢催生了……

他暗下决心，找到了缉私大队的丁队，跟丁队协商了自己计划的所有细节。

其实，韩岩被香金雄秘密派往缅甸之事，丁队已从李大头那里得到线报。那时，他就对韩岩的这种特殊身份有些许期许了，如果韩岩会为警方提供线索，那这场战斗就已经赢了百分之九十。他知道韩岩一直有优秀的个人表现记录，包括多次的见义勇为，但这次毕竟不同，而且，据查，韩岩也在偷偷吸毒。他没想到韩岩竟会亲自来跟他请战，协助警方的大收网行动。

韩岩说出了自己的计划。丁队对他的冒险计划一开始并不认可，因为韩岩已不是以前的韩岩，他现是香晓青的男友，说不定将来还会成为香金雄的女婿。但看到韩岩那张英俊的脸上有种年轻人少有的坚定、执着。他不得不重新认识眼前出现的这个年轻人：他想做什么呢？大义灭亲做举世英雄？像秦宇翔，为目标敢于赴汤蹈火？还是像欧阳若萱，心中有信仰，万死不辞？不管怎样，只要韩岩肯合作、敢合作，那么一切形势无疑对警方是十分有利的。

那么然后呢，韩岩下一步打算怎样？也许在这场战斗中被香金雄的人结束掉自己的生命，或者趁局面陷入混乱时逃入夜幕中，从此销声匿迹，展开新的人生。他问：“这可不是一场游戏，是战争，是搏杀，甚至是死亡。”

韩岩不知道抽了第几根烟了，当他再把手伸向丁队桌面上的烟盒时，里面已经空了。他的声音发出的每个字都有些冰冷：“我想回到过去，我想欧阳若萱，我希望什么都没有发生，可是，我们都回不去了……所以，我只有向前走，我只是想：当我什么都找不回来的时候，我至少要找回我自己。”他的眼泪像滚珠子似的滚落在地板上。

他在自我救赎。这是丁队的第六感觉。

韩岩离开后，丁队迅速跟公安局梁处长通报了此事。梁处清楚地认识到这即是一个绝好的打击香金雄跨国贩毒集团的机会，也是一次无法预知结果的大冒险。经组织讨论，同意了由丁队组队前往缅甸、单线联系韩岩的行动办法，丁队交给了韩岩一个情报系统专用的定位器，计划就此展开。

事情到这一步，都算顺利的。韩岩终于接近了国际大毒枭 Ande。他知道为什么阿男会一直走在他后面，阿男是让他做挡箭牌，只要交易现场一出事，他将作为阿男人体盾牌挡在前面，不是被公安射杀，就是被穷凶极恶的国际毒贩射杀。这一刻，死，对于韩岩来说，已经不再可怕了。

韩岩带着微笑走向交易现场，眼里却含着眼泪。欧阳若萱也看到了韩岩，心像被什么东西撕裂了一般。秦宇翔把她紧紧地搂住，轻声安慰：“没事，没事。”秦宇翔知道再过几秒钟，战斗就要打响，他让欧阳若萱转移到了后方。事态越来越紧张，他握枪的手已经热得渗出了汗。

就在国际毒犯打开毒品箱时，行动开始！

门“砰”的被撞开。缉毒干警对众毒贩形成围剿之势。秦宇翔拨出了枪，跟着冲了进去，还没反应过来，一梭子弹向他扫射过来，另一边也响起了震天动地的呐喊，数不清有多少缅甸的、我方的武警战士从各个窗口跃下，冲锋枪叭叭叭地响起，惊天动地，惊魂夺魄！一时间尘土飞扬。秦宇翔飞速跑向阿男，一心想活捉了他。一阵爆炸声震耳欲聋。战斗是残酷的、血腥的，几个战士倒下了。

欧阳若萱无法平静，她靠近了那幢房子，找了个稍显平静的地方，想看看情况。结果刚刚到窗边，就吓得心惊肉跳，她看见一个体型健壮的家伙死死地箍住了秦宇翔的脖子，用枪顶着他的头部，用他的身体在做自己的掩护，一步步拖往门后的一条小路，只要顺着这条小路走，他就可以成功逃离帕格曼花园，而其他地方还在混战中，没人发现他们仨已跑到房子的后面。她看见秦宇翔已负伤流血，一条长长的鲜血顺着裤腿流了下来。韩岩第一次遇到这种场面，拿枪的手在剧烈地抖动。

“韩岩，你这个内贼！晓青还怀着你的孩子！你马上就要当爸爸了，你不为香家，也要为你的孩子想想！快把枪放下，跟着我走，我们还能东山再起……”阿男带着引诱的口吻跟韩岩说：“韩岩老弟，你只要跟着我走，我们既往不咎，你还是香金雄的乘龙快婿。”

这话愈发刺激了韩岩：“什么乘龙快婿，我不要！我不要！我只要像个普通人一样的生活，工作。可是你们连这个也不让我实现，我做错了什么，我到底做错了什么，我认真工作，努力生活，我只想跟我的若萱有个自己的家，为什么会有香晓青，为什么会有毒品，你们为什么要针对我，为什么！我的生活，我的世界全变了，一切美好都不在了，我是个瘾君子，我是个魔鬼，每次吸完毒，我就根本不想活在这个世上。你们还我身体，还我生活，还我整个世界！”就在韩岩声嘶力竭地声讨这一切即将要开枪的同时，秦宇翔感觉出阿男持枪的手有些松动，他快速地扭住他的手臂，把自己挡在了阿男的身后，韩岩扣动了扳机，几声枪响，阿男中枪倒地。

韩岩一把抱住受重伤的秦宇翔。失血过多的秦宇翔脸色苍白，还不忘夸奖他说：“还行啊你。”

韩岩皱了皱眉，眼神中对他没有任何回答，这时，欧阳若萱出现在他俩面前，心急地、带着哭腔喊道：“宇翔，怎么样了？”

见到欧阳若萱的秦宇翔露出灿烂的笑容，欧阳若萱也是一脸焦急和心痛。看到这一幕，韩岩明白了站在他面前的是一对真心相爱的情侣。

即使如此，我也无所谓，只要是真正的你，只要是真正的我，只要……

你一切都好。他想。韩岩飞快地从欧阳若萱身上移开目光，很内疚地对秦宇翔说："要不是刚才几次救我，我早死了。不是为了我，你也不会受伤被他控制住。"

秦宇翔说："死不掉。"

欧阳若萱也没忘记韩岩，她关心地问："好久没见了。你怎么样？"

她的声音让韩岩再次把视线转到这个让他苦苦思念至今却无法相拥的女人身上。早知今日何苦当初，一切的错都来自于自己的贪、嗔、痴。他苦笑道："还没死。"

欧阳若萱："这次的抓捕全靠你。"

韩岩望着欧阳若萱的眼睛，叹了口气，脸上浮现出一丝不易察觉的笑，心想，我有这么伟大吗？他淡淡地说了一句："我不是英雄。"他扶起秦宇翔，跟欧阳若萱大声说了一句："看他，他才是真英雄！"

枪声停止，一个个毒贩被枪抵住，押上警车，乔安东被当场射杀，一命呜呼。围剿宣告胜利结束。

欧阳若萱代替韩岩扶着秦宇翔往警车上走。

危险就在这一刻降临——还剩一口气的阿男摸到了身边的枪，对准了韩岩，"砰"，欧阳若萱恰好看到，大喊一声："韩岩！"她来不及思考，身子往韩岩身后一探，中枪倒地。几乎是同时，又是一声"砰"，秦宇翔打死了阿男。

"若萱！""萱萱！"战士们的目光跟韩岩和秦宇翔一样都投向了倒在血泊中的欧阳若萱。

若萱的视线中，阳光开始暗淡，韩岩和秦宇翔焦急的脸都开始变得模糊。"你们都是我的英雄。"欧阳若萱笑容分外灿烂，只是笑容很快从她脸上消失了，她一动不动地注视着秦宇翔。

距离有点远，可韩岩还是感觉自己的心已被她那双眼睛吸了过去。他听到秦宇翔仰天大喊了一声："萱萱！救护车！快来人啊！快来人啊！……"这一刻，韩岩的心像被电击了一般。

——她可以不来的，可是她来了，她可以不走的，可是她走了。

（六）

这次的收网行动干脆利落，梁处长带队抓捕了在国际贩毒交易第一现场的大毒枭 Ande 和头号通缉犯大毒贩子乔安东；国内，丁队带队直扑香金雄的老巢，早早卧底在香金雄老巢的李大头把香金雄的生活和行动规律摸得一清二楚，香金雄被逮了个正着，连同香家的家仆 6 人一同关押。香晓青有身孕，抓捕后被单独关押，候审中。

抓捕刘乐时，他正坐在办公室自己的位置上，耳朵里塞着耳机，他的一部非平常使用的手机上还有一条尚未发出去的短信，内容是：凌晨 3：00……“身为缉毒刑警，向毒犯多次通风报信，知法犯法，导致数起抓捕和围剿失败，并且给队伍带来了重大的人员伤亡，这种人就是深藏在公安队伍里的骨刺，死有余辜。”看着他被戴上手铐，押上警车的背影，丁队长冷冷地说。

此时，在香家卧底近一年的李大头正要松口气，没想到也被武警戴上了手铐，被一同押上警车，跟在被抓捕队伍中间的他显得有点沮丧。晚上，他被单独提审。

迎接他的是丁队和秦宇翔，秦宇翔见到久违的队友，一股热泪滚落，紧紧地抱住了李大头：“好样的，哥们儿！”丁队一句话不说，只是把他手上的手铐打开了，默默地看着他。这时候梁处长来了，拍了拍他的肩膀，眼圈红了，说：“委屈了吧？”李大头立马立正、敬礼，用洪亮的声音回答道：“不委屈！”“受苦了吧？”“不苦，为人民服务。”“小子，尽说套话。想儿子了吧？”“……这个，这个真有点想。”

梁处长身体一侧，露出了他身后的两个人，一个是李大头他老婆，一个是他儿子李坚持。

“坚持？”

“爸爸！”

“坚持！”

“爸爸！”

快乐的相聚居然发生在看守所的提审室里。秦宇翔知道，这次相聚就是一次别离，因为李大头很快将有新的任务——据了解，将来会有一位重要走私贩毒分子跟香金雄关押在一个监狱，这个人物至今没有将他的后台老板暴露出来，如果可以在监狱里获得这个人的重要线索，将又是缉私缉毒线上的重大收获，当然，也意味着一场恶战又将拉开序幕。

不知道李大头什么时候还能见到自己家人？相聚，短暂得令人心酸，又这么甜蜜得让人嫉妒。秦宇翔望幸福之家，想起了欧阳若萱，忍不住又流下了眼泪。

三个月过后，一则报道出来了：

6 · 26 是国际禁毒日。丛岭市政法机关在市中级人民法院召开了声势浩大的“丛岭市打击毒品犯罪宣判执行大会”，对 20 名贩卖、运输毒品被告人宣布了一审判决，丛岭中院副院长宣布了对越南籍男子香金雄，以及陈阿男、安弟等 6 名贩卖、走私毒品罪犯经广西壮族自治区高级法院和最高人民法院核准的死刑裁定；并于宣判会后对 5 名死刑罪犯执行死刑。香 ×× 因吸毒、诱骗他人吸毒，被判处有期徒刑三年。据悉，这是丛岭市政法机关响应中央和广西壮族自治区关于掀起严厉打击毒品犯罪行动高潮的要求而进行的一次统一部署。丛岭市各界共 600 多名群众旁听了公开宣判大会。

该则报道的记者署名为：雷斌、欧阳若晨。

尾 声

丛岭县边检站。两个边检士兵上了大巴车，其中一个走到欧阳若晨身边，欧阳若晨顺从地拿出了证件，红色的皮，上面有烫金的几个字，那士兵读出来——《新明快报》首席记者欧阳若萱。”

“不对啦，是欧阳若晨。”

为了留个好印象，欧阳若晨特意撩了撩半卷的头发放在肩膀两侧，微微一笑，嘴角旁露出两个迷人的小梨涡，胸前挂着一枚古色古香的青铜币。士兵看了一眼，通过了。士兵觉得，与照片相比，这女同志除了不见了披肩的长发外，还少了年少的轻盈、绽放，多了一些倨傲、收敛。

在丛岭——她心底从未远离过的小县城，她，有点疯狂、有点心酸、有点无助。她本想在自己修修补补的精神容器里安坐如初，却忘记了自己有一双永远保鲜、清澈如孩童般的眼睛，站在秦宇翔的面前时，她的悲喜和沉湎一览无余地入了秦宇翔的眼。同样是这张美丽干净的脸，在介乎少女与女人之间那个生命地带，已被一场铺天盖地的海浪击打得异常冷静了。以至于秦宇翔也产生了幻觉。

金色的海滩，两串脚印，一串直行，一串逆行。

“你有多久没见她了？”

秦宇翔知道她说的是谁，是欧阳若萱，是那个在他的心头萦绕了千百回的名字，他仰望星空时能见到她，脚踏海滩时能见到她，她在乡间、在街道、在森林、在天空，在空气中，她无处不在。是啊，我的爱人，我们有多久没见了？

“你到底是欧阳若萱还是欧阳若晨？”秦宇翔问。这个女子有着和欧阳若萱一模一样的脸。

“欧阳若晨啊。若萱是我姐姐，你可以有英雄哥哥，我就不可以有个英雄姐姐啊？”

“你像个归家的孩子。”经历了无数战斗洗礼的秦宇翔显得愈发成熟和干练，他倒退着边走边说，看得出，他的腿还没有完全好。

“我只是不想逃离自己的责任。像姐姐一样，这里也有我愿意为之终生奋斗的事业。”

“谢谢你来看我。”

“是命运让我找到了你。”欧阳若晨深吸一口气，用充满爱意的眼神望着他，那眼睛就像当年他在报社第一眼看到的那双眼睛一样美丽、诱人，蛊惑着他。他深深地吸了口气，让湿漉漉的咸海风充满整个胸腔，也裹挟了不少往日的生活碎片，它们在胸腹中缓缓地流动，然后逐渐舒展开来，甚是畅快。

金滩边，一条新修的连绵数十里的环岛大堤上，来了不少观光客，潮水已退，潮纹隐现，珠玑遍地。这滩上有一种风蟹，俗称“沙马”，营养价值极高，有“一只沙马一只鸡”之说。它做的沙洞曲径通幽，洞道开多口，加上跑得极快，追捕“沙马”成了所有玩海的孩童和观光客的乐趣。头戴金色葵叶帽，身穿粉绿、天蓝或白色紧身高衩长衫的京族妇女弯着腰，飞快地将铁锹一插一翻一甩，一个小东西便入了篓，一看便知她们在挖“沙虫”，沙地里那些星罗满目的小沙凹就是它们的住处，这些小东西藏在海沙窝里，乖得很。

西南方，舟帆如梭，正是水天一色的越南海景，那里也发生着翻天覆地的变化，像一只缓缓打开的海蚌，孕育它们的精彩，把那些经历了城镇变迁的收缩、阵痛、包藏和储备之后的人心、世象传达给周边的人民。

一片礁石另一头由远及近传来阵阵锣鼓和鞭炮声，欧阳若晨和秦宇翔两张充满自信、朝气的脸迎着太阳升起的地方。

吴诗娴

（2015 年 12 月 25 日于东莞）